Avy

¿Felicidad? No, gracias

Eva Alexander

Independently published

AF479672

Contenido

Capítulo 1

—¡Oh, Dios! —gimió Addison atrayendo las miradas de una pareja mayor. El hombre la miró curioso, pero la mirada de la mujer no fue para nada amable.

—¡Addison! Tranquilízate un poco o nos van a echar —le dije girando la cabeza ante la mirada desaprobadora de la mujer que seguía en el mismo sitio a pesar de que el marido la instaba a seguir su camino.

—Son las fiestas de la ciudad, es al aire libre, nadie nos puede echar —declaró Addison.

Suspirando me recliné en la silla, cogí la botella de cerveza y bebí un trago. Estaba caliente y amarga, además no recordaba porque la había pedido en primer lugar. Ah, sí, fue Addison la que ni nos habíamos sentado bien y empezó a flirtear con el camarero, ¿sabes que es morir de vergüenza ajena? O por lo menos desearlo.

Pues es lo que me pasa cada vez que salgo con Addison, la mujer no tiene filtro. Dice todo lo que le pasa por la cabeza sin importarle las consecuencias, hace todo lo que quiere y debería estar contenta de que eso se limita a los hombres.

Está loca por los hombres. Le gustan altos, bajos, guapos y no tan guapos, musculosos y delgados, ricos y pobres, morenos y rubios. Addison no discrimina a nadie, bueno, excepto a las mujeres.

Me contó que lo intentó una vez, pero que no le gustó, que lo que la vuelven loca son los hombres. Y su colección de vibradores.

No acababa en la cama con todos los hombres con los que flirteaba, pero con la mitad sí. Había mucho más detrás de esa historia, algunas partes las había averiguado sola después de que un día nos encontramos por casualidad con sus padres en la calle.

Su padre era predicador en una de las iglesias de la ciudad, era una persona muy severa, muy seria y su madre muy callada y obediente. La mujer pronunció dos palabras: hola y adiós.

Entendía las ganas que tenía Addison de pasarlo bien, de divertirse, de tomar sus propias decisiones, pero no podía soportar cuando me ponía en situaciones incomodas como gemir admirando el trasero de un hombre.

El mundo a nuestro alrededor paseaba, hablaba, algunos estaban sentados en las mesas o en mantas sobre el césped tomando algo. Las fiestas de Cantury, Georgia, se celebraban en el Cantury City Park.

El lugar era precioso, kilómetros enteros de bosque, de árboles, de aire limpio. Era mi lugar favorito de toda la ciudad, es donde venía a correr por la mañana. A veces necesitaba el silencio, el ruido de mis zapatillas al correr sobre la grava, otras veces necesitaba escuchar el ruido del rio y me sentaba a practicar yoga.

Ahora no, mi lugar favorito se había llenado de miles de personas, adultos y niños que hacían ruido y que pisoteaban las flores que solía oler y admirar.

—Avy, hemos venido a pasarlo bien, tendrás el parque solo para ti dentro de tres días. Mientras tanto, vamos a disfrutar —dijo Addison.

—Lo haría, pero es un poco difícil cuando la gente no para de mirarnos y ya sabes quién tiene la culpa de eso, ¿verdad?

—No, no, la mía no es. Mira a ese hombre. —Addison miró de nuevo hacia el hombre que llevaba un cuarto de hora admirando y yo hice lo mismo, aunque después de tanto tiempo había perdido mi interés—. Míralo, ¿has visto alguna vez un trasero así, unos hombros tan anchos, una espalda tan musculosa? Y las piernas, mira esos muslos.

—A mí nunca me ha llamado la atención el trasero de los hombres —murmuré.

—No sabes lo que te pierdes, Avy, imagina a ese hombre sobre ti, tus piernas rodeando su cintura, tus uñas enterradas en...

Las palabras de Addison se evaporaron, no sé si fue porque ella dejó de hablar o si yo dejé de escucharla cuando el hombre se dio la vuelta.

¡Magnifico!

Siempre pensé que mi padre era el hombre más guapo del mundo, mis hermanos que se parecían a él también eran guapos. Había crecido rodeada de los hombres más guapos del mundo, mis tíos, mis primos, pero ninguno se podía comparar con el hombre que me estaba mirando furioso.

Sus ojos verdes parecían dagas preparadas para ser lanzadas y acabar con mi patética vida, aunque ni la amenaza de perder mi vida pudo detenerme de mirarlo. El rostro del hombre era una obra de arte. Mandíbula y frente fuertes, pómulos definidos, era increíble y si mi madrina hubiera estado aquí diría que ese hombre hizo un pacto con el diablo para conseguir ese rostro.

Su cabello era oscuro, casi negro, largo, algo rebelde y definitivamente sexy. Era alto, tan alto que me pregunté qué hacía cuando quería besar a una mujer. ¿Inclinaba la cabeza y conseguía un dolor de cuello? ¿La levantaba en sus brazos y ella rodeaba su cintura con sus piernas y los hombros con los brazos?

Aunque viendo esos labios tuve la impresión de que a la mujer en cuestión le daría igual la posición en la que la besara.

—¡Dios, Avy! —exclamó Addison—. Mírame, Avy, gira

lentamente la cabeza hacia mí y, por el amor de dios, deja de joderlo con la mirada.

Fue imposible apartar la mirada del hombre, sus ojos verde bosque me tenían hipnotizada. Nunca había visto nada igual a ellos. Especialmente no enmarcados con pestañas gruesas, largas y negras.

—¡Avy, para! —gritó Addison, y viendo que seguía sin hacerle caso puso la mano debajo de mi barbilla y giró mi cabeza—. Es solo un hombre, cariño, nada más que un hombre y no perdemos la cabeza por ninguno, ¿recuerdas?

—¿Has visto esos ojos? —pregunté en voz baja.

—Sí, también he visto las ganas que tiene de romperte el cuello. Tengo la impresión de que no le gustas mucho. Me pregunto por qué no, eres una mujer muy guapa, demasiado diría yo —dijo Addison, frunciendo el ceño.

Quise girar la cabeza, pero los dedos de ella me agarraron la barbilla con tanta fuerza que estaba segura de que mañana tendría unos bonitos moretones.

—Avy, no.

—Pareces mi madre —le dije suspirando.

—¡Eso era! —exclamó ella—. Llevas gafas, por eso no te mira embobado, por eso no ha caído rendido a tus pies. Una sola mirada a tus bonitos ojos de color violeta y el hombre estaría bajo tu hechizo.

De manera violenta incliné la cabeza hacia atrás soltándome de los dedos de Addison. No volví a mirar al hombre, a mi amiga tampoco. Cogí la botella de cerveza y bebí un poco, luego un poco más recordando la razón de mi presencia en la ciudad, la razón por la que no tenía un hombre en mi vida.

—Avy, lo siento —dijo Addison—. Vamos a...

—No, Addison. Vete tú, yo voy a dar un paseo y nos vemos más tarde, ¿vale?

Me puse de pie y me encaminé hacia el rio sintiendo la mirada del hombre sobre mí, la sentí durante mucho tiempo y me pregunté qué razón tenía. Era una mujer que lo admiraba, era un hombre guapo y estaba segura de que recibía muchas miradas apreciativas cada día.

Paseé por la orilla del rio hasta que conseguí calmar mi mente. Ese era mi problema, mi mente que no paraba nunca. A veces la odiaba, otras veces la amaba y hoy era uno de esos momentos en los que daría cualquier cosa por ser como cualquier otra persona, con tener un coeficiente intelectual normal o hasta bajo en lugar de una mente que funcionaba a toda pastilla.

En este momento mi mente se empeñaba en recordarme las razones de mi presencia en la ciudad, lo que me había llevado a marcharme lejos de mi familia. Los echaba de menos, pero todavía no estaba preparada para volver.

Además, en Cantury había conocido a Addison y en los últimos seis meses se había convertido en mi mejor amiga, era la primera vez que podía decir algo de una persona que no era sangre de mi sangre o relacionada de alguna manera con mi familia.

Era mi amiga y sabía que esa amistad no duraría mucho. Algún día tendría que decirle la verdad sobre mí, sobre mi familia y estaba segura de que su actitud cambiará.

El pequeño apartamento que había alquilado era otra de las razones por la que amaba esta ciudad. Pequeño, confortable, estaba decorado al estilo más loco que había visto en mi vida. No había ni un mueble, ni un objeto de decoración que costase más de cincuenta dólares.

Ahora sí, porque lo primero que hice después de pasar una noche ahí fue comprar un colchón nuevo. Sin dormir era una bruja peligrosa como le gustaba decir a mi hermano Asher, además necesitaba descanso para ir a trabajar. Allí no me permitía cometer ni un error.

Tenía veinticinco años, era joven, guapa, inteligente y lo más importante de mi vida era mi trabajo. Había pensado que en Cantury eso iba a cambiar, que aquí conocería un hombre del que me enamoraría, un hombre que me miraría como hay que mirar a una mujer, no como me miraban todos los hombres de Nueva York.

En seis meses me habían presentado muchos hombres. Compañeros de trabajo, pero no estaba loca para ligarme a uno de esos tipos. Amigos de Addison, pero ella se había acostado con la mayoría de ellos y yo no iba a pasar por ahí.

El hermano de mi casera era soltero y guapo, pero no me sentía atraída así que tuve que rechazar su invitación a cenar. Ya ni recordaba la última vez que había tenido una cita, seguramente fue cuando estaba en Nueva York.

Lo que sí sabía era que nadie, ni un hombre, me había hecho sentir lo que sentí al mirar al hombre de los ojos verdes. Fue como si me golpeara un rayo. Fue como dijo mi madre: *un día lo conocerás y en un instante lo sabrás.*

Y no lo quería. Bueno sí, no tenía nada en contra del amor, en contra del vivir felices y comer perdices, pero no lo quería ahora. Tenía suficiente tiempo para enamorarme y casarme y ahora no era el momento.

Además, conozco muy bien el tipo de hombre autoritario, ese que se sale con la suya sin importar que, ese hombre que te convence de hacerlo a su manera y todo lo que tiene que hacer sea sonreírte o mirarte de una manera especial.

Mi padre es un hombre así, mis tíos, crecí rodeada de hombres así y se reconocer uno como ellos. Y, maldita mi suerte, tenía que ir y encontrar uno igual. Lo era, lo supe desde el momento en que lo miré a los ojos, supe que era mío, supe que antes de llegar a vivir el amor de película tendría que pasar por un infierno.

Paseé hasta que anocheció y aunque había muchas

personas alrededor, un parque de noche no era un lugar seguro para una mujer. Sabía cómo protegerme, mi madrina Ava me había enseñado desde que fui capaz a ponerme de pie.

Métele los dedos en los ojos.

Esa fue su primera lección, mi madre le gritó, mi padre enloqueció y la primera vez que la puse en práctica fui expulsada del colegio. Tenía cuatro años y un niño, no recuerdo su nombre, solo sé que Asher lo llamaba Bob Esponja; aprovechó que mis hermanos habían faltado ese día a clase porque tenían fiebre y me golpeó.

Al primer golpe no le di mucha importancia, al empujón tampoco, pero la bofetada dolió. Nunca había sentido algo parecido. Tenía dos hermanos, jugábamos, peleábamos, pero nunca nos habíamos golpeado, ni siquiera en broma.

Así que me defendí, le metí el dedo en el ojo. Gritó y lloró hasta que su madre llegó corriendo para llevarlo al hospital. A mí me encerraron en una clase sola a esperar a mis padres y fue gracioso.

Mi padre llegó el primero y el director del colegio estaba muy enfadado e intentaba contarle lo que había ocurrido, pero mi padre se agachó enfrente de mí, me miró y me preguntó si estaba bien.

Le dije que me dolía la mejilla y eso fue suficiente para él, me cogió en brazos y nos marchamos del colegio. De camino a casa le conté que había pasado y no me gritó, estuvo tranquilo y cuando llegamos Ava estaba ahí.

Mi padre se paró en la entrada, miró a Ava y le agradeció. También le pidió que me enseñase más. Creo que mi padre se dejó llevar por las emociones, por el miedo de saber que alguien le hizo daño a su pequeña y no pensó muy bien en lo que le estaba pidiendo a Ava.

Ella me enseñó a defenderme, a inmovilizar a un hombre de una manera rápida y eficaz. Me enseñó a usar un arma, bueno, a usar todas las armas y cualquier objeto que podría serme de ayuda y no acabar sin vida en un mar de sangre.

Así que no era el miedo lo que me instaba a abandonar la orilla del rio y acercarme a la zona donde se celebraba la feria, era el sentido común. Nunca había que buscar problemas, eso era lo que decía mi padre y lo decía mirando a mi madre que tenía un don especial de encontrarse con un problema a cada paso que daba.

Había quedado con Addison en cenar en uno de los restaurantes e iba caminando, mirando a la izquierda y a la derecha buscándola. ¿Hace falta decir que hubiera sido mejor mirar hacia adelante?

Pues no.

Pues eso, tropecé o mejor dicho choqué con una persona. Un hombre alto. Un hombre con un pecho duro cubierto con una camisa blanca. Un hombre de ojos verdes. Un hombre que me miraba furioso.

Nunca había sido una persona con mala suerte, de hecho, era la mujer más afortunada del mundo. Tenía una familia cariñosa, siempre había tenido una casa y comida sobre la mesa, pero parecía que mi suerte se iba acabando o se había acabado hace dos horas cuando miré por primera vez a esos ojos verdes.

Al chocar con él por instinto mis manos acabaron sobre su pecho y por la misma razón las suyas estaban sobre mi cintura. Eran manos muy grandes, creo que hasta podrían cubrir mi pequeña cintura. En cambio, mis manos parecían dos hormigas sobre su enorme pecho.

¿Hace falta decir que me quedé ahí quieta disfrutando de su toque, analizando su rostro de cerca, preguntándome qué debería hacer?

Podía sonreír, hechizarlo con lo que sabía que era la mejor sonrisa del mundo.

Podía disculparme e invitarlo a cenar.

Podía besarlo.

En el momento en que me di cuenta de lo que estaba pasando por mi cabeza retrocedí y no llegué tan lejos como deseaba. Sus manos se tensaron sobre mi cintura y me mantuvieron en el lugar.

—¡Suéltame! —dije.

—Lo haré en cuanto esa madre con el carrito de su bebé ya no esté detrás de ti.

¡Maldita, maldita la madre que lo parió!

¿Sabes cómo es escuchar una voz y sentirla en todo tu cuerpo? Una voz que acaricia hasta el fondo de tu alma. Una voz que la escuchas y estás preparada para convertirte en su esclava. Una voz fuerte, intensa.

En cuanto él decidió que la madre y su bebé estaban a salvo y lejos de mí, me soltó. Retrocedió no uno, no dos, sino tres grandes pasos que nos distanció bastante.

—Es de noche, si no te importa tu seguridad, por lo menos piensa en la de los demás y quítate las gafas de sol.

Para mi vergüenza sus palabras no me hicieron sentirme menos atraída por él y me quedé ahí mirando como se daba la vuelta, se alejaba y se perdía en la multitud.

—Estás jodida, Avy —murmuré.

Poco después encontré a Addison en la terraza del restaurante, como no, flirteando con otro camarero. El joven, que no podía tener más de veinte años, le sonreía embobado. Sacudiendo la cabeza me encaminé hacia su mesa.

—¡Avy! Ven que te voy a presentar a mi nuevo amigo —dijo Addison.

—¿Qué te parece si lo dejamos para después de cenar algo? Me muero de hambre —le dije sentándome.

—Pizza carbonara para ella y ensalada para mí —pidió ella,

guiñándole un ojo al camarero.

—En serio, Addison, ¿tienes que flirtear con todos los camareros? —le pregunté.

Addison no era una mujer guapa, no guapa de ser portada de revistas de belleza, era una joven normal, con un rostro bonito, con ojos marrones y labios demasiado delgados. Sin embargo, su carácter, sus ojos expresivos te conquistaban en un instante.

Era luz. Brillaba con una serenidad que más de una vez envidié. Era divertida. Era sociable. Era buena persona, tan buena que cada mañana le compraba el desayuno para un sintecho que pedía limosna en la esquina de la calle donde ella trabajaba.

No ganaba mucho, lo justo para pagar el alquiler y comprarse esos bolsos a los que era adicta, pero aun así ni siquiera parpadeaba cuando pagaba el doble para el desayuno.

—Sí, es mi modo de conocer gente nueva, además me aseguró de que nadie va a escupir en mi comida.

—Hala, se me ha quitado el hambre —dije.

—Lo que pasa es que tú tienes hambre de otra cosa. —Addison sonrió y gemí sabiendo lo que iba a pasar.

—¿Nos has visto? —murmuré.

—Yo y el resto del mundo. Saltaron fuegos artificiales cuando os habéis tocado y recé para que uno de vosotros diese el paso y deleitarnos con un beso. Pero no, tú fuiste una cobarde y él, no sé, un idiota como siempre lo fue.

—¿Lo conoces? —pregunté sorprendida.

—Cariño, todo el mundo lo conoce. Es él.

Addison pronunció la palabra él como si se tratase del mismo Dios. A mí no me decía nada, no recordaba haberla escuchado hablarme de nadie tan importante.

—¿Él?

—Él. Su familia es dueña de la ciudad. El hospital lleva su nombre, aunque es lo único que no le pertenece, todo lo demás sí. Los bancos, los centros comerciales, los restaurantes, esa urbanización tan mona en la que vives, la fábrica de chocolate, la empresa en la que yo trabajo, la...

—Ya me hago una idea —la interrumpí.

De repente, él había dejado de parecerme tan atractivo. ¿ ¿Qué puedo decir? Odiaba a los hombres ricos, guapos y ricos.

Capítulo 2

Había dormido bien a pesar de que ese hombre había invadido mis sueños, pero si había aprendido algo era que nunca debía perder el sueño por nada y mucho menos por un hombre.

Mis cuentos de buenas noches eran las historias de amor de mis padres, tías, primas. No cuentos de hadas, historias verdaderas con personas normales (bueno, muy normal no era mi familia) que cometían errores, que no veían lo que tenían enfrente de sus ojos, que rehuían del amor.

Sabía cada historia como si fuese mía y estaba decidida a no seguir los mismos pasos. No iba a luchar contra el amor, pero tampoco iba a ayudar. Si ese hombre me deseaba sabía muy bien donde encontrarme.

O no, pero era justo con lo que contaba.

Anoche conseguí convencer a Addison de que no me interesaba quién era, tenía suficiente con saber que era rico. No me hacía ilusiones, con el amor no se juega y si el destino se empeña en juntarnos no habrá nada que yo pueda hacer.

Seguiría mi vida con tranquilidad como si nada hubiera pasado, aunque mientras me preparara para ir al trabajo me di cuenta de que me estaba arreglando demasiado. Por primera vez en mi vida había decidido dejar crecer mi cabello, llegaba casi a la mitad de mi espalda y en contra de lo que pensé al principio me gustaba.

Era más trabajo, pero me encantaba sentir su pesadez sobre mis hombros. Hoy llevé las cosas más allá que de lo normal, nada de recogido o coleta en lo alto de mi cabeza, lo peiné y dejé las ondas brillantes caer a su antojo. Me puse una diadema para que no me molestase durante el trabajo y también deslicé un par de gomas en mi muñeca por si me hiciese falta.

No me molesté con el maquillaje, solo un poco de lápiz labial y dudé unos segundos mirándome al espejo. Había heredado los ojos de mi madre, ese color violeta que estaba predestinado al primer varón nacido en la familia. De alguna manera mi madre los heredó y luego yo.

Amaba el color, pero tenía un efecto extraño sobre las personas, especialmente sobre los hombres. Si acudía a una fiesta la mayoría de los hombres intentaban conquistarme, solteros y no tan solteros, era como el nuevo juguete que cada niño quería poseer. En cambio, si usaba lentes que cambiaban el color entonces no ocurría.

Atraía atención porque era una mujer guapa, pero no más que cualquier otra mujer. Estaba pensando seriamente en ponerme las lentillas por si acaso me encontraba de nuevo con él.

¡Diablos! ¿Por qué no le pregunté a Addison cómo se llamaba?

De camino al trabajo me di cuenta de que sí me lo dijo. Sacudiendo la cabeza y llamándome de todo por ser tan tonta aparqué el coche en mi lugar habitual. Trabajaba en el hospital que llevaba su nombre, Knox Hospital.

Una de las primeras cosas que me parecieron extrañas fue que en la ciudad todo tenía el Knox en el nombre. Banco Knox Cantury. Biblioteca Knox Cantury. Llevaba seis meses en la ciudad y acababa de encontrarme con el señor Knox, no tenía por qué pasar de nuevo.

Quizás, ni siquiera vivía en la ciudad y me estaba preocupando por nada.

Entré en el hospital y de camino a los vestuarios saludé sonriendo a todo el personal con el que me cruzaba. Era un buen hospital, un buen lugar para trabajar, los otros médicos eran buenas personas, había algunos con el carácter insoportable, pero hasta ahora no había tenido problemas con ellos. Esos trabajan en pediatría y yo ahí no tenía nada que ver.

Las enfermeras, como decía mi madre, eran el pilar de cualquier hospital, los ojos y los oídos de los médicos, y me las había ganado desde la primera semana. Hice mi trabajo bien, cuidé a mis pacientes, me preocupé por mis compañeros y no pedí más de lo necesario.

Ah, sí, yo soy médico, igual que mi madre.

No era una eminencia como ella, era imposible y tampoco lo quería. El cerebro de mi madre nunca descansaba y después de que a los dieciséis años encontró la cura para el cáncer siguió renovando la medicina con sus descubrimientos.

Así que no era como ella, era una buena doctora, excelente gracias a la inteligencia heredada de mi madre, gracias a su ayuda, a sus consejos y a los años que la observé mientras trabajaba.

No quería ser médico, de hecho, hasta el último momento dije que iba a estudiar empresariales como mi padre, pero luego mirando los folletos de la universidad la palabra medicina captó mi atención y dos minutos después enviaba mi solicitud.

Pensaba que mi padre iba a enfadarse conmigo, total, yo era la luz de sus ojos, su favorita y él era el mío, pero el día que me aceptaron y le dije que quería estudiar medicina me sonrió y le pidió a mi madre que pagase la apuesta.

Por lo visto, apostaron que iba a estudiar medicina. Me conocían mejor que yo.

Mi madre no tenía una especialidad, ella era como un robot, como un ordenador que tenía toda la información y podía hacerlo todo. Un día era neurocirujano, otro día era cirujano cardiovascular, otro pediatra.

Yo me había decidido por cirugía general, después de

haber probado durante unos meses cada una de las opciones. Me encantaban los niños, pero no podía verlos sufrir. Traerlos al mundo tampoco fue de mi agrado, amaba escuchar el primer grito, el primer llanto de un recién nacido, pero pensaba que ver el trabajo de parto cada día iba a quitarme las ganas de tener hijos y quería tenerlos.

Quería muchos niños. Quería una gran familia, justo como la mía. Quería las reuniones divertidas y ruidosas. Quería los primos, los hermanos, las travesuras.

¡Maldita sea! Si seguía pensando en niños no esperaría a que Knox me encontrase, iría yo misma a buscarlo y lo seduciría en un momento. Sí, tanta confianza tenía en mí misma.

Tenía dos cirugías programadas por la mañana y todo salió bien, mis pacientes estaban en la unidad de cuidados intensivos evolucionando favorablemente. Los problemas empezaron cuando fui a informar a la familia de mi segundo paciente.

La esposa del paciente, una mujer de unos cuarenta años se desmoronó cuando le di las noticias, su marido estaba vivo, pero iba a necesitar cuidados especiales durante los próximos seis meses.

Entendía su preocupación, no iba a ser fácil y menos cuando tenías tres niños menores de siete años que necesitaban tantos cuidados como el marido. El mediano, un niño de cinco años se me acercó para mostrarme su dinosaurio y me vomitó encima.

Me había acostumbrado a los vómitos y a cualquier cosa que ocurría con una persona enferma y después de asegurarme de que la madre y los niños estaban atendidos me fui al vestuario para darme una ducha.

Ahí averigüé que había un problema con la lavandería del hospital y solo quedaban uniformes de enfermeras, las de la planta de maternidad, las de color rosa. Rosa no pegaba nada bien con el morado de mis ojos, además era un color que odiaba gracias a una de las travesuras de mi hermano Aiden.

Luego un cartel pegado en la puerta de la cafetería avisaba que la estaban reformando y tuve que comprarme un bocadillo de la maquina y comérmelo fuera en la calle.

Podía acostumbrarme a todo, a cualquier situación, pero me costaba. Podía comer un bocadillo de queso, aunque lo odiaba. Podía comer en la calle sentada en el césped. Podía, pero me costaba.

Así que muy contenta no estaba cuando vi el coche que dio un frenazo en la puerta del hospital. No le presté atención al conductor porque vi el hombre sentado en el asiento del copiloto y no tenía buena pinta.

De hecho, se veía tan mal que me puse de pie y eché a correr hacia el coche. Llegué y cuando puse la mano en la puerta para abrirla alguien me empujó a un lado.

—¡Llama a un médico! —me gritó.

Retrocedí cuando reconocí la voz, pero solo me permití un momento para maldecir mi suerte y luego me apresuré a ayudar a mis compañeros que llegaban con una camilla. Con la ayuda de dos enfermeros Knox subió al hombre y en cinco segundos estábamos en un box en urgencias.

Como no había ni uno de los médicos de urgencia disponibles tomé el control de la situación. Grité órdenes y dentro de nada tenía la situación bajo control, el estado del paciente era estable, pero estaba segura de que no iba a durar.

Estabilizar el paciente me llevó unos pocos minutos y estaba a punto de llevarlo para que le hicieran unas pruebas para confirmar mi diagnostico cuando Knox se puso en frente impidiendo mi paso.

—¿Dónde crees que estás llevando a mi abuelo? —preguntó Knox poniendo la mano sobre la camilla.

—Hay que hacerle unas pruebas...

—¡No! Tú no eres la que decide lo que hay que hacer o no aquí, solo eres una enfermera. Quiero al doctor Feather. Llámalo. Ahora.

Doctor Kenneth Feather era el director del hospital, un hombre mezquino y odioso, era lo único malo que tenía mi puesto de trabajo. Llevaba trabajando seis meses aquí y todavía no había conseguido ver al doctor en acción.

Al parecer, era cardiólogo, uno muy bueno, pero no había tenido la oportunidad de conocer a ninguno de sus pacientes. Sin embargo, eso no importaba ahora, lo que importaba era el paciente que no necesitaba un cardiólogo.

—Mira...

—Llámalo. Ahora. —Knox dijo entre dientes.

Tuve un momento para tomar una decisión, ceder ante la presión de un familiar o hacer lo que yo creía que era mejor para mi paciente.

—El estado de tu abuelo es estable por ahora, pero no tenemos tiempo que perder. Yo tengo los estudios y sé lo que es mejor para él, tú tienes que esperar en la sala y dejarme hacer mi trabajo —dije.

—Si algo le pasa a mi abuelo me aseguraré de que no volverás a trabajar en tu maldita vida —gruñó.

Había ganado y manteniendo la sonrisa para dentro me di la vuelta hacia mis compañeros que en lugar de atender al paciente estuvieron muy atentos a mi conversación con Knox.

Ni siquiera me dio tiempo de abrir la boca y dar las instrucciones antes de escuchar la voz chillona de mi jefe.

—¡Blake! ¿Qué ha pasado? —preguntó Kenneth.

Mi madre me había dicho más de una vez que el odio no era bueno, que hacía más daño que bien, pero cuando se trataba de Kenneth era algo superior a mis fuerzas. Estaba en sus cincuenta, sus ojos grises eran un poco espeluznantes y un poco más si te miraba sonriendo y mostrando su dentadura blanca y perfecta.

Era bajito y delgado, los trajes que llevaba cada día estaban hechos a medida, los zapatos italianos tan brillantes que podías usarlos de espejo para maquillarte. Su apariencia, su voz me daba no miedo, mejor dicho, repelús.

Lo había sentido el primer día que nos reunimos en su despacho y en ese momento me arrepentí de haber firmado un contrato de un año, también de no haber dejado a Ava investigarlos. Bueno, estaba segura de que lo hizo, pero yo no sabía que era lo que había averiguado.

—Al abuelo le ha dado un infarto —dijo Knox.

—No es un infarto —protesté y si hasta ahora había recibido una mirada furiosa eso se había doblado.

—Kenneth —gruño Knox.

—Kincaid, trabajas en la segunda planta no en urgencias. Vete —ordenó Kenneth.

—Pero...

—¡Vete!

¡Al diablo con todo!

Eché un vistazo a mi reloj de plata antes de mirar a Knox.

—La dos y media, que consté que su abuelo está vivo y que si le ocurre algo no será mi culpa —dije.

Sin dirigirle ni una mirada más, ni una palabra más, me di la vuelta y salí de la sala de urgencias.

Durante la próxima hora comprobé a mis pacientes y estaba a punto de entrar al quirófano cuando una enfermera me paró.

—El doctor Feather quiere hablarte, te espera fuera —me dijo.

Esta era otra razón por la que no me gusta el director, no le importaba nada. Ni el tiempo que había pasado desinfectando mis manos solo para tener que hacerlo de nuevo después de hablar con él. Ni los minutos que el paciente tenía que esperarme en esa sala helada.

Lo encontré en el pasillo que llevaba a la sala de espera y tuve que aguantar las ganas que tenía de coger el teléfono en el que estaba tecleando y tirárselo a la cabeza.

—Doctor Feather.

—Kincaid, el señor Knox está en la sala de espera. Vas a ir a pedirle disculpas —dijo.

—¿Disculpas? —pregunté incrédula.

—Disculpas, tu comportamiento no fue correcto y...

Después de haberle metido el dedo en el ojo a mi compañero de colegio Ava intentó enseñarme cómo lidiar con las provocaciones. Lo intentó, pero no lo consiguió. Lo que hacía era no escuchar, fijaba la mirada un punto lejano y la mantenía ahí hasta que me daba cuenta de que el peligro de golpear a alguien había pasado.

—Si quieres mantener tu trabajo le pedirás disculpas. —Fueron las últimas palabras de Kenneth antes de darse la vuelta y marcharse.

No necesitaba el trabajo. No necesitaba nada ni de Kenneth ni de Knox.

Sin embargo, había firmado un contrato y no podía incumplir con mi palabra, no si quería seguir siendo la hija de mi padre. No iba a desheredarme ni nada parecido, pero el honor era importante para mi padre y no quería defraudarlo, ni a él ni a mí misma.

''—Saque la lengua.

—Pero, doctor, lo que me duele es el hígado.

—Ya, pero no le voy a decir que saque el hígado.''

La otra manera de calmarme era contar chistes en mi cabeza, mejor dicho, recordar los chistes que me enviaba Aiden cada mañana a las cinco de la madrugada cuando despertaba para ir a correr.

Tranquila y sabiendo que no tardaría nada en pronunciar algunas palabras de disculpa entré en la sala de espera. Knox estaba en el medio y su actitud no había mejorado. De hecho, se veía peor, más furioso.

—Le pido disculpas —dije rápidamente.

—Disculpas aceptadas —murmuró.

Puse los ojos en blanco y me di la vuelta.

—Si quieres conservar tu trabajo, te sugiero que cambies de actitud —dijo y en un instante volví a quedarme delante de él.

—¿Discúlpame?

—Me escuchaste, aparentemente harías cualquier cosa para llamar mi atención, incluso fingir ser médico.

—Soy médico —afirmé.

—Lo que sea, no estoy interesado. Mantente alejada.

Era surrealista lo que estaba pasando, lo que estaba escuchando. No sabía si sentirme insultada o halagada, porque si un hombre se toma el tiempo para advertirte que te mantengas alejada de él es que le gustas y mucho.

Incluso me parecía divertido, pero justo en ese momento no estaba de humor para reír o para perder el tiempo con hombres tontos y Blake Knox era el hombre más tonto que había conocido en mi vida.

—Doctora Kincaid, el paciente está preparado para la cirugía.

—Enseguida voy —le respondí a Cathy, mi enfermera favorita.

No la miré, estaba demasiado ocupada viendo como Knox

se daba cuenta del error cometido. Ocupada y encantada, tanto que pensaba ir a casa esta noche y pedirle a Ava acceso a las cámaras de grabación del hospital y guardar el video de este momento.

Lo iba a guardar, iba a imprimir la foto, comprarle un marco bonito y colocarlo sobre mi mesita de noche para verlo cuando me iba a la cama y recordar este bonito momento.

—Que tenga un buen día, señor Knox y espero que su abuelo se mejore pronto —le dije.

Esta vez pude salir de la sala sin más retrasos y volver a la sala de cirugía. Mientras había estado fuera el doctor Feather había cambiado mis pacientes, en lugar de la apendectomía que tenía programada tuve que reparar una ulcera péptica perforada.

Una de las reglas de mi madre era siempre mirar al paciente antes de la cirugía, decía que necesitabas verlo para darte cuente de que era un ser humano, que era el padre, la madre, el ser querido de alguien y no solo un cuerpo al que reparar.

Hoy me olvidé de la regla, pero lo hice cuando terminé. La cirugía había ido bien o eso era lo que yo pensaba hasta que vi que el paciente que acababa de operar era el abuelo de Blake Knox.

—¡Maldito doctor Feather! —susurré.

Cathy tosió e hizo un gesto casi imperceptible con la cabeza hacia arriba, hacia la galería que sin mirar sabía que ahí se encontraba el maldito doctor.

—Yo informaré a la familia.

La voz del director del hospital retumbó en la sala de cirugía y esta vez no conseguí calmarme a tiempo. Alargué la mano hacia la mesa de instrumental y casi había cogido un bisturí cuando Cathy alejó la mesa.

—No merece la pena —me dijo.

—No, pero me sentiría malditamente bien —murmuré.

—Lo sé, pero no tires por la borda tu carrera. Lo que necesitas es un buen café y un trozo de tarta de chocolate —dijo Cathy.

Tenía razón, nada como el chocolate para hacerte olvidar de las ganas que tienes de golpear a tu jefe o del hombre que te había ordenado mantenerte alejada de él.

El resto de día continuó con normalidad porque me mantuve alejada de la unidad de cuidados intensivos donde estaba el abuelo de Knox. Era mi paciente, pero el director me había enviado un mensaje advirtiéndome de no aparecer por allí.

El director era una mala persona bajo mi punto de vista, no trataba bien a los empleados, pero tonto no era y se había dado cuenta de que yo era una cirujana excepcional. Por eso hizo el cambio de pacientes, porque quería la mejor para la familia más rica de la ciudad.

El problema era que no lo supe antes, le hubiera dicho que podía hacer con las disculpas que me obligó a pedirle a Knox, pero esos dos no sabían con quien se habían metido.

Era lista como mi madre, paciente como mi padre y mala como mi madrina.

Capítulo 3

—Cuéntamelo una vez más —me pidió Addison.

—Ya lo has escuchado dos veces, no hay más. —Suspiré.

Me daba cuenta de que contarle a mi amiga lo ocurrido en el hospital con los Knox no había sido una buena idea, amaba un buen cotilleo y era una romántica irremediable. Ya estaba soñando con una historia de amor entre Knox y yo, incluso creo que ya se estaba imaginando nuestra boda.

Han pasado cuatro días y no había vuelto a ver a ninguno, ni a Knox ni a su abuelo, aunque tengo que reconocer que una noche cuando estaba de guardia fui a ver como estaba. A pesar de la edad, el abuelo de Knox tenía setenta y nueve años, se iba recuperando a muy buen ritmo y no había ni una complicación a vista.

Esta misma mañana estaba previsto que le diesen el alta y por eso estaba sentada en una cafetería con Addison en lugar de trabajar. Había cambiado con una compañera que prefería pasar el domingo con su novio y como yo no tenía nada planeado para ese día me vino genial.

No quería verlo y no, no era cobardía. Solo que no me había gustado su actitud y quería mantenerme alejada de él, al fin y al cabo, era lo que me había pedido.

—Avy, es Blake Knox. Todas las mujeres de esta ciudad darían un brazo solo por un beso suyo y tú tienes la oportunidad de mucho más.

—Yo no soy de la ciudad, ¿recuerdas? —respondí.

—Pero ¿tú estás ciega? Es guapo, es listo, tiene un cuerpo de infarto y es rico —insistió Addison.

—No me gustan los hombres ricos. Son unos hijos de puta egoístas. Narcisistas. Canallas. Engreídos. Hipócritas. Tiranos — dije.

—Wow, estoy impresionado con tu habilidad de conocer a una persona en dos minutos. —Escuché la voz detrás de mí y entendí porque Addison se estaba mordiendo los labios para no echarse a reír.

Yo también hubiera dejado salir una carcajada si hubiese sido otra en mi lugar, otra mujer hablando mal de un hombre sin saber que él estaba escuchando.

—Se suponía que eres mi amiga —le dije a Addison.

Ella se encogió de hombros mientras que él caminó hasta quedar enfrente de nuestra mesa y me obligué a inclinar la cabeza para mirarlo.

Iba vestido con traje. ¡Maldita sea!

Tenía una debilidad o mejor dicho una obsesión por los hombres que vestían un traje, por los que sabían llevarlo y que se veían como recién salidos de una revista de moda. El traje, la mirada divertida y el cabello despeinado era una combinación peligrosa para mí.

—Doctora Kincaid —dijo Knox, y casi me derretí en mi silla cuando escuché la manera en la pronunció mi nombre.

—Señor Knox.

Lo miré esperando ver que era lo que quería porque él se había parado en nuestra mesa, él había escuchado una conversación privada.

—Le pido disculpas por mi comportamiento del otro día. Estaba preocupado por mi abuelo, pero eso no me da derecho a tratarla como lo hice. Esperó que acepte mis sinceras disculpas.

Aparté la mirada de él por un segundo para encontrar a la de Addison que estaba hiperventilando.

—Disculpas aceptadas —dije en un final.

—Entonces, ¿le gustaría tomar un café conmigo? —preguntó él.

Las disculpas fueron una sorpresa inesperada, pero la invitación iba más allá de eso, entraba en la categoría de ficción.

—¿Por qué no se sienta aquí? —propuso Addison poniéndose de pie y cogiendo su bolso —. De todos modos, necesito volver al trabajo.

—Dijiste que ibas a tomarte el resto del día libre para acompañarme a ver la cascada —le recordé a mi amiga que por lo que estaba viendo no seguiría siendo amiga por mucho tiempo.

—Lo dije, pero he recordado que si quiero esa promoción tengo que trabajar. También mentí cuando dije que me gustaba caminar por el bosque. Odio todo lo que tiene que ver con actividades al aire libre.

Mientras estuve hablando con ella Knox había aprovechado para sentarse y pedir un café, de hecho, pidió dos que la camarera trajo en un tiempo récord lo que me hizo mirarla con el ceño fruncido.

No era la primera vez que lo presenciaba, no le dan el mismo trato a un cliente normal que a uno rico.

No dije nada, solo esperé sentada en silencio mirando la taza de café.

—Así que has mentido —dijo Knox.

—Mentir es una de las cosas que nunca hago.

—Aceptaste mis disculpas, pero ahora no quieres aceptar el café que pedí para ti. ¿Cómo explicas eso?

—Es muy sencillo, que hayas pedido disculpas no significa que quiero pasar tiempo contigo. Además, creo que teníamos un acuerdo, ¿verdad?

—Correcto.

Siguieron algunos minutos de silencio, de él mirándome, analizándome y aunque intenté apartar la mirada, mirar a los otros clientes de la cafetería siempre volvía a él. Cogí mi taza de café, pero estaba vacía y me negaba a tomarme la que me compró él.

Sí, era tan testaruda.

—No me lo esperaba. —Knox rompió el silencio.

—¿Qué era lo que no esperabas?

—Que fueras tan rencorosa —dijo.

Sí, también era rencorosa y odiaba que él se había dado cuenta de ello en solo unos minutos. Lo odiaba y por eso cuando mi teléfono móvil vibró decidí añadir maleducada a la lista de mis defectos.

—Hola, mamá —dije contestando a la llamada, lo hice mirándolo a los ojos.

Escuché a medias a mi madre y en un final tuve que girar la cabeza para poder concentrarme en lo que me decía.

—No, mamá. No puedo pedir dos semanas de vacaciones para ir al cumpleaños de mi primo.

Tenía muchos primos y no había mes o semana sin una celebración.

—Mamá, llevo seis meses en el trabajo, no hay vacaciones hasta el año y lo sabes muy bien. Puedo ir un fin de semana a veros, pero no puedo coger un vuelo hasta la casa de los tíos —propuse.

—*Un fin de semana no es suficiente, iremos nosotros y podrás enseñarnos tu nuevo hogar* —dijo mi madre.

Luego colgó tan rápido que ni me dio tiempo de despedirme.

¿Mi madre en Cantury? Mala idea, malísima.

Durante los años que estudié Medicina todos sabían quién era yo, quién era mi madre y no fue exactamente divertido. Todos pensaban que estaba ahí porque era su hija, no porque lo merecía así que no hice muchos amigos ni en la universidad ni después en los años de residencia.

Los otros médicos solo querían ser mis amigos porque pensaban que podían aprovecharse de ello y por eso cuando solicité el puesto de cirujano en el Hospital Cantury usé solo el apellido de mi padre.

Aquí era la doctora Avy Kincaid, una buena estudiante que se graduó summa cum laude. Era una buena cirujana, una buena empleada, una buena compañera, pero todo eso iba a cambiar si averiguaban quién era mi madre.

Sin importarme que Knox estuviera presente, que me estaba mirando pensativo marqué el número de mi padre.

—Papá, mamá quiere venir a visitarme. Tienes que impedírselo —me quejé, ni siquiera dejando saludar a mi padre.

—*Avy, ya sabes cómo es tu madre.*

—Lo sé, pero me lo debes. Iré a visitaros en unas semanas, ¿vale? Luego necesito seis meses más, me lo prometiste.

—*Sabes muy bien como obtuviste esa promesa, Avy, pero vale. Convenceré a tu madre, pero recuerda que si no va no significa que no sepa todo lo que pasa en ese hospital tuyo, en esa ciudad* —me advirtió mi padre.

Suspirando miré alrededor de mí, buscando una cámara de vigilancia y encontré varias en las esquinas de la cafetería. También encontré a uno de los hombres de Ava que estaba sentando en un rincón fingiendo disfrutar de un café.

—Estoy bien, papá, créeme, estoy bien —aseguré a mi padre, esperando que hiciese lo mismo con mi madre.

—*¿Estás cien por cien segura? ¿No voy a tener que enviar a tu* *madre a restaurarle la vista a nadie?*

—No, papá, y sabes muy bien que no he vuelto a meterle los dedos en los ojos a nadie desde que aprendí el daño que puede causar.

Ese pobre niño del colegio infantil se había convertido, no en una broma, pero en un recordatorio de lo que era capaz cuando me enfadaban.

Colgué después de prometer que llamaría por la noche para contarle como me iba en el trabajo y sabiendo que mi padre solo no conseguiría convencer a mi madre hice otra llamada.

—*Ya era hora* —me saludó Ava, mi madrina.

—¿Cuántos años tengo, Ava? —le pregunté y no esperé una respuesta, ella lo sabía muy bien—. Soy una adulta y puedo cuidarme sola, tú misma me enseñaste como hacerlo así que, por favor, confía en mí.

—*Ok, Avy. Me quedaré fuera de tu vida por un tiempo y vigilaré a tu madre.*

Colgué por tercera vez pensando en la rapidez con la que Ava aceptó quedarse fuera de mi vida y guardé el teléfono en el bolso evitando la mirada de Knox.

—¿Meter los dedos en los ojos? —preguntó.

—Tenía cuatro años y una muy buena razón —dije.

—Y no la quieres compartir conmigo.

—Exacto, ahora si me disculpas tengo planes.

Hice ademán de ponerme de pie, pero Knox apoyó los codos en la mesa y se inclinó hacia mí. Era una mesa pequeña, tanto que si me inclinaba yo también podría tocar su rostro, podría besarlo.

—Déjame mostrarte la cascada —dijo.

—No, creo que me quedaré con nuestro primer acuerdo.

—Doctora Kincaid, ese era yo pidiéndole una cita —aclaró.

—¿Por qué? El otro día no querías verme ni en pintura y ahora de repente me estás invitando a salir... —Mi voz se rompió cuando me di cuenta de la razón de su cambio.

Blake Knox sabía quién era yo.

Ahora tenía sentido. Los ricos eran iguales que los pobres cuando se trataba de alguien como yo, alguien que venía de una familia tan poderosa, alguien que un día sería la dueña de una de las empresas más grandes del mundo.

Siempre querían más dinero, más poder, más fama y por lo visto a Knox ser dueño de la ciudad no le parecía suficiente, me quería a mi para ser aún más rico. Había pasado lo que más temía y marcharme lejos de mi familia fue inútil.

Me puse de pie y Knox me imitó.

—No, señor Knox, no quiero salir con usted. Ni ahora ni nunca —le dije.

—Hay algo que deberías saber sobre mí, doctora Kincaid, siempre consigo lo que deseo. Siempre.

—¿Eso es una amenaza?

—No, nena, es una promesa.

—Adiós, señor Knox.

—Hasta pronto, doctora Kincaid —dijo.

Estaba maldiciendo cuando salí de la cafetería. Ava me había asegurado de que sería imposible averiguar mi verdadera identidad y aquí estaba Knox intentando conquistarme. Sin embargo, ese no era el problema.

El problema era que nunca me sentí tan atraída de un hombre y Knox no era cualquier hombre. No tenía ninguna duda de que era un experto en conquistar a las mujeres, como tampoco tenía ninguna duda de que yo no iba a ser capaz de resistirme a su encanto.

Estaba atrapada.

No podía irme de la ciudad, había firmado un contrato y era imposible romper mi palabra.

Podía pedirle ayuda a Ava, pero le acababa de pedir que confiase en mí y no iba a llamarla cinco minutos después pidiendo ayuda como una niña pequeña.

Lo que quedaba era aguantar, ser fuerte ante la tentación.

Me fui a casa a cambiarme y después cogí el coche para ir a ver esa cascada que llevaba meses deseando ver. No tardé mucho en llegar, aparqué el coche y luego caminé los tres kilómetros que me faltaban.

El cielo que sintió mi malhumor decidió acompañarme en la miseria y a la mitad del camino empezó a llover. Por culpa de la lluvia escuché el sonido tarde, era como un zumbido que vibraba en el aire.

Unos pocos momentos después la fuente del zumbido se reveló. Era la cascada y su belleza me fascinó. A medida que me acercaba el ruido aumentaba, retumbaba, lo sentía vibrar desde la planta de mis pies hasta la punta de mis dedos.

La cascada azul salía sobre las rocas y se derramaba en una piscina de grava. Parecía una cortina de plata que detrás escondía mil y uno secretos. Intenté vislumbrar señales de una cueva, pero entre la lluvia que no cesaba y el agua que golpeaba las rocas era imposible ver algo.

El lugar era increíblemente bello, el olor a lluvia se mezclaba con el olor dulce de las flores y me senté en una roca para poder admirar toda esa belleza.

—Además de testaruda y rencorosa también eres insensata.

—¡Aaaah! —grité saltando de susto.

Mi cerebro tardó segundos en reconocer la voz, esos segundos que tardé en darme la vuelta y ver a Knox enfrente de mí.

—¿Has perdido la cabeza? ¿Cómo se te ocurre acercarte? —grité.

—De la misma manera en la que se te ocurrió a ti hacer senderismo sin comprobar la predicción meteorológica —replicó él.

Se había quitado el traje y ahora vestía vaqueros, botas y cazadora de cuero.

—Y tu atuendo es perfecto para senderismo, ¿verdad, Knox?

—Es perfecto para rescatar tu trasero.

—Eres tan... tan... —No encontraba las palabras para decir lo que era el pensar que necesitaba un hombre que venga a rescatarme. La lluvia no debía haber empezado hasta después de caer la noche, no era tan idiota como para ir sin pensar todos los aspectos.

—Testaruda —dijo él dando un paso hacia mí—. Rencorosa. —Otro paso—. Insensata —pronunció la última palabra cuando le quedaban dos pasos para llegar hasta mí, aunque no tenía ninguna duda que si él lo desease podría agarrarme y no me daría tiempo a reaccionar.

No me interesaba lo que él pensaba de mí, su mirada era más preocupante.

—No me mires así —le pedí.

—¿Cómo te estoy mirando, Kincaid? —preguntó.

—Como si desearas besarme y eso no es lo mío —dije levantando la voz.

—¿Besar no es lo tuyo?

—Besar sí, pero todo eso de hacerlo durante una discusión no me convence porque si estamos en medio de una pelea lo que deseo es tirarte algo a la cabeza, no besarte —expliqué.

—Es bueno saber que no tienes problemas con besar a un

hombre que has visto tres veces en tu vida —dijo.

—Cuatro y he besado hombres a los que ni siquiera les conocía el nombre.

¿He dicho que era mala como mi madrina? Los hombres, a veces, no siempre, eran tan previsibles, sin importar si me deseaba por mi dinero o que se sentía atraído por mí, todos y cada uno de ellos odiaban escuchar hablar de los otros hombres que había besado o llevado a la cama.

Blake no fue diferente. Endureció su rostro, cada rasgo se convirtió en una máscara impasible, dura como la de una estatua.

—El sendero se vuelve intransitable con la lluvia, si no quieres pasar la noche aquí sugiero que me sigas —dijo.

Knox se dio la vuelta y tomó el pequeño sendero, sin pensarlo demasiado lo seguí. El problema fue eso, que estaba más pendiente de su espalda, de su trasero cubierto por la tela azul de sus vaqueros, que no presté atención por donde ponía los pies.

—¡Ay, ay, ay!

La caída fue fuerte, sentí como un pie resbalaba y mientras levantaba las manos buscando algo en que apoyarme el otro también resbaló y el trasero que Knox había venido a rescatar golpeó con fuerza el suelo.

No cualquier suelo, uno muy mojado y pegajoso. Barro, estaba en un charco lleno de barro.

—¡Maldita sea, Avy! ¿Cómo puedes ser tan torpe? — exclamé olvidando que Knox estaba ahí hasta que vi sus botas caminando hacia mí.

Se paró y no dijo nada, tampoco hizo nada y al final tuve que inclinar la cabeza y mirarlo. Su ceño fruncido, la manera en la que me estaba mirando envió en escalofrío a través de mi columna.

—¿Me vas a ayudar? —le pregunté sintiéndome incomoda bajo su mirada.

—¿Nadie te dijo que llamarte a ti misma torpe no está bien para tu autoestima?

—¡Dios! —exclamé sacudiendo la cabeza—. ¡Hombres!

Intenté levantarme solo para volver a resbalar. Ignorando la mano de Knox que estaba a centímetros de mí conseguí ponerme de rodillas y luego de pie. En lugar de ir en dirección al sendero me dirigí hacia la cascada y al llegar a la orilla me agaché para limpiar mis manos.

Mi madre estaba obsesionada con bacterias y virus y aunque había intentado mantenerlo oculto de nosotros por lo menos conmigo no lo consiguió, con mis hermanos sí. Quizás porque ellos no habían estudiado medicina y no habían visto de cerca el daño que podían provocar las bacterias, virus y todo lo que había por ahí.

Y esa obsesión se traducía en limpiar mis manos muy bien, muy frecuentemente que fue lo que hice ahora. Después me puse de pie y busqué en mi mochila el desinfectante para manos y las froté muy bien mientras ahora sí que cogía el sendero para volver a casa.

—¿Vienes? —le pregunté a Knox.

Se había quedado en el mismo lugar y su expresión me gustaba menos que el ceño fruncido de antes. Tal vez hubiera sido mejor besarlo antes, entonces nada de esto hubiera ocurrido.

Podía vivir con la ropa manchada de barro, pero no con el asiento de mi nuevo coche sucio. Tampoco podía dejar el coche aquí y volver a casa en taxi.

—Avy —dijo él.

¡Oh, chico, estaba en problemas! Me gustaba cuando me llamaba doctora Kincaid, pero me moría de gusto al escucharlo pronunciar mi nombre. ¿Qué diablos estaba pasando conmigo? ¿Me había enamorado del hombre o de su voz?

—¿Crees que podrías estar callado en nuestros próximos encuentros? Es para un estudio —dije.

—Estudio —repitió, por fin encaminándose hacia mí.

Cuando llegó a mi lado cogió mi mano y siguió su camino después de darme un momento en el que miré nuestras manos. La mía era pequeña, fina y fría, la suya era grande, áspera y caliente.

—Verás, Avy, llamaste mi atención ese día en la feria, pero mis pensamientos no iban más allá de llevarte a un rincón oscuro, escondido de las miradas, saciar el deseo que sentía y olvidar tu cara y nombre en el momento en que me daba la vuelta —dijo Knox.

Agradecí el soporte que me daba su mano, el hecho de que él nos llevaba por el sendero porque yo no podía prestar atención a nada más que a sus palabras. La sinceridad que podía notar en su voz me sorprendió y empecé a preguntarme si no me había equivocado al pensar que él sabía quién era yo en realidad.

—Pero no lo hiciste —murmuré.

—No, porque no hago todo lo que pasa por mi cabeza y aprendí hace mucho tiempo a controlar los impulsos porque sé que no me llevan a nada bueno.

—Ahora soy mala, aunque tampoco fui buena, excepto para un revolcón —pensé en voz alta—. Ahora mi trasero congelado me impide pensar, pero más tarde me sentiré insultada y nuestro próximo encuentro seré una bruja contigo —le advertí.

—¿Estás segura de que habrá otro encuentro?

—Tan segura que apostaría lo que quieras —le dije y cuando Knox se paró me di cuenta del error que acababa de cometer—. Ahora quieres apostar, ¿a qué sí?

—¿Acaso lo dudabas?

Ni la expresión de sus ojos, ni la manera en la que se acercó hasta casi tocar mi pecho con el suyo no me gustaban ni una pizca. Bueno sí, esos ojos prometían muchas horas de diversión y placer, y el cuerpo un calor que necesitaba con desesperación.

Y su otra mano que se deslizó en mi cabello, y esos grandes dedos que acariciaron mi nuca... ¡Diablos! Estaba en problemas hasta la coronilla.

—Ahora tampoco es un buen momento para besarme —murmuré, mi voz temblorosa.

—No estamos discutiendo —dijo su cabeza bajando, acercándose con cada segundo que pasaba.

—No, pero tengo frío y me gustaría disfrutar de nuestro primer beso, además de recordarlo con placer y eso no se puede hacer cuando estoy tiritando de frío.

—Dime, Avy, ¿eres una de las mujeres que recuerda y celebra cada primera vez? —preguntó su boca pegada a mi oído.

—Celebré la primera vez que pude subir a un caballo sin temblar de miedo, cuando pude sostener un bisturí sin pensar en que un solo error podía ponerle fin a la vida de una persona, cuando recibí mi diploma. Celebré cada victoria, cada obstáculo vencido, así que la respuesta es sí, pero tranquilo, por cómo van las cosas tú y yo nunca vamos a tener nada que celebrar.

No estaba mintiendo, todo el mundo sabe que si cruzas los dedos de las manos a la espalda la mentira no cuenta. No era el momento de decirle a Knox que mi corazón se aceleró en el momento en que lo vi y que desde entonces más de una vez me imaginé nuestro final feliz, la boda, los niños.

No, no era el momento y por sus labios que se deslizaban por mi mejilla hacia mi boca entendí que quería o no iba a recibir mi primer beso, nuestro primer beso.

—Vale —dijo él besando la comisura de mi boca y fue un

beso tan breve y suave que si no hubiera estado tan pendiente de sus movimientos diría que lo había soñado—. Esperaremos hasta el momento perfecto.

Quitó la mano que tenía en mi cabello y continuó el camino. Seguía lloviendo y el frío me mantenía demasiado ocupada para poder pensar en él o en el hecho de que había hablado del momento perfecto.

Tenía razón, nos habíamos visto cuatro veces y todo lo que sabía sobre él eran cotilleos que me había contado Addison. También sabía que era un buen nieto, que amaba a su abuelo, que era un hombre que estaba acostumbrado a tenerlo todo.

Lo que no me cuadraba era su paciencia, su decisión de esperar el momento adecuado para el beso y mucho menos después de haberme confesado que lo que se le pasó por la cabeza la primera vez que me vio fue echarme un polvo rápido y luego olvidar que ha pasado.

Me gustaba, físicamente era imposible que no me gustara, lo que sentía cuando me tocaba era algo que nunca había sentido en toda mi vida. Tenía dudas sobre su carácter y eso solo iba a arreglarse con pasar más tiempo juntos.

Lo que no sabía era si debía darle una oportunidad, no estaba segura de que él supiera quién era yo. Dudaba de que me respondiera si le preguntase.

Knox, ¿qué te parece si me dices la verdadera razón por la que estás interesando en mí?

Y él iba a responder que sí, que lo que quiere es el dinero y las conexiones de mi familia.

Había una manera muy fácil de averiguarlo, pero ya no quería hacerlo. No quería pedirle ayuda a mi madre, a mi madrina tampoco, pero tal vez se lo podía pedir a mi hermano Asher.

Él tenía esa habilidad, que envidiaba con toda mi alma, de mirar una persona y saber si era de fiar o no. Bromeaba que yo había heredado el cerebro de mamá y él la intuición dejándole a Aiden el malhumor.

No sería mala idea invitar a Asher a pasar unos días en la ciudad y conocer a Knox. Después de recibir el visto bueno de él podría tomar una decisión, seguir conociendo a Knox o mandarlo al infierno.

Sería una verdadera pena, pero no me apetecía nada tener el corazón roto por un cazafortunas.

<h1 style="text-align:center">Capítulo 4</h1>

Para cuando llegamos al coche ya había tomado una decisión y también temblaba tanto que no sabía si podría conducir, tal vez después de poner la calefacción a tope y esperar un rato antes de emprender el camino hacia la ciudad.

—Por aquí —dijo Knox caminando hasta un todoterreno negro.

—Mi coche es ese. —Señalé con la cabeza hacia mi pequeño Audi rojo.

Había sido una compra hecha en un momento de debilidad y Ava me había echado la bronca cuando lo averiguó. Sabía muy bien que cuando me avisó de que iba a llevar mi coche al taller Ava lo había hecho a su gusto, o sea, mi pequeño Audi rojo era más veloz y seguro que cualquier otro.

—Avy, no estás en condiciones para conducir. Déjame llevarte a casa.

—No creo...

—Por favor —me interrumpió.

—Bueno, si me lo estás rogando entonces debería aceptar, ¿no?

Tengo que confesar que caminé hasta el coche, esperé a que me abriera la puerta y lo hice sonriendo y pensando en que todo el barro de mi ropa iba a ensuciar su coche. Era una pequeña venganza por llamarme insensata.

El problema fue que me ayudó a entrar en el coche y su expresión no cambió, no hizo ni una mueca de desagrado por sentarme en su asiento cubierto de piel. La decepción se apoderó de mí ser mientras esperaba a que subiese al coche.

—¿Sabes cuál fue mi primer error? —preguntó Knox después de poner el coche en marcha. Su brazo estaba en el respaldo de mi asiento mientras daba marcha atrás para salir del aparcamiento.

—¿No haber aparcado mejor?

—No, pensar que la mujer que me estaba devorando con la mirada era solo otra joven sin cerebro e interesada en mi cuerpo y mi dinero. Tengo la impresión de que ni en diez años sería capaz de averiguar qué pasa por tu cabeza, que nunca llegaría a comprenderte.

—No te estaba devorando, esa era Addison —me defendí.

Knox se echó a reír y el sonido fue tan inesperado que me quedé mirándolo fascinada.

—Conozco a Addison, trabaja para mí, y sé muy bien cómo me mira, créeme, su mirada nunca fue nada parecido a una caricia.

—¡No te estaba acariciando con la mirada! —grité.

—Lo que tú digas, nena —dijo Knox.

Su sonrisa divertida me enfureció tanto que ni siquiera cinco chistes consiguieron calmarme, pero por lo menos me mantuvieron ocupada y no hice nada drástico.

Que yo lo estaba acariciando dijo.

Había visto hombres más guapos que él.

—Puedo tener cualquier hombre del mundo, cualquier hombre —dije entre dientes, cuando ya no pude aguantar—. Eres guapo, lo admito, pero no el más guapo.

—En cambio, tú sí que eres la más guapa.

Ahí estaba la confirmación que necesitaba. Blake Knox sabía quién era yo porque de otra manera no diría que yo era la mujer más guapa del mundo. Guapa era, lista y todo lo demás, pero no la más guapa, eso lo decía alguien que quería algo de mí.

—Sabes quién soy —murmuré.

—Avy Kincaid, la mejor cirujana del Hospital Cantury, la mujer más misteriosa y difícil de entender del mundo. ¿Qué clase de nombre es Avy? Es la primera vez que lo escucho.

—Ya.

No había recibido la respuesta que deseaba así que cerré la boca y miré por la ventana mientras él conducía de vuelta a la ciudad. Intentó continuar con la conversación, pero después de recibir solo un par de respuestas monosilábicas de mí renunció.

—Necesito que me digas la dirección, Avy —Knox me pidió después de entrar en la ciudad.

Se la murmuré y por un momento nuestras miradas se encontraron. No pude descifrar la suya, pero él si comprendió la mía.

Poco después aparcaba delante de mí apartamento y murmuré un agradecimiento rápido mientras desabrochaba el cinturón.

—Nos vemos —dijo él cuando estaba bajando.

Lo miré, mi rostro impasible.

—O no.

Cerré la puerta del coche con suavidad mientras lo veía sonreír travieso. Blake Knox pensaba que estaba bromeando, pero no me conocía. Nadie que iba detrás del dinero de mi familia pertenecía a mi vida.

Después de un baño caliente y una sopa que quemó mi lengua me metí en la cama con un libro. El teléfono sonó justo en el instante en el que abrí el libro. No fallaba, Asher no fallaba nunca.

—Eres pesado, lo sabes, ¿verdad? —dije un segundo después de descolgar.

—*Y tú muy previsible.*

—¿Qué quieres, Asher? Necesito averiguar quién es el asesino.

—*Es el jardinero.*

Amaba leer, Asher no, él solo leía para molestarme a mí. Seguía sin saber quién de las dos, mi madre o Ava, le contaba a mi hermano que libro estaba leyendo en cualquier momento. Al principio pensaba que me había hackeado la cuenta de Kindle y pasé a los libros en papel, además me gustaban más.

Eso tampoco funcionó, Asher seguía arruinando mis libros y no solo las novelas de misterio o las policiacas, incluso las románticas. Siempre había un detalle que no quería saber y él me lo decía.

—Tienes suerte de ser mi hermano —le dije.

—*La afortunada eres tú, ábreme la puerta, ya sabes que no me gusta la lluvia.*

Salté de la cama y eché a correr, presioné el botón en el telefonillo para abrirle y lo esperé con la puerta abierta. No me sorprendía ni un poco la presencia de Asher, de hecho, si no hubiera estado tan pendiente de Knox lo hubiera sabido antes.

Éramos trillizos, Asher, Aiden y yo y la conexión entre nosotros era fuerte. No especial, era algo normal entre los gemelos. No podíamos leer nuestros pensamientos, pero sí sabíamos cuando uno de nosotros estaba triste o muy enfadado.

También sabía cuándo estábamos cerca, por ejemplo, en la misma ciudad. Mamá nos llevó al hospital cuando éramos niños para probar nuestras habilidades y sus palabras después de acabar fueron: *Sois normales, gracias a Dios.*

Normales o no, la relación con mis hermanos era especial.

Aiden era el mayor por unos miserables segundos que

le encantaba recordarnos, el siguiente en nacer fue Asher y la última yo. Los dos eran idénticos y sus personalidades era la única manera de diferenciarlos.

Aiden era serio y Asher era más despreocupado, más divertido y con ganas de comerse el mundo. Si se empeñaban hasta a mi madre le sería difícil distinguirlos, a mí no, yo sabía quién era quién incluso con los ojos cerrados.

Yo era una mezcla de los dos, sería y divertida con muchos toques de maldad (no de la mala, mala, solo que si me hacías algo que no me gustaba lo pagabas). Mi madre decía que lo sabía desde que estaba en su vientre por las patadas que le propinaba a ella y a los chicos.

Los amaba a los dos, eran mi mundo, pero con Asher tenía una conexión un poco diferente. Siempre sabía cuándo lo necesitaba, la mayoría de las veces lo sabía antes que yo misma.

Miré a Asher salir del ascensor y caminar hacia mí, tan fuerte y confiado, tan alegre y despreocupado. Se parecía a mi padre, era casi como un clon suyo joven. El cabello moreno, los ojos azules, la sonrisa, aunque la de Asher no era tan carismática como la de papá.

—Estaba cerca y decidí no gastar el dinero en una habitación de hotel —dijo Asher.

—Porque el dinero es lo que te falta a ti —le respondí retrocediendo para dejarlo entrar.

Soltó su maleta en la entrada y abrió los brazos. No lo dudé y por un largo tiempo lo abracé, robando un poco de su fuerza.

—Estoy hecha un lío —confesé.

—Para esto estoy aquí, vamos a cenar y veremos qué podemos hacer para desenredarte —dijo Asher.

Se dirigió a la cocina y cuando lo alcancé ya estaba mirando el contenido de mi frigorífico. A Asher le gustaba cocinar, a mí no tanto, lo hacía para no morir de hambre.

Además, era un poco maniático en cuanto a la comida y era preferible quedarte fuera de su camino mientras cocinaba así que me senté en una silla en la isla y esperé.

—Deberías comer más verduras, Avy, y siendo médico ¿no deberías saberlo? —me preguntó colocando sobre la isla dos calabacines.

—¿Eso no es verdura?

—Lleva más de una semana en tu frigorífico, hermanita.

—¿Vamos a hablar de mis hábitos alimenticios, de mi horario infernal o de las horas que paso en un quirófano? —espeté.

Comer sano era una de las primeras cosas que se las pedía a mis pacientes, pero también era la primera que no lo cumplía y es que después de horas de pie no me apetecía pasar más tiempo cocinando sano. Además, después del trabajo prefería una pizza y un helado de chocolate viendo una película.

—Ya las he oído todas, pero mejor cuéntame sobre ese hombre que te está volviendo loca.

Suspiré sin ganas de pensar en Knox, pero después de prepararme una infusión y darle a Asher una cerveza fría me senté de nuevo en la silla y se lo conté.

Que era guapo y rico.

Que mi corazón se aceleraba cuando lo miraba y si él me miraba ya estaba a punto de darme un infarto.

Que había sido un idiota conmigo en el hospital.

Que me había rescatado en la cascada, a pesar de que no lo necesitaba.

Que era demasiado creído.

Que sabía quién era yo.

—Eso no es malo, Avy. ¿Te das cuenta de que algún día, si todo sale bien con vosotros dos, tendrás que decírselo? —

preguntó Asher colocando los platos sobre la isla.

Miré lo que parecía un rollo de calabaza y queso, los demás ingredientes eran un misterio y aun sabiendo que era un buen cocinero esa cosa no me apetecía nada.

—¿Y qué más da si se lo digo después? Nadie habla de la familia en la primera cita, ni en la segunda y si no lo entiende es que no es el hombre para mí.

—Te conozco y sé muy bien de donde viene todo esto, pero él no y se sentirá traicionado, como si no hubieras confiado en él. Además, hermanita, ya sabes cual es la primera regla de una buena relación.

—El sexo —bromeé.

—La sinceridad —dijo Asher.

Preferí coger el tenedor y comer esa mezcla extraña de calabacín y huevo a seguir hablando de relaciones. Mi hermano me dejó en paz durante unos pocos minutos en los que me comí la mitad de la comida.

—Esto está bueno, necesito la receta —le dije.

—Mejor me lo dices y yo te lo preparo que lo tuyo es la cirugía, no la cocina.

—Preparar la cama de la habitación de invitados tampoco es lo mío —le devolví y nos echamos a reír.

Aunque, mientras Asher recogía la cocina yo le preparé la habitación. Nos fuimos a dormir y cuando me tumbé en la cama me sentía mucho mejor sabiendo que mi hermano estaba aquí.

No me había dado cuenta de cuanto echaba de menos a mi familia. Cuando estaba en casa no había día sin verme con alguno de ellos, primos o tías, los hermanos no cuentan, a ellos los veía quisiera o no, de alguna manera nuestros caminos se cruzaban cada día.

En Cantury había disfrutado de mi soledad, bueno, al principio lo hice, luego conocí a Addison y ahora Asher estaba aquí. Iba a pasármelo bien durante los próximos días o eso pensaba hasta que me di cuenta de que iba a trabajar desde el domingo hasta el miércoles sin descanso.

El sábado después de un desayuno preparado por Asher, lo bueno de tenerlo de visita era que alguien me preparaba las mejores comidas, fuimos a dar un paseo por el centro de la ciudad.

A Asher le gustó tanto que su mente ya estaba planeando una docena de posibles negocios, tuve que decirle que no, que por lo menos en los próximos meses no iba a ocurrir.

Mi madre era famosa por el mayor descubrimiento en la medicina, mi padre era el CEO de la empresa más grande de Estados Unidos, sus fotos no aparecían cada día en los periódicos, pero la gente los reconocía.

A nosotros tres no, mamá hizo lo imposible para mantener nuestra privacidad y aunque no éramos desconocidos, tampoco éramos muy conocidos y era así como nos gustaba. Libres para ser y hacer lo que fuese que deseáramos.

Ese día Knox no apareció, a pesar de que pasamos todo el día fuera de casa no hubo ni un encuentro fortuito como los anteriores. Asher notó que estaba mirando a izquierda y derecha de vez en cuando, pero no dijo nada, bueno, puso los ojos en blanco que era su manera de decirme que me estaba comportando como una adolescente.

Los siguientes tres días trabajé y Asher, pues no sé muy bien que hizo durante las horas que yo estuve en el hospital. Según él se relajó, pero eso era algo que ni mis hermanos ni yo habíamos aprendido hacer.

Salimos a cenar o a pasear, pero ni rastro de Knox y estaba tan segura de que iba a aparecer de repente que cuando no ocurrió me desilusioné.

Había hablado con Addison y sin intención le dije que mi hermano estaba de visita, ella insistió en conocerlo y por eso el miércoles quedamos para tomar algo. Era antes de cenar por si las cosas se ponían incomodas.

Addison y Asher no eran una buena combinación. Los dos eran demasiado parecidos y no tenía ninguna duda de que iban a saltar chispas entre ellos dos. Tenía razón, los ojos de Addison brillaron desde el instante en que entró en el pequeño bar y vio a Asher sentado a mi lado.

Solo tuvo ojos para él mientras se lo presentaba y me pasé media hora siendo un testigo silencioso de su proceso de emparejamiento. Que sí, que era justo eso. Los dos destacando lo mejor de su físico y de su personalidad.

Addison no le quitó la mirada de encima ni siquiera cuando Asher se disculpó para ir al servicio.

—¿Lo quieres acompañar? Estoy segura de que le gustaría —dije.

Addison me miró herida. ¿Qué diablos? ¿Ella se sentía mal cuando la que fue ignorada fui yo?

—Vaya, esto sí que es una sorpresa. La verdad es que pensaba que eras mi amiga, no me lo esperaba de ti.

—¿Qué es una sorpresa, Addison? —pregunté con un tono de voz cortante, mi mal carácter mostrando su cara.

—Crees que soy una mujerzuela, que no soy suficientemente buena para tu hermano —dijo ella.

La miré boquiabierta durante tanto tiempo que ella perdió la paciencia.

—¿Por qué me miras así? —preguntó.

—Lo que tú haces con mi hermano no es asunto mío, un poco sí, porque lo conozco y sé que no será un hombre fácil de olvidar. Si quieres mi opinión te diría que no lo hagas, que no vale la pena pasar una noche con él y terminar enamorándote de él. Pasará, Addison, lo he visto pasar y aunque crees que eres muy fuerte y lista caerás igual.

Las mujeres adoraban a Asher y a Aiden, habían tenido más novias de lo que podía contar, pero nunca duraban más de unos días, a veces algunas semanas. Sin embargo, ellas, no todas, pero el noventa por ciento, volvían a pedir más. Más citas, más atención, más beneficios, más sexo, más amor.

Por lo que yo sabía hasta ahora ni uno de los dos había estado enamorado de verdad. Yo tampoco. Tal vez, había algo disfuncional con nosotros tres.

—Es guapo, eso es obvio —dijo Addison distrayéndome de mis pensamientos—. Pero no voy a enamorarme de tu hermano, te lo prometo.

Puse los ojos en blanco sabiendo que esa era una promesa que no podrá cumplir, pero quién era yo para impedirle que se miéntese a sí misma.

—Lo que tú digas —murmuré.

—Si no estás enfadada porque estoy flirteando con tu hermano, entonces ¿por qué lo estás?

—Por nada, porque llevo medio hora aburrida —dije.

—Media hora en la que no has parado de mirar la puerta esperando a tu caballero de brillante armadura —dijo Addison.

Abrí la boca para negarlo, pero la mirada de ella me dijo que no hacía falta, sabía la verdad, así que suspiré.

—Necesito presentarle a Asher. Mi hermano tiene un sexto sentido sobre las personas, sabrá en un momento si Knox es bueno para mí o no —expliqué.

—Aja —murmuró ella.

Asher volvió justo en ese momento quitándome la oportunidad de preguntar a Addison que significaba esa aja. Empezó a hablar sobre un restaurante que era tan exclusivo que no podías entrar sin una invitación y dicha invitación solo se conseguía si un miembro te recomendaba.

—Hay un bar justo al lado con una pequeña terraza,

podríamos ir y ver quién entra, quién sale —propuso Addison.

—Yo tengo una idea mejor —dijo Asher.

—¡Asher, no! —protesté.

Sabía muy bien cuál era su idea y era mala, tan mala que iba a convertir mis próximos seis meses en la ciudad en un infierno.

—¿Cuándo perdiste tu fe en mí? —me preguntó.

No tardamos ni un cuarto de hora en marcharnos del bar y caminar hasta el restaurante. Ahí nos saludaron amablemente y nos llevaron a una mesa justo en el centro. Addison estaba impresionada y yo a pesar de que quería estar enfadada estaba sonriendo. Ella estaba feliz. Asher se estaba divirtiendo.

¿Por qué no hacer lo mismo? No tenía sentido pensar en un hombre y mucho menos cuando lo único que hacía era esperar una señal divina. Era lo que estaba haciendo, ¿no? Sería muy fácil conseguir su número de teléfono, pero en cambio yo estaba esperando la intervención del destino.

Lo deseaba y fue lo que recibí. Pasó después de que nos llevasen el champán que Asher había convencido a Addison que se podía permitirse pagar, después del brindis cuando todavía sostenía la copa en la mano giré la cabeza.

Primero lo vi a él y luego a ella, la mano de ella acariciando su mejilla, sus dedos deslizándose hacia su boca. El rosa palo de sus largas uñas era el mismo que había usado la noche anterior para pintar las mías, el rostro que acariciaba era el mismo que yo deseaba acariciar, pero que había sido demasiado cobarde para hacer algo.

Era muy guapa, el cabello moreno y largo, los ojos un verde no tan bonito como el de él, y sentada estaba a su misma altura lo que me hizo asumir que también estaba igual de alta.

La miré uno breves segundos y a pesar de que no la conocía de nada la odié. A Knox también.

—Avy, ¿ese es él? —preguntó Asher.

—Era él —afirmé.

—Lo siento, Avy. Es mi culpa, sabía que iba a estar aquí, pero no pensé que fuera a venir acompañado—dijo Addison.

Algo me imaginaba cuando ella nos habló de este restaurante, pero no estaba enfadada. Al contrario, estaba contenta de haberme dado cuenta de que Knox no valía la pena.

A pesar de que no quería y luchaba con todas mis fuerzas mi mirada volvía a la pareja constantemente. La imagen era la misma, una pareja disfrutando de una cena romántica. En ninguno de esos momentos me encontré con la mirada de él, lo deseaba, quería que se diese cuenta de que estaba ahí, de que ya sabía que nunca había tenido la intención de empezar una relación conmigo.

No me miró, ni a mí ni a nadie más, solo tenía ojos para ella. Me sentía tan estúpida por haber creído que podía haber algo entre nosotros y cuando recibí un mensaje del hospital no dudé en ponerme de pie.

—Lo siento, es una emergencia —dije.

En un instante estaba en la puerta del restaurante y tuve que pedir disculpas cuando por error golpeé el brazo de una mujer con mi bolso.

—¡Maleducada! Rita, ¿este restaurante tuyo no era exclusivo? Sabes que exclusivo significa no dejar entrar a gentuza —dijo la mujer.

¿Gentuza?

La palabra resonó en mi cabeza mientras miraba a la mujer. Tendría entre cincuenta y sesenta años, el cabello rubio con un corte perfecto por encima de los hombros, maquillaje natural y debajo un rostro demasiado perfecto para su edad. Su cuello, sus orejas, los dedos de las manos, hasta las muñecas caían bajo el peso de los diamantes que llevaba.

Era mujer que vestía bien, el traje que llevaba se le ajustaba como un guante. El bolso también era bonito, yo tenía uno igual. Temía que en cuanto llegase a casa iba a venderlo y donar el dinero. Era tan rara que cada vez que mirase ese bolso iba a recordar las palabras de la mujer, el desprecio de su voz.

Hay dos categorías de ricos, yo los llamaba los normales y eran las personas con dinero y respeto, empatía y cariño. Eran las personas que trataban con respeto a los demás, que se preocupan por sus amigos, por sus empleados. Eran las personas que saludaban a todo el mundo, al de su misma categoría y al empleado que le abría la puerta.

Luego estaban los anormales y sí, mi madre me miraba de manera desaprobadora cada vez que usaba la palabra para referirme a esas personas, pero normales no eran y hasta ahora no había encontrado una palabra mejor.

Ellos pensaban que eran superiores, que por tener dinero podían hacer todo, que podían permitirse todo incluso tratar mal a los demás.

Había crecido rodeada de personas con mucho dinero, mi familia tenía más que todos, pero afortunadamente eran de los normales, aunque eso no significaba que no había tenido la mala suerte de conocer a los otros.

Eran personas falsas conmigo, todo eran sonrisas para en cuanto me diese la vuelta escuchar sus cotilleos y sus críticas. Que si no hubiera sido por mi madre, que si no hubiera sido por el dinero de mi padre, que si ningún hombre me mirará dos veces si no sería por la fortuna de mi familia.

Sus palabras me daban igual, pero aun así las había escuchado y no se podían borrar. Había llegado a odiar, no odiar, pero no los aguantaba y hacia lo imposible para no acudir a lugares donde existía la posibilidad de encontrarlos.

Se notaba que hoy no era mi día de suerte.

O tal vez sí.

Tenía muy buena memoria y a esa mujer la había visto antes en el hospital. Daba la casualidad de que la vi en la habitación del abuelo de Knox y su comportamiento era justo el de una mujer que era dueña de casi toda la ciudad.

Esta mujer odiosa era familiar de Knox. Al final resulta que verlo con otra no había sido tan mala idea, la mayoría de las veces podía ignorar el comportamiento de los anormales, pero ¿tener a uno en mi familia política? ¡Diablos, no!

La relación terminaría con un divorcio sin importar cuanto amaba al hombre, había cosas que no podía pasar por alto, que no podía ignorar. Sabiendo que me había librado de un problema le sonreí a la mujer.

—Tranquila, todo suyo —dije antes de darme la vuelta y marcharme de ese restaurante.

No iba a volver ahí, no es que no estaba bien, pero era por principios. Además, podía comer en cualquier lugar por menos dinero y mejor.

En cuanto salí de ahí dejé atrás todos los pensamientos centrándome en solo uno: llegar lo antes posible al hospital.

De pequeña, a veces, no siempre, me enfadaba con mi madre por trabajar tanto, por salir corriendo hacia el hospital para salvarle la vida a alguien. Lo entendía, pero aun así dolía. Prometí que nunca elegiría el trabajo antes que a mi familia y aquí estaba, haciendo justo eso.

La excusa que me decía a mí misma era que no había ni un pequeño, ni una pequeña esperándome en la cama para darle un beso de buenas noches o para llevarla al parque. Lo único que tenía ahora era el trabajo y sabía que por lo menos no me defraudaría.

Capítulo 5

La cirugía no había sido una fácil, de hecho, entendí porque el director me había llamado cuando antes nunca lo había hecho. Después de horas de pie mi espalda me estaba matando, la cabeza me dolía por no haber cenado y solo quería encontrar un sitio para tumbarme y dormir.

O una silla, una silla también me serviría, pero primero tenía que informar a los familiares del paciente.

—En dos minutos estoy contigo —me dijo el doctor Tyrens, el ginecólogo que me había acompañado durante la cirugía.

Era un buen hombre y un médico aún mejor. Acababa de hacer un milagro y estaba pensando en mencionar su nombre en la próxima conversación con mi madre, ella siempre estaba buscando médicos excepcionales para sus programas y aunque no tenía uno en marcha seguro que se inventaría uno para una persona que era capaz de intentar durante horas de salvarle la matriz de una mujer.

Solo había una persona en la sala de espera, bueno dos, pero al hombre que estaba de pie y apoyado contra la pared lo ignoré. Él no estaba aquí para la paciente. Me dirigí al hombre que estaba sentado con la cabeza apoyada contra sus manos.

—¿Señor Vickers?

El hombre se sobresaltó, me miró sin ponerse de pie y por un segundo la esperanza brillo en sus ojos. Solo un momento antes de desinflarse como un globo.

—Están muertos, ¿verdad? —preguntó.

—No, su esposa está viva. Las próximos veinticuatro horas serás críticas, pero teniendo en cuenta de que es muy joven puedo decir que saldrá adelante.

Estaba segura de ello, era como un sexto sentido, solía saber quién sobrevivía aun cuando todo indicaba que no lo haría. Pero eso era algo que lo mantenía para mí, ni siquiera mi madre lo sabía, ni siquiera yo lo entendía, aunque con la familia que tenía ya no me sorprendía nada.

—¿Viva?

Me senté y le expliqué al marido los daños que había sufrido su esposa durante el accidente de tráfico, todo lo que hicimos para reparar dichos daños y lo que podía esperar de ahora en adelante.

—¿Y el bebé? —preguntó.

—El doctor Tyrens vendrá a informarle enseguida —dije.

—Está muerto —murmuró el hombre.

Puse los ojos en blanco aprovechando de que él había bajado la cabeza y no podía verme. No podía con las personas que perdían la esperanza, que no veían el lado bueno antes de sumergirse en la oscuridad.

—Su hijo es un luchador —dije, incapaz de mantener mi voz calma y suave como antes—. Sus posibilidades de sobrevivir eran nulas, pero lo hizo. Su hijo nació y aunque es demasiado pequeño para hacerlo llorando o gritando lo hizo respirando por sí mismo y eso es una muy buena señal. Tuvo suerte, señor Vickers, está noche su esposa y su hijo se salvaron por milagro.

—Gracias, doctora Kincaid, yo me encargo de aquí —dijo el doctor Tyrens.

Me guiñó un ojo antes de sentarse al otro lado del esposo de la paciente y aproveché para ponerme de pie y dirigirme hacia... lo que sea, no tenía un destino en mente, solo uno lejos de ahí.

Llegué hasta el fondo del pasillo cuando me di cuenta de que en mi prisa por marcharme no había mirado por donde lo hacía. Terminé en un pasillo que no llevaba a nada, a la izquierda había un armario de limpieza, a la derecha una puerta con una señal que prohibía la entrada y un poco más allá una máquina expendedora.

Tenía hambre y a pesar de que no tenía dinero me acerqué a la máquina. Haría cualquier cosa incluso meterme en ese armario de limpieza si con eso conseguía no ver al hombre que me había seguido desde la sala de espera.

Estaba mirando las docenas de bolsas de patatas, de galletas llenas de grasas trans, los chocolates, cuando él se detuvo detrás de mí. Vi su reflejo en el cristal de la maquina y odié lo bien que se veía. ¡Odié la manera en la que mi corazón se aceleró!

Blake Knox era un diablo guapísimo y vestido con traje, sin corbata y con los primeros botones de la camisa desabrochados era para quitarte el aliento, por lo menos era lo que me estaba pasando a mí.

—¿Vas a darte la vuelta y a mirarme? —preguntó.

—No, me quedaré aquí hasta que te aburras o hasta que me duerma en el suelo, lo que ocurra primero —dije.

—Necesitamos hablar, Avy —declaró.

—¿Tú crees? Yo no tengo nada que decirte, además, es de madrugada, llevo horas de pie en un quirófano y todas las fuerzas que me quedaban las agoté al hablar con el marido de la paciente. Así que no, no tenemos nada de qué hablar.

—Para alguien que está cansado sí que hablas mucho — dijo.

Era lo que hacía cuando estaba cansada, nerviosa o

decepcionada y ahora me sentía de las tres maneras. Me di la vuelta y apoyé la espalda contra la máquina.

—¿Qué es lo quieres, Blake?

—Comenzar de cero, me debes una oportunidad, Avy —dijo.

—¿Cero, oportunidad?

—Sí, Avy, tú y yo —dijo Knox dando dos pasos hacia mí, disminuyendo la distancia entre nosotros y obligándome a inclinar la cabeza para poder mirarlo.

Mis ojos se fijaron en su mejilla, la derecha, la que había acariciado la morena.

—No hay un tú y yo, hay un tú y una morena —le recordé.

—Ella no importa. —Las palabras de Knox me hicieron reír, aunque era una risa forzada.

—Vamos a ver, Knox, mi primera impresión de ti ha sido buena, te veía como un hombre que sabe cómo conquistar a una mujer, como hacerla sentir especial, pero veo que estaba equivocada. No le dices a la mujer que quieres seducir que la otra con la que estabas hace horas no importa porque ¿sabes lo que pasa por su cabeza? Que ella será igual que esa otra mujer. ¿Los hombres no tenéis un manual de instrucciones, no os enseñan lo que hay que decir y que no?

—Nuestros padres tienen esta idea loca de que hacemos una buena pareja y que deberíamos casarnos. Hace años decidimos seguir con su juego y de vez en cuando salimos a cenar, fingimos que nos llevamos bien y que tal vez el momento de empezar una relación que terminaría con una boda está cerca. Ese momento no llegará, Leah es como una hermana para mí y yo estoy lejos de ser el hombre con el que ella quiere pasar el resto de su vida. Somos amigos.

Si creyera eso sería una tonta, además, los hombres fuertes no fingen porque sus padres quieren algo y si lo hacen no son fuertes. Ahí se iba la imagen de dios que tenía de él, porque me gustaba y quería un hombre al que le importaba su familia, pero no a toda costa, no un hombre que hacía de todo para tenerlos contentos.

—Y veo que mi explicación ha empeorado la situación —dijo él, leyendo mi expresión.

—No, me confirmó lo que ya sabía, que no hay y no habrá un tú y yo.

Le sonreí triste, hubiera sido interesante conocerlo, enamorarme de él, averiguar cómo sería nuestra vida juntos. En mi cabeza ya le estaba diciendo adiós y por eso no lo vi venir. Se movió tan rápido que no tuve tiempo de reaccionar.

En un instante estaba apoyada contra la maquina y al siguiente estaba en los brazos de Knox, mi cuerpo presionado contra el suyo. Una mano estaba en mi espalda manteniéndome atrapada mientras la otra agarraba un puñado de mi cabello e inclinaba mi cabeza.

Sucedió tan rápido que cuando su boca se posó sobre la mía estaba paralizada, por unos instantes me quedé inmóvil en sus brazos, solo unos instantes hasta que sentí sus labios moverse sobre los míos, hasta que sentí el toque de su lengua.

Abrí la boca y me dije a mi misma que fue para protestar, para decirle que no, que no podía besarme, pero él fue más rápido y una vez que su lengua estuvo dentro de mi boca ya no quise ni hablar ni protestar, solo quise besarlo.

Nunca les había pillado el truco a los besos, a veces me gustaba, pero no era para nada fuera de lo normal, otras veces me parecía un acto sin mucho sentido, demasiado intimo como para ir por ahí compartiéndolo con todos. Ahora entendía que solo había sido mala suerte.

Mala suerte de no haber encontrado al hombre que sabía besar.

Nunca había sentido ese cosquilleo, esa vibración en todo

mi cuerpo, ese deseo de seguir, de meter mis manos en su cabello y mantener su cabeza ahí, su boca sobre la mía, de presionar aún más mi cuerpo contra el suyo, de sentirlo sobre mi piel desnuda.

Blake Knox sabía besar.

Blake Knox sabía cómo enloquecer a una mujer, como hacer que pierda la cabeza, como hacer que olvide todo.

Leah, ¿quién era Leah?

La mujer rica y anormal, ¿y qué si era el tipo de persona que no aguantaba ver ni en pintura?

—Te lo dije, siempre consigo lo que quiero y te quiero a ti, Avy —murmuró Knox.

—No es tan fácil, Knox —le dije.

—Blake, mi nombre es Blake y nunca me ha gustado la facilidad, ¿dónde está la diversión, la alegría de haber cumplido el propósito, el reto?

—Ahora soy un reto —murmuré dando un paso a un lado, alejándome de su abrazo.

—¿Por qué no, Avy? Sé que te sientes atraída por mí, lo que no sé es por qué te resistas tanto —dijo Knox.

—Porque no confío en ti, Blake. Y sin confianza tú y yo nunca pasará.

Me encaminé hacia el ascensor que debía coger para llegar a la planta donde estaban los vestuarios, necesitaba mi bolso para irme a casa y dormir las tres horas que quedaban antes de tener que volver al hospital.

Knox se paró a mi lado después de presionar el botón para llamar al ascensor. ¡Dios! El hombre no renunciaba.

—Solo hay una manera de ganarme tu confianza y no puedo hacerlo si sigues corriendo —dijo.

Estaba cansada y ese beso me había quitado las fuerzas, me había adormecido el cerebro y por eso después de entrar en el ascensor me giré hacia Knox.

—¡Vale! Si quieres conocerme, muy bien. Tienes dos semanas para conocerme, para ganarte mi confianza —declaré.

—Dos meses —dijo.

¿A quién le importaba si eran semanas o meses? No iba a pasar, lo que pasará seré yo por su cama, pero eso será lo único. Él no ganará mi confianza, mi cuerpo sí y tal vez, mi corazón.

Mi madre siempre había encontrado esta manía mía de no dar segundas oportunidades, de ver algo que no me gusta en absoluto y agarrarme con todas las fuerzas a ese algo sin importar que era un detalle o algo tan importante como el hecho de que un hombre cedía a los caprichos de su familia.

¿Qué podía decir? Me gustaban los hombres fuertes y Blake Knox ya no era el hombre que pensaba que era.

—De acuerdo, dos meses, pero al final si no lo has conseguido lo aceptaras como un caballero y desaparecerás de mi vida. ¿De acuerdo?

—Ok, Avy, aunque me gustaría saber qué pasará si lo consigo.

—Tendrás lo que has querido, ¿no? —dije.

Salí del ascensor en el instante en que se abrieron las puertas y me dirigí a los vestuarios. Entré sin echar un vistazo atrás, sabía que Knox seguía ahí, aunque no estaba segura por qué.

Ahí seguía incluso cuando salí pocos minutos después.

—¿Por qué sigues aquí, Knox?

—¿No es obvio? —preguntó.

—No —dije dirigiéndome de nuevo hacia el ascensor.

Cada movimiento, cada decisión que tomaba en esos momentos era automática. No era la primera vez que pasaba muchas horas en el quirófano, pero ahora me sentía más cansada que nunca y no sabía porque, aunque tenía una vaga idea de que era por culpa del hombre que se empeñaba en seguirme.

—Son las tres de la madrugada, no tienes coche y no voy a dejarte salir sola a la calle. Voy a asegurarme de que llegues bien a casa —explicó.

Si ese era su deseo yo no quería y tampoco tenía las fuerzas necesarias para protestar. Esta vez fui yo la que lo siguió hasta su coche, el mismo todoterreno del otro día y acepté su ayuda para subir. Para el momento en que él se sentó mis ojos ya se habían cerrado.

Knox me despertó cuando llegamos y soñolienta le agradecí el viaje. Abrí la puerta del coche sin esperar a que él dijese algo y bostezando me encaminé hacia la entrada del edificio.

—¡Maldición, Avy! Si sales en este estado del trabajo me sorprende que sigas viva —dijo Knox.

—Tengo ángeles guardianes —susurré girando la cabeza para buscarlos.

Knox miró a la calle vacía, luego sacudiendo la cabeza abrió la puerta. Yo tampoco había visto a mis ángeles, pero sabía que estaban ahí. Después de otro viaje en ascensor Knox me acompañó hasta la puerta de mi apartamento.

—¿Estás tan cansada como para no recordar nuestra conversación? —me preguntó.

—Eso pasa cuando estás borracho, no cansado, Knox —le dije.

Me detuve delante de la puerta y empecé a buscar las llaves en el bolso.

—Tú y yo, Avy, ¿vale? Eso significa nada de salir a cenar con ese tipo con el que estabas esta noche.

El tiempo se paró. Mi mano se quedó al fondo del bolso, mis dedos rodeando el frío metal de las llaves. Mi cabeza giró despacio hacia Knox.

—No —dije.

Lo dije alto y fuerte mirándolo a los ojos, quería ver su reacción y fue lo que conseguí. Vi brillar sus ojos con celos.

¡Hombres!

Me pregunté si estaría aquí si no me hubiera visto con Asher en el restaurante, algo me decía que no. ¿O sí? Knox me quería por mi dinero. ¿O no?

—Si le diré la verdad a mi familia sobre mi relación con Leah lo que menos puedes tú hacer es dejar de salir con otros hombres, especialmente con el hombre con el que estabas esta noche, ¿no te parece justo?

—Knox, en primer lugar, nunca saldría con dos hombres, no me parece justo y tampoco tengo el tiempo o la paciencia para lidiar con dos. En segundo lugar, no voy a dejar de ir a cenar con él, de hecho, nunca dejaré de hacerlo. —A los celos se les unió una furia increíble, parecía que se le iban a llevar los demonios y maldije el cansancio que me impedía seguir con la tortura—. El hombre que me llevó a cenar esta noche se llama Asher y es mi hermano.

—¿Tu hermano?

Si hubiera prestado atención hubiera visto como se movían las ruedas, como pensaba, como iba atando cabos o por lo menos lo intentaba. Pero estaba más pendiente de la manera en la que un musculo latía en su mandíbula y me lo perdí.

—Sí, mi hermano —respondí.

—Y te llevó a cenar justo al restaurante al que estaba yo —dijo Knox.

—Fue idea de Addison.

—Addison, vale —murmuró él—. ¿Y cómo habéis conseguido la reserva con tan poca antelación? Hay una lista de espera de más de seis meses.

—Asher tiene sus trucos, ¿por qué estamos hablando de esto cuando me estoy muriendo de sueño? —pregunté, aunque era una pregunta para mí, no para él. Era yo la que seguía con la mirada fija en un punto en la mejilla de él.

Me puse de puntillas y puse los labios justo sobre ese punto. El beso fue breve, fue mis buenas noches antes de darme la vuelta, abrir la puerta y entrar. Me fui directamente al dormitorio soltando el bolso por el camino y me tumbé en la cama.

Intenté quitarme los zapatos, pero me dormí después de quitarme el del pie derecho. Dormí y no pensé en la extraña reacción de Knox al decirle que Asher era mi hermano, no pensé ni en la inexistente despedida.

Knox no dijo nada, ni me besó de vuelta. Quizás no lo hizo porque vio que estaba a punto de quedarme dormida, quizás.

Horas después la alarma de mi teléfono móvil que estaba en mi bolso, bolso que se había quedado en el pasillo despertó a Asher y gracias a él pude llegar al trabajo a tiempo, pero primero me obligó a sentarme a desayunar.

—Eres peor que papá —le dije.

—Y tú eres justo como mamá —me dijo de vuelta.

Comiendo la tostada que me había preparado Asher pensé si parecerme a mamá era bueno o malo. Mi madre era perfecta, de eso no había duda alguna, pero la pregunta era si yo quería ser como ella.

—Tengo que volver a Nueva York y sé que no quieres investigar a Knox, pero yo lo hice y...

—Y nada —interrumpí a Asher—. No quiero saberlo y lo sabes.

—Querías mi opinión —me recordó él.

—La quería, pero después de haber pasado media hora con él tomando un café, no después de haber leído el informe detallado de su vida. ¡Dios! Nunca me había dado cuenta de cuanto odio hacer esto, ¿tú no lo odias? Invadimos las vidas de todas las personas con las que entramos en contacto, somos personas horribles, somos iguales o peor que los anormales.

—Eso no es verdad, Avy. A causa de mamá, de su trabajo, de los negocios de papá somos blancos para los delincuentes. Sabes muy bien que no hay muchas personas en este mundo que dudarán en secuestrar a uno de nosotros para pedir un rescate o algo peor.

—Vale, díselo a Addison. Pasaste la noche con ella, ¿verdad? Llámala y dile que antes de llevarla a la cama leíste un informe sobre su vida, que sabes todos sus secretos. Llámala, a ver si le parece bien que le digas que lo hiciste para protegerte —dije.

—¿Qué está pasando, Avy? —preguntó Asher, preocupado.

—Me gusta Knox, pero hay tantas cosas en contra y por una vez me gustaría ser yo, sin todo el bagaje —me quejé.

—Ahí está el problema, hermanita, que tú eres tú, lista, guapa, rica, hija de mamá y papá. Eso no cambia si estás a miles de kilómetros de Nueva York o si no le digas tu verdadero nombre al hombre que te gusta. Y Avy, si ese hombre no lo entiende es que no es el adecuado para ti, tú lo dijiste. Necesitas un hombre fuerte a tu lado, uno que no renuncié bajo la presión de nuestra familia, nuestra situación. Blake Knox es ese hombre y no, esa no era mi opinión después de leer su informe, es mi opinión después de ver el cuidado con el que te sacó de su coche, con el que te trajo hasta la puerta del apartamento. Tiene sus problemas, pero tú también eres fuerte y estoy seguro de que podrás resolverlas. Ahora vete que los dos vamos a llegar tarde.

¡Asher! Siempre ponía las cosas en su lugar y minutos después cuando nos despedimos con un abrazo me sentía mucho mejor. Al llegar al trabajo y encontrar un ramo de rosas en el vestuario me sentía capaz de volar, la nota que me envió Knox me hizo sonreír para el resto de día.

Eres muy guapa cuando duermes.

¿Un hombre guapo con traje? Me gustaba.

¿Uno que también enviaba flores porque sí? Me encantaba.

¿Uno que tenía la aprobación de mi hermano? Me enamoraba.

Me estaba preocupando por todo, estaba buscando problemas donde no las había cuando lo que tenía que hacer era ir a por él si era lo que deseaba.

¿Lo deseaba? ¡Sí! Era el momento de actuar.

Tomar la decisión fue fácil, ponerla en práctica no. Hubo un accidente de tráfico en la autopista y salía de un quirófano solo para meterme en otro. El único momento libre que tuve lo utilicé para llamar a Asher y asegurarme de que él no había sido implicado en el accidente.

Aguanté durante horas con el desayuno preparado por mi hermano, con un café tomando con prisa entre cirugía y cirugía. Era una bruja cuando estaba cansada y me quedaba dormida en un instante, pero no cuando tenía que trabajar, no cuando la vida de alguien dependía de mí.

Después caía rendida, pero mientras estaba en el quirófano sosteniendo el bisturí estaba alerta y concentrada y el sueño se mantenía alejado. El único problema que había era el director que había empezado a estar más pendiente de mí, de analizarme con el ceño fruncido y sabía que era solo cuestión de tiempo hasta que averiguara la verdad.

No toda la verdad porque era imposible, pero una cirujana joven con una habilidad extraordinaria no se podía mantener en secreto durante mucho tiempo y aunque mi cara y nombre no salía en la media eso no significaba que el personal de los hospitales no hablaba de mí.

Entonces tendría que decirle adiós a mi vida tranquila, quizás incluso volver a Nueva York.

Después de veinticuatro horas de quirófano estaba más exhausta que el día anterior. Había perdido la noción del tiempo, ya ni sabía en que día vivía y a pesar del cansancio decidí caminar de vuelta a casa.

Necesita el aire fresco de la mañana para aclarar mi cabeza y no había caminado ni cinco metros hasta que una limusina se detuvo en la calle justo enfrente. Me había parado para esperar el color verde del semáforo y no entendía porque ese coche había llamado mi atención, era una mañana ajetreada y todo el mundo iba de prisa.

Lo entendí cuando vi al hombre que bajaba del coche, cuando lo vi abrochar el botón de su americana y luego coger el maletín que le entregaba el chofer.

—Señorita, ya puede cruzar —me dijo un hombre mayor.

Le sonreí amablemente y crucé la calle sin apartar la mirada de Knox. Era muy extraño encontrármelo así por la calle cuando durante los días que lo quise ver, cuando se lo quise presentar a mi hermano, no pasó.

Él se encaminó hacia la entrada del edificio de oficinas y justo cuando alguien abrió la puerta Knox giró la cabeza y me vio. Se paró e hice lo mismo bajo la intensidad de su mirada. Una de las cosas que me pasaban cuando estaba cansada era que olvidaba levantar los muros que protegían mi corazón, esos muros que me mantenían a salvo de cualquier emoción, de cualquier persona que pudiera hacerme daño.

Y ahí estaba yo, en medio de la calle, vulnerable y lista para saltar a los brazos de Knox. No aparté la mirada de él y él tampoco lo hizo mientras se encaminaba hacia mí o cuando le entregaba de nuevo el maletín al chofer.

Lo miré en silencio aun cuando se detuvo enfrente y cuando metió las manos en mi cabello inclinando mi cabeza mientras bajaba la suya para atrapar mi boca en un beso demasiado intenso para las ocho de la mañana en una acera llena de personas que se apresuraban para llegar a sus puestos de trabajo.

¿Me importaba? Ni un poco. Además, pensar era imposible, entre el cansancio y el efecto que tenía Knox sobre mí lo único que podía hacer era sentir.

—No te detengas, Knox —protesté cuando él rompió el beso.

—Blake —me corrigió.

—Si te llamo Blake ¿volverás a besarme? —le pregunté.

—Viendo que estás a dos segundos de quedarte dormida mi respuesta tiene que ser no.

Suspiré y apoyé la frente en su barbilla.

—Estoy cansada, pero necesito aire fresco —dije.

—¿Cuándo tienes que volver al trabajo? —preguntó deslizando las manos de mi cabello y cogiendo una para después de un breve momento empezar a caminar.

—¿Qué día es hoy? No sé, creo que dentro de dos días —dije.

No caminamos mucho, solo hasta la esquina donde Knox abrió la puerta de una pequeña cafetería. Entramos y nos sentamos.

—Dije paseo —le recordé.

—Lo sé, pero estoy seguro de que no hayas parado para comer algo, ¿verdad?

No le encontré el sentido a ponerme a discutir con él así que me encogí de hombros y cuando llegó la camarera pedí un café y una galleta de chocolate.

—No digas nada —le advertí cuando la camarera se fue—. Asher es un maniático de la comida sana y después de cuatro días necesito algo con mucho azúcar, además estoy cansada y solo hay una regla cuando me siento así: que todo es aceptable.

—¿Todo?

—Bueno, no todo, obvio. Nada de drogas y nada de lo que podría llevarme a pasar un tiempo en la cárcel, pero exceptuando esto puedo hacer lo que me apetece.

—Interesante —dijo él.

—Es lo que tiene ser la pequeña de la familia, que me han malcriado.

—Debe ser bonito ser la favorita, ¿no?

—Mis hermanos mayores tampoco lo han pasado mal, ¿y tú?

—¿Yo qué?

—¿El mayor, el pequeño?

—El único —dijo Knox evitando mi mirada.

—Tan malo, ¿eh? —le pregunté.

—Malo no, pero hay expectativas demasiado altas —admitió.

La camarera llegó con los cafés y mi galleta de chocolate a la que cogí enseguida. Gemí masticando y Knox sacudió la cabeza sonriendo divertido.

—Cuéntame algo —le pedí—. Estoy en peligro de quedarme dormida.

—Trabajas demasiado —dijo.

Me eché a reír.

—No te pedí que me dijeras algo sobre mí, dime algo sobre ti. Por ejemplo, tu libro favorito o cualquier tontería.

—¿Tonterías? Y yo pensaba que estarías emocionada con averiguar cada detalle de mi vida empezando con mi color favorito y terminando con cómo me gusta dormir —dijo.

—No hables de dormir, ¿sabes qué? Mejor me lo cuentas de camino a mi casa que mi estomago no aguanta el olor del café, no quiero imaginarme que pasará si me lo tomo.

Knox se puso de pie y después de dejar un billete sobre la mesa cogió mi mano y me acompañó fuera de la cafetería. Sin tener que decirle nada tomó el camino hacia mi apartamento y tuve que darle un punto por tener buena memoria.

—Morado y desnudo —dijo él después de haber caminado unos pocos metros—. Mi color favorito y como me gusta dormir.

—Morado —murmuré.

—Sí, pero es mi color favorito secreto desde que tenía cinco años y lo conté delante de toda la clase. Todos mis compañeros empezaron a mofarse de mí, por lo visto si eres un niño te tiene que gustar azul y verde —explicó Knox.

—Ahora quieres que sienta pena por ti, ¿verdad? Si esta es tu manera de ganar mi confianza no es una muy buena.

—Vale, nada de historias tristes y llenas de drama de mi infancia, pero ¿qué me dices de la adolescencia? Tengo algunas muy interesantes.

—Tengo dos hermanos y tantos primos que les he perdido la cuenta así que no, gracias. Me sé todas las historias de adolescentes y prefiero seguir en la ignorancia.

Knox se rio y continuamos caminando. Continuamos hablando. Mi cansancio no había disminuido, pero todo mi ser estaba concentrado en él.

Había mentido o tal vez, me estaba engañando a mí misma, pero con cada historia, con cada detalle que él me contaba sentía adentrarme más y más en el abismo. No un abismo de verdad, pero uno en el que yo me enamoraba de Blake Knox y le entregaba mi corazón en una bandeja de plata para hacer lo que quisiera con él.

A Knox le gustaba leer y leía de todo menos novelas románticas y biografías, según sus palabras las primeras le parecían poco creíbles y las segundas aburridas.

No se sentaba delante de un televisor para ver una película, prefería salir a correr o a caminar para despejar su cabeza y relajarse.

Odiaba cocinar y no sabía ni freír un huevo.

También odiaba la vainilla, las mentiras y las bromas.

Y muy pronto iba a odiarme a mí por mentirle. Desde el día en que lo vi por primera vez había empezado a ponerme las lentillas de contacto, esas lentillas que ocultaban mi color de ojos.

Esa era la primera mentira. La segunda era sobre mi familia porque Asher tenía razón. Era Ava Skylar Taylor Kincaid y podía esconderme todo el tiempo que quería bajo el nombre de Avy Kincaid, eso no cambiaba quien era.

Como Asher me había dado el visto bueno asumí que me había equivocado, que, de hecho, Knox estaba interesado en mí, que no sabía la verdad.

Me acompañó hasta la puerta de mi apartamento y después de darme un beso breve en los labios retrocedió poniendo bastante distancia entre nosotros.

—Podrías entrar y tomar un café —propuse.

—Sabes muy bien que si entro tomar café no es lo que haremos.

—¿Y el problema es? —pregunté acortando la distancia que nos separaba. Puse las manos sobre su pecho y despacio empecé a deslizarlas hacia sus hombros y de ahí hasta su cabello.

—Estás cansada, Avy, y quiero que estés despierta la primera vez que te tomo —declaró.

—¿Solo la primera?

—Sabrás lo que te espera y te aseguro que nunca más pensarás en dormir cuando estés conmigo —dijo agarrando mis manos y empujándome suavemente hacia la puerta de mi apartamento—. Ahora ve dentro donde hay una cama esperándote para que yo pueda ir a trabajar donde hay unas veinte personas esperándome en una sala de reuniones.

—¡Knox! ¿Por qué no me dijiste algo antes? —pregunté.

—Avy, entra. Por favor.

—No me gustas —declaré dándole la espalda.

Abrí la puerta, entré y antes de cerrar de un portazo giré la cabeza y lo miré mal. Defecto número dos: no cumplía con sus promesas, porque si tenías una reunión no podías llegar tarde, excepto si ocurría algo grave. Llevar a una mujer a casa no era grave.

Era muy considerado de su parte y me gustaba su deseo de cuidarme, pero no a expensas de otras personas y mucho menos cuando esas personas eran sus empleados.

Demasiado furiosa con él para dormir tomé una ducha y hasta me preparé un desayuno saludable del que Asher se hubiera sentido orgulloso. Era casi mediodía cuando me tumbé en la cama y me dormí.

Capítulo 6

El pitido insistente del teléfono me despertó horas después y con los ojos cerrados lo cogí de la mesita de noche tirando algo al suelo. No abrí los ojos para ver lo que fue y me quedé dormida con el teléfono en la mano.

Minutos o horas después el pitido volvió y esta vez me obligué a abandonar el dulce sueño para gritarle a quien sea que me estaba molestando. Mi familia sabía cuándo estaba durmiendo, que sí, una locura que inventó Aiden cuando se hartó de mis gritos.

El reloj que llevaba registraba cuando me quedaba dormida y compartía esa información con mi familia, pero con el resto de mis contactos no y como esas personas no eran importantes me podía permitir gritarles.

¿Qué? Era una bruja cuando estaba cansada y era una bruja del infierno cuando me despertabas y no había descansado suficiente.

Maldije cuando otro pitido hizo vibrar el teléfono en mi mano. Al desbloquearlo lo primero que vi fue la notificación de siete mensajes. Lo bueno de tener una madre que es un genio de la tecnología es que mi teléfono al recibir una llamada o un mensaje de un número que no estaba en mis contactos añadía el nombre abajo.

Siete mensajes del número que le pertenecía a Blake Philip Knox.

13.25

Eres muy guapa cuando duermes.

13.35

Eres muy guapa cuando me miras soñolienta.

13.45

Eres muy guapa cuando me sonríes.

16.47

Eres increíblemente hermosa cuando estás enfadada.

16.49

¿Por qué estás enfadada conmigo, Avy?

17.01

Cena conmigo esta noche.

17.05

Te recogeré a las siete.

Estaba mirando el último mensaje e intentando darme cuenta de que estaba pasando cuando otro sonido más insistente que el del teléfono resonó en mi apartamento. Comprobé la hora y no, todavía no eran las siete así que sin molestarme con ponerme la bata fui a ver quién me visitaba así de repente.

Estaba pensando en mi madre o Aiden, pero después de un vistazo por la mirilla averigüé que estaba a salvo. Era Addison.

—¡Oh, Dios! —exclamó ella en cuanto le abrí la puerta, entrando como un torbellino —. Cuéntamelo todo.

Cerré la puerta mientras Addison iba hacia el frigorífico de donde sacaba una botella de vino blanco.

—Al parecer hoy no me entero de nada, ¿qué te cuente qué? —le pregunté.

—Blake y tú. Tú y Blake —dijo ella, sus manos sin dejarse de mover, abriendo la botella de vino, llenado las copas, entregándome una.

—Le diste mi número.

—¡Sí! —exclamó ella contenta.

—Traidora —murmuré.

—Le hubiera dado más, pero es lo único que me pidió y Avy, cuando el CEO de la empresa, el jefe de tu jefe, baja a tu oficina y te pide algo se lo das sin importar qué. ¿Tú sabes cuántas veces él va a las oficinas de sus empleados? Nunca, nena, nunca, así que cuando me lo pidió, de manera muy educada, se lo di. Además, me gusta para ti y a ti también te gusta. No puedes mentirme, he visto como lo mirabas la otra noche en el restaurante.

—O tu eres muy observadora o yo estoy perdiendo mi habilidad de esconder lo que de verdad pienso y siento —dije.

—Bebe, ya sabes que todo se ve mejor después de una copa de vino.

—Hay cosas de él que no me gustan —admití después de beber un poco de vino y no, no me ayudó a ver la situación mejor.

—¿Cómo qué? —preguntó.

Antes de contestarle hice una lista en mi cabeza o lo intenté porque me di cuenta de que eran pretextos.

¿Qué no me gustaba su familia? Solo había conocido y no oficialmente a una mujer que suponía que era su familiar.

¿Qué llegaba tarde a sus reuniones? No sabía si era habitual u ocasional.

¿Qué fingía una relación para contentar a sus padres? No tenía toda la información sobre esa situación, no suficiente para juzgar.

—¿No te gusta o te gusta demasiado y por eso tienes miedo? —Miré a Addison y ella se echó a reír—. Avy, está bien tener miedo. ¡Diablos! Ya me gustaría a mi conocer a alguien que me haga sentir algo más que un breve cosquilleo entre las piernas. Quiero a alguien que vuelva loco a mi corazón, que me haga perder la cabeza —dijo ella.

—Yo no, ¿o sí? —murmuré.

Otro pitido del teléfono me avisó de que tenía otro mensaje e hice una mueca.

17.20

Si no das una señal de vida asumiré que sigues durmiendo.

17.21

¿Tendré que venir y despertarte con un beso?

Addison que estaba leyendo los mensajes conmigo se echó a reír.

—¡Me encanta este hombre! —exclamó mientras yo le enviaba un mensaje a Knox.

Yo: *Estoy despierta.*

Blake Philip Knox: *¿Y estarás lista a las siete?*

Yo: *Depende.*

Blake Philip Knox: *¿De qué?*

Yo: *Si te gusta esperar o no.*

Blake Philip Knox: *No me gusta.*

Yo: *Ven a las siete.*

—Lo harás esperar, ¿a qué sí? —adivinó Addison.

Mi sonrisa fue respuesta suficiente para ella y después de rellenar las copas de vino nos fuimos a mi habitación para elegir el atuendo perfecto para mi primera cita oficial con Knox.

Yo quería clásico y elegante. Addison quería atrevido y sexy.

Yo quería vaqueros y top o camisa. Addison quería vestido corto.

Yo quería el cabello recogido. Addison quería mis ondas sueltas.

Después de quince minutos estaba lista para cometer un asesinato.

—Avy, no sé a dónde te llevará a cenar, pero sé que todo el mundo te mirará, te analizará y tienes que verte lo mejor posible. La primera impresión cuenta y déjame decirte que después de verlo entrar a mi oficina esta mañana estoy segura de que para Blake no eres cualquier mujer. Le gustas, Avy, le gustas tanto que piensa en una relación duradera contigo y esta es su ciudad, es el niño bonito de Cantury y tú estarás a su lado.

Justo lo que no necesitaba. Justo lo que me había llevado a marcharme lejos de mi familia.

Al final, elegí un vestido negro entallado, con falda de vuelo, mangas largas y escote pronunciado. Addison le dio el visto bueno antes de salir corriendo antes de las siete cuando recordó que tenía una cita y no le daba tiempo a pasar por su casa para cambiarse. Cogió uno de mis vestidos, el rojo y corto que ella misma me había obligado a comprar hace semanas y se fue a enloquecer a su cita.

Yo me quedé mirándome en el espejo del vestidor.

Estaba asustada.

Estaba ilusionada.

Estaba petrificada.

Me quedé ahí hasta que escuché el sonido del timbre. Me quité los zapatos, me puse la bata sobre el vestido y fui a abrir la puerta. Eran las siete en punto. Miré por la mirilla solo por habito, ya sabía que la persona detrás de la puerta era Knox.

La abrí y todo lo que sentía antes se duplicó. El miedo. La ilusión.

No era solo la manera en la que se veía vestido con vaqueros, camiseta negra y cazadora de cuero, era la manera en la que me miraba. Era intensidad. Era pasión. Era posesión.

¡Diablos! Olvidé que dijo que siempre conseguía lo que deseaba y era obvio que me deseaba a mí.

—Estoy usando lentillas de contacto —balbuceé.

—Vale.

—Lentillas de colores, mis ojos no son azules, son morados.

—Está bien —dijo Knox.

—Y hay algo sobre mi familia que debes saber, pero no estoy preparada para compartirlo contigo.

—Está bien —repitió él.

—Si de verdad me deseas, si quieres algo serio, si me prometes que no me harás daño entonces saldré contigo —le dije.

—Sí te deseo. ¿Algo serio? Tendremos que esperar y ver, tendremos que conocernos mejor antes de decidir casarnos y tener hijos. Pero puedo prometerte que no tengo intención de lastimarte, Avy.

—Vale, no tardaré mucho —dije antes de dejarlo entrar.

Me encaminé hacia mi dormitorio donde me quité la bata y me puse de nuevo los zapatos. Me encerré durante cinco minutos en el cuarto de baño antes de darme cuenta de que ya no lo quería castigar, además no podía recordar cuál era la razón por la que lo quería castigar.

Después de coger el bolso y una chaqueta caminé hasta el salón donde Knox me estaba esperando. Seguía en el mismo lugar en el que lo había dejado cuando me había ido a la habitación.

—Tu apartamento es muy... interesante —dijo.

—Alquilado y a miles años luz de como se ve mi casa —expliqué—. Pero me gusta, además un cambio de vez en cuando no viene mal. Te hace apreciar más lo que tienes.

—Déjame adivinar, clásico, colores neutros.

—Moderno y pastel —dije.

Me acerqué sonriendo y por primera vez lo miré, hasta ahora había evitado su mirada, pero ya había llegado el momento.

—Morado —murmuró mirando mis ojos.

—Morado —susurré.

—¿Por qué los escondes? —preguntó.

—Normalmente no lo hago —reconocí.

—Pero conmigo sí.

—Los hombres no suelen ver más allá del color inusual de mis ojos, quieren un trofeo y...

—Y pensabas que sería igual que los demás —continuó Knox en mi lugar.

—Bueno, también pensaste que fingía ser médico para estar cerca de ti.

Durante unos momentos nos miramos en silencio, momentos en los que la atracción nos empujaba uno hacia el otro.

—Deberíamos irnos —dijo Knox y asentí, pero no me moví y él tampoco lo hizo.

—Yo...

—No —gruñó él—. Nos vamos. Ahora.

Agarrando mi mano se encaminó hacia la puerta y no pude abstenerme, me eché a reír y no paré en todo el camino hasta el coche de Knox. Muy divertido no era, pero ver su rostro, ver lo difícil que era para él esforzarse tanto para no cogerme y besarme, me hizo sentir extraña, sentir como mil mariposas volaban sin descanso en mi estómago.

—¿A dónde vamos? —pregunté.

Knox estaba conduciendo muy concentrado.

—A un restaurante que me recomendó un amigo —dijo y luego a pesar de mis intentos de mantener una conversación Knox no colaboró.

El restaurante estaba lejos, llevábamos más de veinte minutos en coche y no habíamos llegado y ni siquiera había tráfico. Veinte minutos de silencio eran muy peligrosos para mí, me imaginaba que estaba pasando por su cabeza y no era una buena idea.

—Knox —dije y él giró la cabeza hacia mí por un segundo —. ¿Sabes que para conocernos deberíamos hablar?

—Algo he escuchado sobre eso —dijo.

—Vale, empieza tú con la razón del silencio —propuse.

—No, debes empezar tú con la razón de tu enfado de esta mañana.

—No es una buena idea —dije—. Si te lo digo esta cita va a terminar y ni siquiera ha empezado bien.

—No puede ser tan malo, Avy.

¿Pensaba que no? Vale, podría decirle la verdad y ver su reacción, por lo menos sería buena práctica y así averiguaba cómo se comportaba cuando estaba enfadado.

—Veinte personas, veinte empleados, te esperaban para una reunión y los dejaste esperar mientras dabas un paseo conmigo. Eso es inaceptable para mí, me demuestra que no tienes respeto para los demás y para tus empleados.

—Y todavía estás aquí —murmuró.

No parecía enfadado, solo pensativo.

—Lo estoy porque la atracción que siento es más fuerte que mi voluntad y porque me convencí de que no tenía toda la información, de que tal vez no eras un hombre, un jefe tan mezquino.

—Lo soy, había veinte empleados esperándome y preferí enviar un mensaje avisando de que podían empezar sin mí, de que llegaría antes del final de la reunión para tomar una decisión. Preferí hacerlos esperar que dejar a la mujer que lleva días torturando mis días y noches, caminar sola a casa cuando casi no podía aguantarse de pie. ¿Mezquino? No iría tan lejos, pero gracias por decírmelo. La próxima vez pondré los negocios por encima de mis necesidades, por encima de las tuyas.

—Me ha gustado, ¿vale? Los únicos que me cuidan son mis hermanos u otros familiares, pero no me gusta que lo hagan en el detrimento de otros —expliqué, pero no fue suficiente.

Knox continuaba mirando la carretera, su rostro tenso y las manos igual de tensas sobre el volante.

—No creo que me gusta —murmuré para mí misma unos minutos más tarde.

—Ya lo dijiste, no hace falta repetirlo —gruñó Knox.

—Me refería a esto de conocernos, de empezar una relación. ¿Por qué hacer todo este esfuerzo? ¿En serio, vale la pena? Tú estás enfadado, yo lo estuve por la mañana y estoy de camino a otro episodio de furia justo ahora, así que si me lo preguntas salir está sobrevalorado.

—No estoy enfadado —dijo él.

—¿Entonces?

—¿Estás ciega, Avy? —gruñó, y detuvo el coche. No sabía si habíamos llegado a nuestro destino, pero tampoco importaba, la mirada de Knox era intensa, tanto que pensaba que iba a estallar en llamas en un segundo—. No puedo parar de pensar en ti desde el momento en que te vi, estás en mi cabeza todo el maldito tiempo, no puedo concentrarme, no puedo dormir y cuando menos me lo espero apareces en mi camino.

—¿Lo siento? —susurré sonriendo.

Knox me ignoró.

—Todo en lo que puedo pensar es cuidarte, en asegurarme de que estás comiendo bien, de que estás descansando, en cómo te veías durmiendo en mi cama. Desnuda. Satisfecha. Y este vestido que llevas no me está ayudando para nada, solo pienso en quitártelo, en deslizar las manga sobre tus hombros y besar tu piel, luego ir hacia abajo y...

Casi podía sentir sus labios sobre mi piel, casi y en mi desesperación levanté las manos y cubrí su boca. No contaba con el que Knox iba a poner una mano sobre las mías, que iba a mantenerlas ahí mientras acariciaba mi palma con sus labios y su lengua.

—Ahora sabes cómo me siento y no, el enfado no tiene nada que ver contigo sino conmigo, con no ser capaz de controlarme.

—No tengo hambre —dije rápidamente —. Llévame a casa, la mía, la tuya, no importa. Solo llévame a la que esté más cerca.

—Te llevaré a casa después de la cena —declaró él.

Me soltó las manos, pero no sin torturarme un poco más. Podía sentir sus caricias en la palma de mi mano, en el centro de mi cuerpo. ¡Jesús! Las sentía en mi alma.

Bajó del coche, luego me ayudó a bajar y caminamos unos metros hasta un restaurante que di gracias a Dios que no era el de la otra noche, el de lujo, el exclusivo. Entramos y nos acompañaron a nuestra mesa donde estuvimos en silencio hasta que una pareja se nos acercó.

Ella era alta. Guapa. Morena. Embarazada a punto de dar a luz.

Él era alto. Guapo. Rubio. Avergonzado a punto de explotar.

—Blake, cariño —dijo la mujer—. No esperábamos verte por aquí.

Knox se puso de pie y saludó a la mujer con un beso en la mejilla y un gesto con la cabeza al hombre. Como estaba tardando en presentarme la mujer tomó la iniciativa.

—Hola, soy Carly y él es mi marido, Ben.

—Avy —dije.

—¡Avy! ¡Me encanta! —exclamó ella y se giró hacia su marido—. Dime que podemos nombrar a nuestra hija Avy, es perfecto.

—Para una niña sí, pero como vamos a tener un niño hay que buscar algo que no le convierta en el hazmerreír del colegio.

Entre una cosa y otra la pareja acabó por sentarse en nuestra mesa y no sabía quién lo pasaba peor, Knox o Ben. Yo deseaba pasar tiempo a solas con Knox, al fin y al cabo, esta era nuestra primera cita, pero Carly era una mujer encantadora o eso pensaba hasta que empezaron las preguntas.

—Avy, ¿tienes un trabajo?

—¡Carly! —exclamó Ben, en cambio, Knox la miró sacudiendo la cabeza, una mirada de advertencia en su rostro, mirada que Carly ignoró.

—Sí, ¿desde cuándo sois amigos? —pregunté.

—Desde el instituto —respondió Carly—. ¿Qué tipo de trabajo?

—Soy cirujana, ¿cómo era Knox en el instituto? Apuesto a que todas las chicas estaban locas por él.

—Espera —dijo Carly, se abanicó, bebió medio vaso de agua y luego miró a Knox—. Este es un momento muy importante en tu vida, Blake, no sé cómo lo has conseguido, pero te sugiero que no hagas nada estúpido.

—Carly —le advirtió Knox.

—¡Es cirujana, Blake! Y mírala, vuestra primera cita y ni siquiera parpadeó cuando tus amigos se auto invitaron a la cena.

Es guapa y esos ojos, imagina que bebes más guapos...

—Carly, nos vamos —dijo Ben. Se puso de pie y quiso ayudar a su esposa a levantarse de la silla.

—Se pueden quedar, por nosotros no hay inconveniente, ¿verdad, Knox? —dije.

—Blake —gruñó, pero lo que no hizo fue respaldar mi invitación.

—Blake Philip Knox, lo sé, pero cuando eres tan serio Knox te sienta mejor.

—¡Diablos! Nos quedamos, te guste o no, Blake —dijo Carly.

Y se quedaron.

Eran una pareja divertida, pero lo que me interesaba a mí era Knox, su comportamiento con ellos, su actitud. Era diferente, solo lo había visto serio o enfadado y ahora tenía la oportunidad de verlo con sus amigos.

Lo había juzgado mal o simplemente elegí creer lo peor de él porque era mucho más fácil que admitir que me gustaba mucho, mucho más que cualquier otro hombre.

Nos habíamos besado, paseado cogidos de la mano y durante la cena pude comprobar que Knox no podía mantenerse alejado de mí y tampoco a sus manos quietas. Me estuvo tocando todo el tiempo.

Cubría mi mano cuando la tenía sobre la mesa. El hombro cuando estaba comiendo. Se inclinaba para susurrarme al oído o para besarme suave en la mejilla. Y estaba sonriendo, no esa sonrisa misteriosa, atractiva, quita-aliento que se dibujaba en su rostro cuando me miraba a mí, no, una sonrisa relajada y eso era lo que yo necesitaba.

Carly comió mucho, para dos según ella, y habló aún más lo que no le gustó mucho a Knox, pero a mí sí. Ahora sabía algunas de las anécdotas más divertidas y alguna más embarazosa que divertida de sus años de instituto.

—Ben tuvo la suerte de conocerme a mí y estuvimos juntos todo el tiempo, pero Blake no. Él tenía una cita cada noche con una chica diferente —contó Carly.

—No todas las noches —se defendió él.

—Y no solo en el instituto, hizo lo mismo en la universidad —añadió Ben.

—Tú también durante el año que estuvimos separados, ¿verdad, amor? —dijo Carly.

—Lo estamos pasando bien, no vamos a hablar de eso, tenemos un acuerdo, ¿recuerdan? —intervino Knox.

Al fin, resultó que Ben rompió con Carly el día antes de marcharse a la universidad y durante un año se tiró a todas las mujeres que se cruzaban en su camino. Luego se dio cuenta de que amaba a Carly y que quería vivir el resto de su vida con ella. Se reconciliaron, se casaron y muy pronto serán padres.

Ella había prometido no echarle en cara lo que hizo durante ese año, pero las hormonas del embarazo y el resto de las molestias hicieron que olvidase la promesa.

La seguí cuando se levantó de la mesa para ir al servicio y la encontré llorando.

—Lo siento, he arruinado tu cita —dijo, limpiando sus lágrimas.

—No te preocupes por eso. Intenta calmarte, la agitación no le hace bien al bebé.

—Lo entiendo, ¿sabes? —dijo mirándose en el espejo—. Ben fue mi primera vez, fui su primera vez y nos amábamos. Él era tan tranquilo, cariñoso y a veces yo deseaba que fuera más como Blake. Después de ese año separados Ben era justo el hombre que deseaba, que quería a mi lado, pero no se lo puedo decir así que finjo estar enfadada. Y ahora piensas que estoy loca.

—No, ¿qué va? Odio dar consejos, pero ahí voy: dile la verdad a Ben ahora, estás embarazada, te perdonará en un instante, aunque estoy segura de que él pensara que no tiene nada que perdonar, tal vez que no se lo hayas dicho antes.

Volvimos a la mesa, nos despedimos y Knox me llevó a casa.

—No estás enfadada —dijo él mientras caminábamos hacia la puerta de mi apartamento.

—¿Debería?

—No, pero siempre terminamos de esa manera y estoy esperando a ver que sucede a continuación —dijo.

—Lo normal, ¿no? Me das un beso de buenas noches y prometes llamarme para una segunda cita. Lo harás dentro de tres días porque si lo haces antes pensaré que te gusto mucho o que estás desesperado.

—Pero tú ya sabes que me gustas mucho y de verdad no me importa si piensas que estoy desesperado por verte. Si fuera por mí ya estarías en mi casa, en mi cama y no te dejaría marcharte —dijo Knox.

Estaba de espaldas abriendo la puerta cuando lo dijo y mi garganta se cerró, mi mano se quedó a medias sosteniendo la llave y Knox tuvo que colocar su mano sobre la mía y abrir la puerta.

—Respira, Avy —susurró.

—No puedo.

—Sí, puedes. Date la vuelta —ordenó, aunque dos segundos después puso las manos sobre mis hombros y lo hizo él mismo—. Voy a besarte, luego entrarás y cerrarás la puerta, mañana te vendré a recoger para desayunar juntos, ¿de acuerdo?

—De hecho...

—No, no te estaba preguntando, Avy. Eso es lo que pasará.

Knox no sabía que odiaba cuando no tenía la posibilidad de elegir qué era lo que quería hacer y por suerte no averiguó que era capaz de hacer porque bajó la cabeza y me besó. No iba a renunciar a su beso solo para demostrarle que odiaba seguir ordenes, ya lo haría otro día.

Capítulo 7

Toda mi vida había tenido todo lo que había deseado. No me ha faltado nada, ni dinero, ni afección, ni amigos. Bueno, amigos fueron mis primos, tíos y cada miembro de mi gran familia, amigos de fuera de ese círculo no.

Ahora tenía a Addison y era interesante, a veces la amaba y otras me daban ganas de estrangularla. En este momento si no me controlaba me vería obligada a llamar a mi madrina y decirle que venga para ayudarme a esconder el cadáver de mi amiga.

—No, de ninguna maldita manera —repetí por la quinta vez en los últimos tres minutos.

—Avy, han pasado dos semanas. Tienes que hacer algo, esto no es normal —dijo Addison.

—Lo es, solo que no para ti —espeté.

—Cielo, la que no es normal eres tú y Knox por lo que veo. Algo está pasando ahí y tienes que averiguar qué es antes de que sea demasiado tarde. Ya has perdido dos semanas de tu vida con él, ¿quieres perder más?

Han sido las mejores semanas de mi vida o casi.

Knox era, ni sabía que era porque perfecto no era. A veces pensaba que era tan perfecto, que me gustaría embotellar su olor, su sonrisa, su mirada verde y guardarlas para siempre. Otras veces me sacaba tanto de quicio que lo único que deseaba era perderlo de vista.

Estas dos semanas han sido de todo menos aburridas. Divertidas. Llenas de sorpresas, de alegrías y ganas de gritar.

Nos vimos casi todos los días, excepto cuando me tocaba trabajar o cuando me quedaba dormida y no escuchaba el teléfono o el timbre. Cuando pasó eso, cuando no le cogí el teléfono y no le abrí la puerta, Knox perdió la mente.

Pensó que me había ocurrido algo y llamó al conserje para abrir mi puerta, el conserje que no tenía la llave. No sé qué fue exactamente lo que pasó porque no quise saberlo, aunque sospechaba que fueron los hombres de Ava que le dejaron entrar, pero me desperté con Knox en mi dormitorio, al lado de mi cama, mirándome furioso.

Ese no fue un buen momento para ninguno de los dos, los dos enfadados y ni uno quiso dar su brazo a torcer, aunque todavía me costaba entender por qué él estaba tan furioso.

En ese momento se fue de mi apartamento, era por la mañana y hasta el día siguiente no me llamó, de hecho, entonces tampoco lo hizo. Me envió un ramo de flores al hospital y la siguiente vez que nos vimos se comportó normal, como si nada hubiera pasado.

Intenté hablar con él, pero cada vez que mencionaba el tema encontraba una manera de distraerme y al final decidí dejarle creer que ya no me importaba. Era mentira, iba a volver al tema, pero lo haría cuando menos se lo esperaba.

Todo estaba bien, nos íbamos conociendo con buenas y malas (pocas y la mayoría eran para decir que no era perfecto), pero había un problema importante. Grave problema según Addison, yo pensaba que era solo un poco preocupante.

Después de nuestra primera cita, que al final fue una doble cita, Knox me llevó a casa y en la puerta de mi apartamento me besó hasta que fui incapaz de sostenerme de pie. Voló mi mente con su beso y nada más.

La mañana siguiente cuando llamó a mi puerta para

llevarme a desayunar le abrí vestida con una bata que apenas cubría el camisón, camisón que era un trozo de tela fina y transparente.

Knox me echó una mirada caliente y me envió a vestirme.

Ocurrió lo mismo en la tercera cita, en la cuarta y en todas las malditas citas de las últimas dos semanas. Los besos no faltaban, las caricias o los gestos cariñosos tampoco, pero se negaba a ir más allá de eso.

Tenía que estar de acuerdo con Addison, muy normal no era. Yo lo deseaba y no había manera en el infierno de que no se hubiese dado cuenta. Él también me deseaba y de eso también había pruebas, las he visto, las he sentido.

Entonces, la pregunta era: ¿por qué diablos no me hacía el amor o, como decía Addison, por qué no me echaba un polvo?

Cometí el error de pedirle consejo a Addison y su reacción fue rara. Para empezar durante cinco minutos se me quedó mirando, luego abría la boca para decir algo y la cerraba sin llegar a pronunciar las palabras.

Su consejo fue comprobar su historial médico y verificar si tenía un problema de salud. Le aseguré que no hacía falta comprobar nada y que Knox era tan sano como un toro.

Y luego, la mujer que consideraba mi mejor amiga, Addison tuvo una idea descabellada y desde entonces intentaba decirle que no, que ni loca iba a hacerlo.

Ava Skylar Taylor Kincaid no se viste con un conjunto de lencería sexy, abrigo y zapatos de tacón. Ava Skylar Taylor Kincaid no va a la oficina de su novio medio denuda para seducirlo. No si quería vivir otro día.

Estaba exagerando, pero tenía una reputación, tenía dignidad. Si alguien, por alguien quiero decir mis hermanos, se enteraba de que hice algo así no dejaría de aguantar bromas sobre el tema ni cuando tuviera ochenta años.

Necesitaba saber por qué Knox me rechazaba y no hacía falta hacerlo medio desnuda. No era rechazo, pero me sentía extraña y no era un buen sentimiento.

—¿Lo harás, Avy? —preguntó Addison.

—Iré a hablar con él, pero vestida —dije.

—Vale, pero por lo menos ponte un vestido y nada de ropa interior.

—¿Has perdido la cabeza? —exclamé.

Addison entrecerró los ojos y como conocía esa mirada preferí darme la vuelta para entrar en el vestidor. Ella me siguió y se sentó en la silla de mi tocador.

—Avy.

—¿Qué dices de este? —pregunté mostrándole un vestido rosa palo.

—No. Nunca hablas de tus novios, de tus ex —dijo ella.

—No, ya hablas tú lo suficiente para las dos. ¿Este?

Una sacudida de cabeza y el vestido negro volvió al armario. Conseguí librarme de las preguntas de Addison cuando su madre la llamó y tuvo que marcharse para ayudarla con algo.

Knox me había dicho que esta noche tenía una reunión hasta muy tarde y que no podíamos vernos y Addison me lo había confirmado, pero también me dijo que él solía marcharse el último de las oficinas.

Me vestí sin prisas y sin agobios. El vestido era azul marino muy ajustado a mis curvas no como lo quería Addison, pero era bastante provocativo. Cogí un taxi hasta las oficinas de Knox y usando el código que me dio Addison subí hasta la última planta.

Según la red de cotilleos de la empresa la reunión de Knox llevaba más de media hora terminada y él debería estar en su oficina.

Y sí, ahí estaba, pero no estaba solo.

Y sí, hubiera preferido encontrarlo con una mujer.

Knox me vio primero, pero, aunque el otro hombre no se giró sabía muy bien que estaba ahí, sabía desde el momento en el que había entrado en el edificio.

—Avy, no te esperaba —dijo Knox, poniéndose de pie.

Rodeó el escritorio, pero a medio camino hacia la puerta donde estaba yo cambió de opinión.

—¿Por qué no me esperas en la sala de reuniones? Enseguida voy —continuó.

No me moví del lugar y no le quité la mirada de encima al otro hombre. Él aguantó mi mirada y cuando estaba a punto de perder la paciencia y parpadear sonrió.

—Avy odia esperar, ¿verdad? —dijo Vladimir.

Vladimir era la peor pesadilla de una adolescente, de cualquier mujer que quería salir con chicos, con hombres. Vladimir era el hombre que mi padre enviaba a amenazar a mis pretendientes, a los pocos que he tenido y que han llegado a gustarme.

Vladimir era familia y era un poco complicado de explicar cómo. El hermano de mi madre estaba casado con Ava, mi madrina. Ava tenía una hija de antes de conocer al tío Pablo, Eva. Vladimir era el marido de Eva y eso lo convertía en algo como un primo político.

—¿Os conocéis? —preguntó Knox.

—Sí, pero la verdad es que me gustaría que la respuesta fuese no —respondí.

Vladimir se puso de pie y se encaminó hacia la puerta de la oficina.

—Blake, estaremos en contacto —dijo estrechándole la mano a Knox—. Y tú, señorita, ¿no deberías visitar a tu madre este fin de semana? —me preguntó.

—¿Tú no deberías estar en otro lugar?

—Estoy donde debo estar —respondió y como no, él tuvo que inclinarse y besar mi mejilla—. Y tú también —me susurró.

Tenía una gran familia, cariñosa y todo lo que una persona pudiera desear. El problema era que todos me conocían mejor de lo que pensaba. Por eso Asher llegó de visita, para asegurarme de que estaba bien empezar una relación con Knox.

Por la misma razón Vladimir estaba aquí, para decirme que lo estaba haciendo bien, para darme la confianza que me faltaba, mejor dicho, para darme un empujón en la dirección correcta.

Se marchó y me olvidé de él en el instante en que escuché el ruido que hizo la puerta al cerrarse. Knox, de pie en el centro de su oficina, con las manos en los bolsillos me estaba mirando con una expresión que no entendía.

O sea, por un lado, sí que la entendía. Vladimir era un hombre peligroso y no lo ocultaba, era obvio, y que yo lo conociera debía ser difícil de comprender para Knox.

—Es un amigo —dije.

—Amigo. —Knox repitió la palabra como si nunca la hubiera escuchado.

Mi relación con Vladimir era fácil de aclarar, pero no estaba preparada para contarle a Knox como estábamos relacionados. Sin embargo, lo que no era para nada claro era la razón de su presencia en la oficina de Knox.

Si Vladimir quería transmitirme un mensaje podía hacerlo de otra manera y eso me hacía pensar que había otra razón. Sabía muy bien qué tipo de negocios hacía Vladimir y no entendía, o no quería entenderlo, que pintaba Knox en todo ese asunto.

Que Knox era el bueno era obvio, pero ¿quién era el malo aquí? ¿Por qué Vladimir voló desde Nueva York? ¿Quién estaba en peligro?

—Amigo, sí, ¿y cómo es que lo conoces tú? —pregunté.

Knox se dio la vuelta, caminó hasta su escritorio y se sentó en su silla.

—Negocios, Avy, nada importante.

—Puedo preguntárselo y ¿sabes qué? Sin importar lo que te haya dicho o prometido, me lo dirá. Así que piensa de nuevo antes de responder a esa pregunta y también recuerda que no me gustan las mentiras.

—¿Quieres hablar de mentiras, Avy? Podemos si insistes, por ejemplo, podemos hablar de cómo tu hermano consigue una reserva en el mejor restaurante de la ciudad o si prefieres podemos hablar de como el hombre más peligroso que conozco te trata como si fueras familia. ¿Quieres hablar de cómo es que tengo esa imagen tuya de una doctora sencilla y normal, pero estoy seguro de que no eres para nada así? ¿Hablamos, Avy?

—Te lo advertí, te dije que hay algo sobre mi familia de lo que no puedo hablar. Todavía no.

—¡Jesús! Pensaba que me estaba enamorando de una mujer normal, pero no, lo que tengo es una mujer que tiene relaciones con la mafia rusa —dijo Knox.

Me eché a reír y caminé hasta su escritorio, lo rodeé y después de empujar su silla me senté sobre el escritorio.

—Vladimir será muchas cosas, pero mafioso no es y tú tampoco te estás enamorando de mí. No sé qué es lo que estás haciendo, pero amor no.

Knox se inclinó hacia mí, colocando sus manos sobre mis rodillas y abriendo mis piernas, todo eso mientras me miraba de una manera que hacia mi corazón acelerarse y que tenía a mi cerebro emitiendo señales de advertencia.

¡Corre! ¡Peligro!

¿Escuché? ¡Diablos, no! Obedecí a mi cuerpo, a la sensación

de las grandes manos que acariciaban mis rodillas, que se deslizaban por mis muslos.

—Y, según tú ¿qué es lo que llevamos haciendo desde hace semanas, Avy? —preguntó —. Conocernos, pasar tiempo juntos, darme cuenta, con cada día que pasa, con cada gesto que haces, de que eres la mujer más guapa, inteligente, interesante, misteriosa y atractiva que haya conocido en mi vida. Me estoy enamorando de ti, Avy Kincaid, pero estoy dudando si la mujer que veo es de verdad o es un engaño, si tú sientes lo mismo o no.

—Blake, no te estoy engañando, esta soy yo. Lo juro —dije.

Mis manos se deslizaron en su cabello y se lo dije de nuevo.

—Soy yo y me estoy enamorando.

—Bien —dijo.

—¿Bien? —pregunté.

—Bien —repitió con su boca a milímetros de la mía.

Lo siguiente que sé es que me estaba besando, sus manos abrieron mis piernas y se puso de pie, justo ahí entre mis piernas. Podía sentirlo entre mis muslos y en otro lugar. Sus manos fueron subiendo por mi piel desnuda, por mis muslos, tocando, acariciando, hasta llegar a ese lugar especial.

Dejó de tocar, de mover la mano, de besar. Me miró y me encogí de hombros.

—Me cansé de esperar —dije.

—¡Jesús Cristo, mujer! —dijo, y cerró su boca sobre la mía.

Knox volvió a lo que estaba haciendo antes de darse cuenta de que no llevaba ropa interior. No pensé que sería capaz de salir así, me sentía desnuda, pero al mismo tiempo me sentía extraña y confiada y fuerte.

Esta vez Knox no se detuvo como solía hacerlo cuando gemía en su boca, queriendo más, deseándolo a él. Yo estaba lista y estaba a punto de suceder. Estaba emocionada, asustada y avergonzada.

¡Mierda! ¿Por qué no se lo dije antes?

Ahora era demasiado tarde y me sentía tan estúpida. Debió sentir que algo andaba mal porque se detuvo y volvió a mirarme, pero esta vez faltaba la pasión en sus ojos. Había preguntas y preocupación.

—Avy, ¿qué pasa?

—No sé cómo decir esto —murmuré.

—Prueba con las palabras, cariño.

—Gracioso, eso fue divertido —le espeté.

Puso sus manos en ambos lados de mi cara y sonrió con esa perfecta sonrisa suya.

—Me estoy enamorando de ti, Avy, he llegado tan lejos, lo que siento por ti es tan fuerte que no hay vuelta atrás. Joder, puedes decirme que eres parte de la mafia rusa y que tu trabajo es torturarme y aun así no me importaría. Tú puedes decirme cualquier cosa.

—Es raro. Y embarazoso.

—Infiernos, me vas a decir que eres un hombre, ¿no?

—¡Jesús, Knox! Nunca tuve sexo antes, ¿de acuerdo? Soy demasiado mayor para esto y sé que parece que soy la protagonista de una novela romántica que ha estado esperando a su príncipe azul, pero no es por eso por lo que esperé tanto. Es solo que nunca fue el momento correcto, el hombre correcto. Ni los sentimientos correctos. Di algo —murmuré.

—Puedo ser muchas cosas, Avy, pero no soy idiota. Lo sé, no desde el principio, pero algo en tu manera de reaccionar a mis caricias, de responder a mis besos me hizo suponerlo.

—¡Vaya!

—Ok, ¿hay algo más en tu cabeza que te gustaría compartir conmigo antes de que podamos volver a follarte en mi escritorio?

—No, no, dios, no. Continúa por favor.

—Joder, me equivoqué, no me estoy enamorando de ti, ya estás en mi corazón.

Golpeó su boca contra la mía sin darme la oportunidad de responderle a su declaración. Estaba enamorado de mí. Había tiempo, podría decirle más tarde que yo tampoco estaba muy lejos de sentir lo mismo.

Me besó y luego me folló sobre su escritorio.

No sucedió como en las novelas románticas o como en las historias que escuché en la escuela secundaria o como mi madre me dijo que sucedería. No es que pasaba mucho tiempo pensando en ello, el sexo era algo en lo que apenas pensaba.

Yo no lo practicaba, pero sabía muy bien de qué se trataba. Además, yo era médico, sabía todo sobre anatomía y de dónde venían los bebés.

Lo sabía, lo que no sabía era sobre la forma en que se sentía, sobre cómo me haría sentir su toque, cómo sus besos me harían perder la cabeza.

Me besó mientras sus manos quitaban mi vestido dejándome solo con un sostén negro y tacones altos. Knox se tomó un momento para mirarme antes de empujarme lentamente hasta que estuve recostada sobre su escritorio, se tomó otro momento para quitarse el abrigo y la camisa, para abrirse los pantalones antes de inclinarse sobre mí y besarme.

Me besó mientras acariciaba cada parte de mi cuerpo. Luego su boca bajó a mi cuello, a mi pecho donde chupó un pezón hasta que gemí y me moví inquieta, luego hacia abajo, muy abajo.

Me besó allí, me hizo el amor hasta que me rompí gimiendo su nombre. Luego se acercó y me cubrió con su cuerpo mientras se colocaba entre mis piernas.

Me besó mientras encontraba su camino dentro de mí, mientras esperaba pacientemente antes de que el dolor desapareciera, mientras mi cuerpo se acostumbraba a la intrusión.

—Respira, Avy —dijo.

Y lo hice, respiré y lo miré a los ojos mientras comenzaba a moverse dentro de mí. Al principio lentamente y luego más y más rápido hasta que ambos fuimos arrastrados por el clímax.

Knox me sostuvo por un rato, su aliento haciéndome cosquillas agradablemente en mi cuello. Me gustaba ser abrazada por él, sentirlo sobre mí, dentro de mí. Era una nueva sensación, tan nueva y brillante que sabía que me acostumbraría muy rápido.

—¿Lo harás ahora? —Knox me preguntó riéndose y me di cuenta de que hablé en voz alta.

—Hago eso a veces, mis hermanos se burlaban de mí y trato de mantener mis pensamientos para mí y la boca cerrada, pero no siempre lo consigo.

—Por favor no lo hagas, no hay nada más que me gustaría que saber lo que está pasando dentro de esta linda cabeza tuya.

—Podrías preguntar, es más fácil —dije—. O no, no puedo decirte que estoy pensando que esta fue la forma más extraña de perder mi virginidad.

—¿Más extraña? —me preguntó levantándose y levantándome a mí también.

Odiaba perder su toque, su calor, pero no tenía problema en mirar su pecho desnudo. Sí, soy médico y he visto muchos hombres desnudos, pero nunca sentí el deseo de tocarlos, acariciarlos, besarlos.

Quería hacerle todo eso a Knox, tenía muchas ganas. Toqué su pecho para ver si era suave o fuerte, en realidad ya sabía que era fuerte desde antes cuando me estaba sujetando a su escritorio. Quería probarlo.

—Olvídate de eso —dijo Knox poniendo su mano en mi nuca, agarrándome del cabello y obligándome a mirarlo—. Dime qué estás pensando ahora mismo. Dime.

Le dije.

Tomó mi boca mientras tomaba mi mano y la colocaba sobre su pecho.

Hice todas las cosas que quería hacer.

Me tomó de nuevo, pero esta vez en el sofá.

Estaba a punto de quedarme dormida en sus brazos cuando habló.

—Deberíamos ir a casa.

—Moverme no es una opción en este momento —dije.

—No te preocupes, yo haré todo el trabajo —dijo Knox.

Y eso fue exactamente lo que hizo.

Desapareció por un momento y cuando regresó estaba sosteniendo una toalla blanca y suave. Estaba acostada en su sofá, usando su camisa después de que me hizo el amor dos veces, pero me congelé cuando se arrodilló, me abrió las piernas y me limpió con la toalla.

Me congelé y cerré los ojos hasta que su mano se fue, hasta que lo escuché alejarse. Entró al baño y regresó unos minutos después completamente vestido.

Tomó mi vestido de su silla y lo llevó de vuelta al sofá, me sentó y me ayudó a vestirme.

—Esto no es normal, ¿verdad? —pregunté.

—Lo que se sienta bien para ti es normal sin importar cuán loco o demente les parezca a los demás.

—De acuerdo.

—Bien, ahora vamos a llevarte a casa antes de que te

duermas —dijo Knox.

Salimos de su oficina, tomamos el ascensor hasta el garaje donde Knox me ayudó a subir a su auto.

—¿Sin limusina hoy?

—No, hoy no. Prefiero ir y venir cuando quiero y esperar al conductor no es tan fácil como parece.

Ojalá pudiera decirle que lo sabía todo sobre conductores y guardaespaldas, sobre conducir tu propio coche a los dieciocho años, no a los dieciséis como cualquier otro adolescente de los Estados Unidos.

Condujo y lo miré, me sonrió cuando sintió mis ojos, sonrió y luego tomó mi mano y la sostuvo hasta que detuvo el auto. Estaba asombrada por él, hipnotizada por él, pero no tanto como para no darme cuenta de que no debería haberse detenido.

Tardé casi veinte minutos en llegar desde su oficina a mi apartamento y estaba bastante segura de que habían pasado menos de diez.

—Este es mi apartamento —dijo—. Me gustaría que te quedaras esta noche. Quiero verte dormir en mi cama. Es muy pronto, lo sé, pero te quiero en mis brazos esta noche. Di que sí, Avy.

He de decir que ni siquiera había pasado por mi cabeza así que asentí y en menos de un minuto Knox aparcaba el coche en un garaje subterráneo. Conocía el edificio, pasaba a menudo por delante en mi camino al trabajo.

Era el más alto y el más nuevo de la ciudad, una torre de metal y cristal que sin habérselo comentado sabía que era la envidia de mi padre. Él era un loco de la arquitectura y mientras Knox me guiaba en el ascensor, arriba, fuera y dentro de su apartamento me grababa cada detalle en la mente para poder compartirlo con mi padre.

Minimalismo, modernidad.

Un poco frío para mi gusto, pero de alguna manera lo consideraba perfecto para Knox. En la entrada había solo un pequeño mueble con un jarrón de flores frescas y de ahí pasamos al salón que era un gran espacio medio vacío.

Un sofá y dos sillones de color negro colocados alrededor de una mesita de café. A la derecha un bar y al otro lado se podía vislumbrar la cocina. Luego había un pasillo que seguramente llevaba a los dormitorios.

—Dos años —dijo Knox dirigiéndose hacia la ventana—. Llevo dos años viviendo aquí y es por esto.

Me acerqué para ver cuál era la razón por la que Knox vivía aquí y después de un breve vistazo pude entenderlo. Las vistas eran espectaculares, abajo tenías la ciudad, en la lejanía la montaña y arriba el inmenso cielo.

—Tengo una cabaña arriba en la montaña y es donde paso casi todos los fines de semana, a veces incluso entre semana cuando necesito espacio. ¿Te gustaría acompañarme el próximo fin de semana?

De nuevo, rechazar la invitación ni siquiera pasó por mi cabeza. Knox sonrió cuando me vio asentir.

—Bien, ¿quieres cenar algo antes de ir a la cama? —preguntó.

Quería decir que no, que prefería ir directamente a la cama, pero mi estómago eligió justo ese momento para rugir.

—Cena —dijo Knox riendo.

Me llevó a la cocina donde entre los dos preparamos una tabla de queso y fruta. Knox abrió una botella de vino y hasta encendió un par de velas que colocó en la mesa del comedor.

—No lo digas —me advirtió al ver que lo estaba mirando y que estaba a punto de decir algo, tuve que morderme los labios para no decir lo que estaba pasando por mi cabeza—. Mis abuelos maternos me enseñaron como tratar a una mujer y una de las cosas que mi abuela juraba que les gustaban a las mujeres eran las cenas románticas. Según ella no importa si vas a cenar un bocadillo, un trozo de pan o un filete de cien dólares, necesitas el ambiente correcto y no hay nada mejor para eso que unas velas. Además, estás ahorrando energía.

—Cuéntame qué más te enseñó tu abuela —le pedí.

Knox me sonrió, llenó mi copa de vino y me contó sobre sus abuelos.

Capítulo 8

Había juzgado mal a Knox.

Había estado asustada por lo que podía pasar entre nosotros.

Había pensado que lo que quería era engañarme.

No, Knox no era así y lo averigüé esa noche mientras lo escuchaba hablar de sus abuelos. No me dijo porque pasó toda su infancia con ellos y no con sus padres, tampoco pregunté porque sabía muy bien que cuando alguien omitía algún detalle era por una buena razón.

Su abuela había fallecido hace unos años, pero su abuelo, el hombre al que yo le había salvado la vida en el quirófano, vivía en la ciudad. Entre los dos habían enseñado a Knox el respeto, el amor, el honor.

Mis historias favoritas, esas que trajeron lágrimas en mis ojos y dibujaron una sonrisa en mi rostro, fueron la de sus abuelos. Como se conocieron, como su abuelo conquistó a su abuela, historias que no coincidían mucho y que según contaba Knox era porque su abuela amaba llevarle la contraria a su abuelo.

No hizo falta que me lo dijera, lo vi en el rostro de Knox. Él quería ser un hombre como su abuelo. Justo. Honesto. Ahora me arrepentía de no haber ido a conocerlo mientras estaba ingresado en el hospital.

Otra de las cosas que me sorprendió fue que Knox era muy

ordenado, hasta podía decir que estaba un poco obsesionado con algunos detalles. Lo noté en la manera en la que colocó las copas de vino en la mesa, en como doblaba su servilleta y otras pequeñas cosas que no hubiera sido capaz de reconocer si no los hubiera visto con anterioridad.

Una de mis primas necesitaba el orden. Sin eso no podía vivir. Mi madre le ofreció ayuda, pero ella decía que no era algo que le impidiera vivir una vida normal y eso zanjó el asunto.

—Puedes preguntar, no muerdo —dijo Knox.

Sonriendo le entregué uno de los platos para colocarlo en el lavavajillas.

—Estoy dudando entre preguntar sobre cómo es que siendo rico estás recogiendo la cocina después de cenar y mencionar que podrías tener lo que parece ser un trastorno sin diagnosticar.

—Los abuelos creían que un hombre necesita saber hacer de todo, de otra manera no sabría apreciar el esfuerzo, el trabajo ni el suyo ni de los demás. Y no es un trastorno, aunque mi madre buscó durante años un médico dispuesto a diagnosticarme. Me concentro mejor cuando todo está en orden. Sabes que hay personas que viven en un desorden total y otras que necesitan lo contrario —dijo Knox.

Hasta ese momento la conversación había fluido con normalidad, de hecho, fue mejor que normal, pero de repente al mencionar su manía había cambiado. Ya no lo encontraba tan abierto, tan divertido y relajado.

—Blake, yo...

—Listo, ¿necesitas algo más antes de irnos a la cama? Es tarde y mañana tengo una reunión muy temprano —dijo él.

—Una ducha —murmuré.

Me acompañó hasta la zona de los dormitorios, lo hizo en silencio. No habló ni siquiera cuando me abrió la puerta de su dormitorio o cuando me entregó una camiseta.

Y luego decían que las mujeres cambiaban de humor con mucha rapidez. Le agradecí por la camiseta y me fui a tomar una ducha. Al volver Knox ya estaba en la cama, apoyado contra el cabecero y con la parte inferior de su cuerpo cubierto con las sábanas.

La parte superior estaba desnuda y tuve que apartar la mirada de su musculoso pecho antes de empezar a babear.

Después de meterme en la cama lo miré y encontré su mirada.

—Siento si he tocado un tema sensible —murmuré.

—No, nena, no es tu culpa —dijo Knox.

Y de repente el hombre que me había encantado durante la cena había vuelto. Se tumbó de lado y me atrajo hacia su cuerpo.

—He tenido relaciones, cortas, largas, serias y no tan serias, pero nunca he sentido la necesidad de hablar tanto, de contar mi infancia, de contarle todos mis secretos. Es un sentimiento extraño, Avy.

—Lo sé, mi madre dice que el amor es entregarle tu corazón, tu alma, todo tu ser a la otra persona y esperar que le guste, que diga: ¡Sí, te amo justo así, con tus virtudes y defectos!

—Por ahora no he visto ni un defecto tuyo. —Knox besó la punta de mi nariz.

—Todavía es pronto para mostrarte mis manías, defectos y todas esas cosas que mis hermanos dicen que harán que nunca encontrase un hombre que me aguante más de un par de días.

—Tus hermanos están equivocados, pero ya hablaremos de esto otro día. Ahora dame un beso, cierra los ojos y duérmete.

—¿Puedo elegir la posición en la que dormir o me lo dices tú? —pregunté.

Un segundo después la boca de Knox estaba sobre la mía y

me besó hasta que olvidé que había preguntado algo, olvidé que estaba cansada y algo adolorida.

—Dormir —gruñó Knox.

Rompió el beso, pero no me quitó las manos de encima y tampoco lo hizo durante toda la noche. En el momento en que me quedaba dormida muy pocas cosas conseguían despertarme, pero en la cama de Knox dormí bien a pesar de sentirlo a mi lado.

Me desperté varias veces. Abría los ojos y sentía su calor a mi espalda o escuchaba el latido de su corazón. Sentía sus brazos abrazándome, presionándome contra su cuerpo. Volví a dormirme cada vez y lo hice con una sonrisa dibujada en mi rostro.

Hay muchas cosas que se pueden fingir en la vida, lo que haces durante el sueño no. Eso es lo que dice mi madre y mi padre lo confirmó. Sin importar las veces que él o ella se fueron a la cama enfadados durante la noche acababan buscándose uno al otro y se reconciliaban.

Cada vez que me volvía a dormir lo hacía pensando en que por fin había encontrado al hombre adecuado. Perfecto no porque no quería perfección, quería amor, respeto, quería las discusiones que acababan en reconciliaciones. Había tenido una infancia, una adolescencia de cuento y ahora quería disfrutar de la vida real.

Disfruté durante esas horas en las que dormí en los brazos de Knox sin saber que mi vida sí que era un cuento y que pronto iba a hacer su aparición la bruja malvada.

Ocurrió por la mañana después de que Knox me había despertado de madrugada para hacerme el amor y a desayunar juntos. No protesté por ninguna de las dos cosas, además había dormido tan bien que me sentía con suficiente fuerza para batallar con dragones o para pasar cuarenta y ocho horas en un quirófano.

Estábamos en la cocina, los platos con el desayuno sobre

la mesa y justo nos habíamos sentado cuando escuchamos los ruidos. Primero la puerta, luego las voces y el sonido de los tacones sobre el suelo de madera.

—¿Qué diablos? —exclamó Knox.

Se puso de pie y ni siquiera tuve tiempo de decir algo sobre el hecho de que él estaba vestido solo con unos pantalones de pijama negros o que yo llevaba su camisa y nada más.

Knox no había llegado a la puerta cuando las causantes de los ruidos entraron en la cocina. Ellas. Dos mujeres que conocía de vista. Las dos mujeres que no quería conocer medio desnuda, despeinada y sin maquillar.

—¿Qué diablos, madre? —preguntó Knox.

Sí, una de las mujeres era la madre de Knox. ¿Podía tener más mala suerte? La mujer que me había llamado gentuza en el restaurante era, posiblemente, mi futura suegra. Esa mujer que representaba lo que más odiaba.

La otra mujer era Leah, la supuesta novia, supuesta futura prometida de Knox.

No me faltaba la confianza, sabía quién era y de lo que era capaz, pero con estas personas no faltaba sonreír y ser lista. Necesitaba una buena primera impresión y no la iba a conseguir medio desnuda.

—Buenos días, cariño —dijo la mujer caminando hacia Knox e inclinando la cabeza para que él le diera un beso—. Iba a desayunar con Leah cuando nos dimos cuenta de que estábamos justo enfrente de tu apartamento y pensamos: ¿por qué no invitarte a desayunar con nosotros?

Leah, que estaba detrás de la madre de Knox, me había visto desde el primer momento y ahora me estaba mirando y mordiendo sus labios. Se veía bastante preocupada y no paraba de mirarme a mí y a Knox.

—Madre, hoy no puede ser —dijo Knox.

Miré a su espalda con las cejas levantadas y la risa ahogada de Leah llamó la atención de Knox y la de su madre. Él miró a Leah y luego se giró hacia mí para echarme un vistazo confundido.

¿Él estaba confundido? ¿Él? El idiota acababa de decir que iba a desayunar, eso sí, otro día, pero que iba a desayunar con Leah. Después de pasar la noche en sus brazos no era lo que quería escuchar.

—Oh, estoy seguro de que a tu amiga no le importará vestirse y marcharse —dijo la madre de Knox, acentuando la palabra amiga.

Pensaba que la manera en la que me había mirado en el restaurante era mala y estaba equivocada. Cómo me estaba mirando era malo, pero malo de que si tuviera aquí a mi madrina o a Vladimir correría a esconderme detrás de ellos.

Ni uno de los dos estaba aquí y tampoco quería parecer una cobarde yendo a buscar la ayuda de Knox me puse de pie usando la poca ropa que vestía en contra de la mujer.

¡Mírame! Llevo la camisa de tu hijo. He pasado la noche en su cama.

Eso era lo que quería mostrarle al ponerme de pie y lo conseguí. Su rostro se enrojeció con furia y por un momento temí que iba a darle un infarto, pero tengo que reconocer que se recuperó con mucha rapidez, casi sentí envidia por la manera en la que consiguió ocultar sus verdaderos pensamientos.

—Avy no se va a ninguna parte, vamos a desayunar y si quieren, tú y Leah nos pueden acompañar —dijo Knox.

Leah resopló.

Yo puse los ojos en blanco.

Su madre lo miró como si no lo conociera.

—Avy —murmuró ella.

—Avy —repitió Knox.

Vino a mi lado, rodeó mi cintura con su brazo pegándome a su cuerpo y me presentó a su madre.

Margot Knox, la madre de Knox, dibujó una sonrisa falsa en su rostro y murmuró un saludo.

Leah Davis demostró ser justo como dijo Knox, una buena amiga. Me regaló una gran y verdadera sonrisa y rechazó la invitación al desayuno.

—Pero —dijo Margot.

—Margot, Blake puede desayunar otro día con nosotros, tal vez Avy nos puede acompañar, ¿verdad? —la interrumpió Leah.

—¡No! —exclamó la mujer.

Entendía que para ella era un shock, dios sabe cuántos años llevaba esperando una boda entre Knox y Leah y ahora su amado hijo acababa de presentarle a su novia.

—Madre. —A nadie le pasó desapercibida la amenaza en la voz de Knox—. Cenaremos juntos esta semana, Avy tiene el día libre el jueves así que podemos reunirnos en casa del abuelo.

Leah me miró y sacudió la cabeza despacio.

Sí, yo también pensaba lo mismo. Knox no tenía ni idea de cómo hacer las cosas, pero por lo menos consiguió calmar a su madre y convencerla de seguir con su mañana como tenía planeado.

Él no se dio cuenta de que su madre se fue sin despedirse, pero yo sí y mientras acompañaba a la puerta a las dos mujeres me senté deseando poder llamar a mi madre y pedirle consejo de cómo lidiar con una futura suegra que me miraba como si fuera una cucaracha.

Knox volvió y antes de sentarse a la mesa puso la mano en mi cabello, inclinó la cabeza y me besó.

—Lo siento por eso, mi madre puede ser un poco agobiante.

Agobiante no era como yo la llamaría, pero asentí ya que había otra cosa que quería comentarle.

—¿Cena, Knox?

—Sí, tienes la noche libre el jueves, ¿no? —dijo empezando a comer.

—Sí, ¿pero quiero pasarla con tu madre? —pregunté y en el momento en que la palabra madre salió de mi boca vi que había cometido un error. La expresión de Knox se oscureció, vaya sí lo hizo, parecía un guerrero en el campo de batalla—. Creo que es un poco pronto para conocer a la familia, ¿no crees?

—Acababas de conocerla, Avy. Es solo una cena, no una propuesta de matrimonio —dijo cortante Knox.

¿Quería hacer esto?

Por eso me refiero a tener una relación con un hombre que anteponía a su madre a la mujer de la que decía que estaba enamorado. Era su madre, la quería y su opinión era importante, pero la decisión final la tomaba él no ella.

Vale, que yo había necesitado la aprobación de mi hermano, pero era más o menos una confirmación de lo que ya suponía.

Necesitaba hablar con mi madre.

Ya. Acababa de darme cuenta de que yo estaba haciendo lo mismo que él. Contar con la ayuda, la opinión, de mi madre.

—Una cena, ¿qué puede salir mal? —murmuré.

Eso iba a averiguarlo el jueves por la noche, pero mientras tanto desayuné con Knox o mejor dicho desayuné y mantuve una conversación con la taza de café ya que las respuestas monosilábicas de Knox eran inútiles.

Recordé que la situación era nueva para él y decidí darle tiempo, el tiempo que aguantaría sin perder la paciencia no era largo, pero esperaba que fuera suficiente.

—¿Nos vemos esta noche? —le pregunté despúes del desayuno, después de la ducha que no compartimos, después de vestirnos, yo en el dormitorio y él en el vestidor.

Me hubiera gustado verlo ponerse el traje, hasta le hubiera echado una mano con la corbata, pero no me dio la oportunidad. Knox taciturno no me gustaba mucho y si la respuesta a la pregunta iba a ser no entonces lo mandaría a dar una vuelta por el infierno.

—Pensaba que tenías que trabajar esta tarde —dijo abriendo la puerta del apartamento.

Lo seguí hasta el ascensor y mientras espera intenté recordar un chiste de médicos.

—¿Cómo está mi marido, doctor?

—Ha muerto, lo siento.

—¿Puedo ver su cuerpo?

—Está bien, pero debo advertirle de que no me he depilado.

No, no funcionó, no sonreí como me pasaba siempre y definitivamente no me calmó. Necesitaba calma para no mandarlo a la mierda porque sí, Blake Knox era un hombre atractivo, me gustaba y estaba a dos pasos de enamorarme perdidamente de él, pero esto de ahora soy el hombre perfecto y ahora soy el callado, el taciturno que no quieres tener a tu lado no me gustaba nada.

¡Al diablo!

—Sí, trabajo esta tarde —murmuré entrando en el ascensor.

Me llevó a casa y agradecí las tres llamadas que recibió durante el viaje. No me importaban las reuniones que tenía hoy, los acuerdos que tenía que cerrar o el viaje a Nueva York para la reunión con la Pablo Diaz.

¿Qué mierda?

—¿Tienes una reunión en Nueva York? —pregunté.

—Sí, negocios —respondió antes de coger otra llamada.

Como dice siempre mi madre, las coincidencias no existen. Primero Vladimir y ahora Pablo. Esto era demasiado y a la primera oportunidad iba a llamar a todos y cada uno de los miembros de mi familia y los mandaría al infierno.

Pablo era mi tío, el hermano de mi madre y el marido de mi madrina Ava. También era mi favorito, era el más tranquilo de la familia, el que mantenía la calma en cualquier situación, el que sabía que decir en cualquier momento.

Me había marchado de Nueva York porque necesitaba un respiro, porque quería vivir lejos de su influencia y por lo visto no había servido de nada. Bueno, lo hizo durante los primeros seis meses, pero después de conocer a Knox la situación cambió.

Me estaban protegiendo, lo sabía, pero me estaban poniendo las cosas demasiado difíciles, aunque para ser sincera Knox tampoco ayudaba mucho. Seguía hablando por teléfono cuando aparcó enfrente de mi edificio y como no daba indicios de terminar la llamada me incliné, besé su mejilla y me fui.

Asunto arreglado o mejor dicho relación terminada. Y no, no estaba renunciando cuando las cosas no salían como yo quería, eso era lo que me decía Aiden, pero sencillamente Knox y sus cambios de humor me agotaban.

Y sí, dije que quería una relación verdadera con lo bueno y malo, pero ahora me daba cuenta de que no era para mí. Que Knox decía que estaba enamorado de mí no importaba, las acciones pesan más que las palabras y hasta ahora no estaba convencida de que lo nuestro iba a durar más de unos días.

Hubiera sido mejor darme cuenta de esto antes de dejar que me tomara en su oficina, pero por lo menos lo había pasado bien y tendría un bueno recuerdo de mi primera vez.

Entré en el edificio y estaba esperando el ascensor cuando escuché a Knox gruñir mi nombre. Me sobresalté y antes de darme cuenta de lo que estaba pasando me encontré presionada contra el fuerte cuerpo de Knox.

El beso también me tomó por sorpresa y tampoco tuve tiempo de decidir si participar. Duró poco, fue un beso corto y duro.

—Te llamaré —dijo.

Me soltó y se marchó.

—Esto está tan jodido —murmuré entrando en el ascensor.

Dos horas después seguía pensando lo mismo, pero como había recibido una llamada del hospital esperaba aclarar mi cabeza durante las horas de trabajo. Había entrado antes a trabajar y esperaba salir antes, además de que esperaba una llamada de Knox.

¡Lo sé!

Tenía un lio en la cabeza que no había manera de entenderlo. Que ahora sí lo quiero, que ahora ya no. Al final tendrá razón Aiden con su afirmación de que me han malcriado tanto que me han estropeado.

Conseguí tomar una pausa alrededor de las siete de la tarde y estaba disfrutando de un café en la azotea del hospital cuando el doctor Tyrens llegó. No sabía su nombre, todos lo llamaban Tyrens o Ty, pero sí sabía que era un buen médico, uno de los pocos hombres del hospital que no llevaba a las enfermeras a echar un polvo rápido en algunas de las habitaciones.

Me gustaba y por eso cuando se sentó en el suelo apoyando la espalda contra la pared del edificio me quedé donde estaba.

—Lo has jodido, Kincaid —dijo él.

—¿De qué estás hablando? —pregunté frunciendo el ceño. Recapitulé en la cabeza todas las cirugías de hoy, de ayer, de toda la maldita semana sin encontrar nada fuera de lo normal.

Todos los pacientes habían sobrevivido, excepto el hombre de cincuenta y seis años al que le había caído una placa de cemento encima. Ahí ya no tuve nada que hacer.

—Margot Knox está en la oficina de Kenneth pidiendo tu cabeza en una bandeja de plata, o sea, al final del día no vas a tener un trabajo —explicó Tyrens.

—Me estás jodiendo —exclamé.

—No, Kincaid. Te has metido con el hombre equivocado, ¿nadie te advirtió que Margot es una bruja y que ni una mujer es suficientemente buena para su hijo?

—Me estás jodiendo —repetí.

—Tengo un amigo en un hospital en Minnesota, le hablé de ti y tiene un puesto libre. Es tuyo si lo quieres.

—Te lo agradezco, pero no me van a despedir. Tengo un contrato —dije y Tyrens se echó a reír.

—El único contrato que puede salvar tu trasero de ser echado en la calle es uno firmado y hecho con el diablo. Avísame si quieres el número de teléfono de mi amigo.

Me quedé en la terraza hasta que mi móvil vibró con un mensaje. Tres segundos después estaba de pie caminando hacia la oficina del director.

Iba a despedirme.

No podía creerlo, bueno, sí. No era tan ingenua para no saber cómo funciona el mundo, pero me costaba creer que el director iba a echarme porque la madre de mi novio no le gustaba mi cara o lo que sea que no le gustaba de mí.

No necesitaba el trabajo, pero un despido iba a quedar mal en mi CV. Además, no quería darle el gusto a Margot y desaparecer. Ella creía que yo era gentuza, una mujer a la que ella podía manejar a su antojo. Bueno, iba a llevarse una sorpresa y no de las buenas.

Llegué a la oficina, llamé y el director me invitó a entrar.

Seguía sin gustarme el hombre y hoy aún menos, parecía que le habían dado la peor noticia de su vida. Estaba sudando, tenía ojeras.

—No te sientes, esto será muy corto —me dijo sin levantar la mirada de los papeles esparcidas sobre su escritorio.

Capítulo 9

Blake Philip Knox

—¿Vas a beber el whisky o vas a mirarlo toda la noche?

Aparté de la mirada de mi copa y levantándola hasta la boca bebí un buen trago e ignorando la quemazón de mi garganta miré al abuelo.

—¿Feliz? —pregunté.

—¡Diablos, no! Hubiera sido más feliz si pudiera tomarme yo también una copa, pero no, en cambio tengo que tomar esta agua asquerosa —se quejó el abuelo.

—Es té —dije sonriendo.

—Es agua de un color extraño y sabor horrible, de hecho, no sé cuál es peor, el té o tu actitud.

—Abuelo —gruñí.

—Vamos, empieza a hablar antes de que venga esa enfermera y que me diga que ya es la hora de dormir —dijo él.

Philip Knox a sus ochenta años era un hombre fuerte y aceptar las recomendaciones del médico, a la enfermera que estaba en permanencia detrás de él, le costaba y no paraba de quejarse. Aunque, quejarse era lo único que hacía.

Por un momento pensé que iba a rechazar el tratamiento y los cuidados, pero me había sorprendido. Desde que la abuela había fallecido él ya no era el mismo. A veces lo encontraba mirando fijamente por la ventana y otras hablando solo.

La abuela y él estuvieron juntos cincuenta y ocho años. Nunca se separaron, ni de noche ni de día y pensaba que él no iba a tardar mucho en seguirla después de su fallecimiento.

Su amor fue como un sueño. Puro. Eterno. Nunca pensé que me pasaría a mí, no tan rápido, no tan fuerte, no con alguien tan imprevisible como Avy.

Ella es la mujer más guapa que he visto en toda mi vida.

Es la única mujer que hace mi corazón latir solo con pensar en ella.

—¿Blake?

—Tiene los ojos morados —dije.

—Entonces es bonita. —Sonriendo el abuelo se levantó de su sillón y caminó hasta la chimenea. Arriba en la repisa había una foto de la abuela el día de su boda, brillaba de felicidad. Estaba en sus ojos, en su sonrisa—. ¿Y cuál es el problema? —preguntó.

¿Qué no estaba preparado para cambiar mi vida?

¿Qué no sabía qué hacer con todos esos sentimientos que bullían en mi interior?

¿Qué Avy tenía más secretos que el CIA?

¿Qué mi madre la odiaba?

¿Qué tendría a otra mujer en mi vida a la que proteger?

—Ya lo veo —dijo el abuelo. Volvió a su sillón, la foto de la abuela en su mano que luego colocó sobre la pequeña mesa que estaba pegada a su sillón—. Tu madre.

—Es un problema, pero no la única.

—Tu madre es una perra manipuladora.

—¡Abuelo!

—Es mi hija, la quiero, pero eso no significa que no veo como es o que estoy de acuerdo con su comportamiento, con lo que te hace a ti —dijo.

Y es así como empezaban las discusiones que no le hacían bien al abuelo así que preferí ponerme de pie y dar por terminada mi visita.

—El jueves conocerás a Avy —le dije.

—Blake, hijo, tú no tienes la culpa de lo que hizo tu padre, no tienes por qué pagar por sus errores. Deja a tu madre encargarse de sus asuntos, de sus problemas. Hace mucho que debería haberlo hecho y si no tienes cuidado te convertirás en un hombre amargado. Si esa mujer de ojos morados te hace sentir incluso la mitad de lo que yo sentí por tu abuela lucha por ella, Blake, lucha por tu felicidad.

Felicidad para mí y desgracia para mi madre.

Ella había sufrido suficiente en su vida y todo por culpa de un hombre inmaduro, egoísta. Un cabrón. Ese era mi padre, un hombre que puso su felicidad antes de la de su mujer e hijo.

Cuando era niño pensaba que con los años iba a ser capaz de entender sus acciones, pero no. Ni a los veinte pude entenderlo, a los treinta y cinco tampoco.

La pasión, la atracción hacia una mujer. Eso sí tenía sentido, pero ¿dónde quedaba el respeto, el honor?

Avy era la primera mujer en mi vida que había conseguido hechizarme. Sería capaz de saltar enfrente de un tren por ella, pero aun así me daba cuenta de que no era completamente sincera conmigo.

Había momentos en los que se quedaba callada de repente, en los que parecía que quería decirme algo y cambiaba de opinión antes de abrir la boca. Por más que intentaba dar la apariencia de una mujer normal, de una cirujana que trabajaba para pagar sus préstamos universitarios, a mí no me engañaba.

No era idiota, sabía que iba a ser difícil y no quería herir a mi madre, a Avy tampoco. No sabía si debía arriesgar mi corazón por una mujer que iba a marcharse al tropezar con el primer obstáculo y ese primer obstáculo era mi madre.

Me fui de la casa del abuelo y a pesar de que quería ir a mi casa terminé aparcando el coche enfrente del edificio de Avy. No había luz en su apartamento y eso significaba que seguía en el hospital.

Quería verla, no sabía si ese deseo tan fuerte de verla tenía algo que ver con pensar que no la tendría por mucho más tiempo en mi vida, pero conduje hacia el hospital. Llamé y me dijeron que estaba en el quirófano, pero que después ya no tenía nada programado.

Al llegar averigüé que la persona que me había informado no sabía de qué estaba hablando. Bajé del coche y me apoyé contra este mientras miraba a Avy. Se había parado en la entrada del hospital y estaba hablando por teléfono.

No se veía muy feliz. Estaba gesticulando, ponía los ojos en blanco. En un momento incluso miró al cielo buscando algo que solo ella sabía qué, podría haber sido paciencia.

Feliz no parecía, pero por dios, era guapísima. Me tomé todas las fuerzas que poseía para no ir hasta donde estaba, cogerla en brazos y besarla hasta el fin del mundo.

Esta era la Avy que quería, esta mujer que parada en el medio de la calle le estaba gritando a alguien por teléfono, que no escondía lo que estaba pasando por su cabeza detrás de una máscara que nublaba sus preciosos ojos.

Perdí la lucha cuando la vi golpear el suelo con su pie como una niña pequeña. Me vio en el momento en que empecé a caminar hacia ella, me vio y se quedó inmóvil. No se esperaba verme y quería saber por qué pensaba eso, pero ahora tenía que hacer algo más importante.

Puse la mano en su nuca y bajé la cabeza mientras inclinaba su cabeza, mientras la miraba a los ojos. Los cerró cuando mis labios tocaron los suyos. Devoré su boca mientras una voz de mujer seguía hablando en el teléfono.

Avy sabía a café, a chocolate y a verano. Cada beso suyo me recordaba a un día de verano que pasé arriba en la montaña, bañándome en el rio, secándome al sol y corriendo como un loco. Tenía cinco años y ese fue uno de los primeros momentos completamente felices de mi vida.

Y mientras la besaba me di cuenta de que no importaba si ella no era fuerte para defenderse de mi madre, yo lo haría. Avy era mi sueño, mi felicidad y haría lo que sea por ella. Mi madre, si me amaba tanto como decía, no le quedaba otra opción que aceptarlo.

—¡Avy! ¿Sigues ahí?

Levanté la cabeza, pero dejé mi mano en la nuca de Avy y esperé a que ella recuperase el aliento.

—Sí, mamá —dijo después de unos momentos.

—Entonces, ¿quieres que vaya a dejarle las cosas claras a ese Knox? —preguntó la voz del teléfono.

Sonreí mientras a Avy se le enrojecía el rostro.

—No, mamá. Puedo manejarlo yo —dijo Avy.

—¿Y con Feather?

—Mamá, puedo resolver mis problemas sola, ¿vale? Si hay algo que no puedo entonces me aguanto o iré llorando a casa y podrás encargarte tú, ¿de acuerdo?

—Vale, cielo. No olvides que has prometido ir a la fiesta de cumpleaños de tu tía Mia. Ah, y trae a ese hombre.

Avy resopló.

—Adiós, mamá —dijo ella, colgó y guardó el teléfono en el bolsillo de sus vaqueros —. Hola. —Me sonrió con timidez.

—Hola, dime Avy, ¿tu madre tendrá la misma reacción al verme como mi madre al verte a ti? —pregunté.

—No, será peor —dijo Avy y frunció el ceño—. ¡Joder!

Será un infierno, en un minuto estarás en la calle corriendo lo más lejos posible de mí, ¿cómo es que pensé que esto podría funcionar?

—Nena, ¿peor que mi madre que, si todavía no lo ha hecho, intentará despedirte de tu trabajo? Créeme, mi madre hará tu vida un infierno —dije.

—La mía te llevará al infierno donde mi madrina y mi primo te van a torturar hasta matarte, pero vendrá mi madre, salvará tu vida solo para que pudieran torturarte un poco más. Si sobrevives a un par de sesiones de infierno y tortura solo entonces te darán una oportunidad —dijo Avy y con cada palabra fruncía más el ceño, al final se veía tan mal que pensé que iba a vomitar sobre mis zapatos—. Estoy jodida, estás jodido.

Me eché a reír aun cuando ella me miró como si hubiera perdido la cabeza.

¿Tortura? ¿Por ella? Lo aceptaría en un abrir y cerrar de ojos.

¿Protegerla de mi madre? No había duda alguna de que lo haría.

—¿Sabes que eres la mujer más guapa que haya visto nunca? —pregunté.

—La belleza no nos va a ayudar —se quejó.

—Yo te protegeré de mi madre, de la tuya, de todo el maldito mundo. Lo juro.

Lo dije mientras la miraba a los ojos y esperaba ver la incredulidad, pero no. Avy me miró y juro que cuando vi la confianza en sus ojos me sentí capaz de bajarle la luna con mis propias manos.

Tuve que bajar la cabeza y besarla. La besé hasta que escuché la sirena de una ambulancia.

—¿Mi casa o la tuya? —pregunté cogiendo su mano y caminando hacia mi coche.

—La tuya —respondió Avy—. ¿Sabes? —dijo ella una vez que nos encontrábamos en el coche de camino a mi casa—. Mi madre solía decirme que un solo beso de mi padre conseguía vaciar su mente y no la creía, pero justo en este momento juro que no recuerdo porque estaba enfadada contigo —confesó Avy.

—La aparición de mi madre por la mañana. Leah. La cena —le enumeré.

—Oh, sí.

—Hablaré con mi madre y le dejaré claro que ya no puede venir a mi casa sin llamar antes, ¿de acuerdo? —dije.

—No olvides a Leah —dijo Avy.

—¿Qué pasa con ella? Es mi amiga.

—Una amiga que tu madre piensa que sería la esposa perfecta para ti y si vas a desayunar con ellas le estás dando la razón.

Sonreí, pero no miré a Avy. Había olvidado decirle que me gustaba un poco de celos en la relación.

—Ok, nada de desayunar con Leah —acepté.

—Cenar tampoco —insistió Avy y debió de haber visto mi sonrisa ya que en el siguiente instante su pequeña mano golpeó mi brazo—. No es gracioso, Knox.

—Tienes razón, lo siento. —Avy no pareció creerme—. Solo pensar en ti con otro hombre me revuelve el estómago, pero ¿qué puedo decir? Que tú sientes lo mismo me gusta.

—Hombres —murmuró.

Conduje hasta mi apartamento, subimos y ni había cerrado bien la puerta antes de encontrarme con ella en mis brazos.

∞ ∞ ∞

Rompí el contacto con los ojos de Avy, ojos que ahora se veían mucho más intensos ya que acababa de correrme dentro de ella, lo hice con fuerza, con la cara en su cuello y por mucho tiempo.

La sentía debajo de mí, su cuerpo cálido y suave, su olor a mi alrededor, en mi piel. Una de sus piernas estaba envuelta alrededor de la parte posterior de mi muslo, la otra levantada, su muslo presionado contra mi costado, su talón descansando en la parte baja de mi espalda. La sentía alrededor de mi miembro, cálida, estrecha, húmeda.

Su cabeza se movió y sentí sus labios en mi oreja mientras escuchaba sus palabras suaves y vacilantes.

—¿Estuvo bien?

Cerré los ojos al mismo tiempo que mis caderas se presionaron contra las de ella. Estaba preocupada por el hecho de haberme saltado en los brazos, por besarme con pasión. Por un momento pensó en el cambio, las primeras veces que hicimos el amor Avy se limitó a seguir mi ritmo, pero la manera en la que ella me besaba, en la que acariciaba mi piel me borró de la cabeza cualquier pensamiento.

Le había quitado la ropa mientras la llevaba en brazos hasta el dormitorio y ahí la dejé seguir. Besó y acarició a su antojo, necesitando toda mi fuerza para quedarme ahí quieto y no tomar el control.

Avy era dulce y esta noche había averiguado que también era salvaje, que no se echaba atrás, que iba a por lo que deseaba. Sin embargo, su pregunta me encogió el corazón.

—Si hubiera sido mejor ya estaría abajo en el infierno saludando al Diablo —dije.

—Ok —susurró Avy, evitando mis ojos.

Dulce, salvaje, tímida. Una mezcla infernal y era toda mía. Mordí suavemente el lóbulo de su oreja hasta que empezó a moverse debajo de mí.

—Oh —exclamó ella cuando yo también empecé a moverme.

—¿Cena o segunda ronda?

—Cenar, ¿qué es eso? —preguntó Avy.

∞ ∞ ∞

Ser posesivo no era algo que debía mostrar, era algo que debía ocultar a los ojos de los demás, pero, maldita sea, amaba ver a Avy en mi cocina, los labios rojos e hinchados de mis besos. Amaba saber que estaba desnuda debajo de mi camiseta, que solo tenía que alargar la mano y acariciar su cuerpo desnudo.

No se lo podía decir ni eso ni que me gustaría llevarla a mi casa en la montaña y quedarnos a vivir ahí solo nosotros dos. Sin madres entrometidas. Sin negocios. Sin familiares problemáticos.

—Conozco esa mirada —dijo Avy.

Habíamos pedido pizza, fue su deseo y quién era yo para decir que pizza a las once de la noche era una mala idea. Ella ya se había comido dos trozos, pero la cerveza no la había tocado.

—¿Qué mirada?

—La tuya, la he visto antes y déjame decirte que no pasará —dijo ella, gesticulando—. Los hombres tenéis esa loca idea que todo lo que hace falta es desear algo y ya lo vais a conseguir. Bueno, conmigo no pasará así que lo que sea que estabas pensando olvídalo.

—¿Recuerdas que te dije que siempre consigo lo que quiero? Y antes de responder piensa en lo que dije que quiero y mira donde estás. —Acerqué su silla a la mía y con un dedo acaricié desde su rodilla hasta su muslo, luego más arriba hasta su cuello, hasta sus labios—. Te quería, Avy, y ahora te tengo y te quiero lejos de todo y de todos, no para siempre, pero por un tiempo. Te tendré, créeme.

—Tú... tú... ¿Sabes que si hago una llamada? —Avy se calló de repente y fue cuando la perdí. Perdí a la verdadera Avy.

Era el momento de aclarar un par de cosas.

—Avy, mírame —le pedí y cuando lo hizo odié la niebla de sus ojos—. Entiendo sobre secretos, sobre familia, responsabilidades y obligaciones. Sé que hay algo que todavía no quieres contarme sobre ti, pero, nena, me estás mostrando dos facetas tuyas y me está jodiendo. ¿Sabes por qué? Porque si me estaba enamorando de solo una parte de ti no tengo ni idea de lo que pasará cuando llegará el momento de mostrarme la verdadera Avy. Me encantas, los pedacitos que me dejas entrever, pero con todo serás mi muerte.

—No puedo —murmuró ella.

—Ok, no necesito saber tus secretos, Avy, te necesito a ti. Sin máscaras, sin pensar antes de hablar, sin decidir lo que me puedes decir y que no. Di lo que piensas, lo que quieras y te juro que no haré más preguntas. Esperaré hasta que estés lista para contármelo, ¿vale?

—¿Te estoy engañando? —preguntó Avy sin mirarme a los ojos, casi como si tuviera miedo de mi respuesta.

—No, conocer a alguien, llegar a confiar en una persona es un proceso muy largo. No espero ganar tu confianza en unas semanas, tu corazón sí, ese me lo he ganado desde el primer momento —dije.

—¡No te amo! —protestó.

—Me amas, pero no estás preparada para admitirlo. Tranquila, no tengo prisa en escuchar las palabras, tengo suficiente con saberlo, con tenerte en mis brazos.

Avy intentó gritar una vez más que no me amaba, pero la besé, me tragué sus palabras y minutos después cuando la cogí en brazos para llevarla arriba los únicos gritos fueron los de placer.

∞ ∞ ∞

—La próxima vez deberías llamar —dije.

Mi madre se sobresaltó, no se esperaba encontrarme en casa a las diez de la mañana. Solía irme a trabajar a las siete y media cada día y ella lo sabía, como también sabía que podía ir a mi casa en cualquier momento.

Antes nunca me había molestado, las pocas mujeres que había traído a casa nunca se han quedado a dormir y mi madre no solía visitarme en la mitad de la noche como para encontrarse con alguna de ellas.

Ahora la situación había cambiado. Avy había llegado a mi vida y si me salía con la mía ella no volvería a su apartamento nunca más. Avy estaba durmiendo desnuda en mi cama y quería llevarle el desayuno para que siguiera de la misma manera. Desnuda.

Eso no era compatible con la presencia de mi madre o con la amenaza de una visita inesperada.

—Hijo, que susto —exclamó mi madre llevando la mano al pecho—. ¿No has ido al trabajo hoy? Tenías la reunión con la comisión municipal.

Mi madre era miembro de la junta de la empresa y aunque no podía tomar decisiones le gustaba saber todo lo que pasaba. También le gustaba dar su opinión sobre cada decisión y cuando no coincidíamos las cosas se ponían tensas.

Tenía mis maneras de distraerla cuando aparecía una situación parecida y aun así pasaba. Por ejemplo, ahora. No había manera de distraer su atención o de endulzarla.

—No, madre. Tengo planes con Avy esta mañana —dije.

No le gustó.

Apartó la mirada de la mía y por unos momentos analizó todos los muebles y elementos de decoración de mi salón.

—Si ya has hablado con el doctor Feather para despedirla te sugiero que lo llames para decirle que has cambiado de opinión. Me gusta Avy, madre, me estoy enamorado de ella y necesito que hagas un esfuerzo para conocerla. Dale una oportunidad. Por mí.

—Leah es guapa y lista —atacó mi madre.

—También lo es Avy, madre.

—¿Y su familia? De ninguna manera puede compararse con Leah.

—Lo único que me importa de su familia es el amor con el que la criaron. No me importa el dinero, la herencia, los antepasados.

—Es solo una doctora de…

—Cuidado, madre. Acabo de decirte que es la mujer de mis sueños y seguramente será la madre de tus nietos. Cuidado con lo que dices —le advertí.

—Vale, lo que tú digas. ¿Cena mañana en mi casa? —preguntó.

—Sí, ya lo hablé con el abuelo.

Mi madre se dio la vuelta y se encaminó hacia la puerta.

—Y madre, no más visitas sin llamar.

Salió sin despedirse. Sin mirarme.

Conocía muy bien a mi madre, la amaba, y justo como dijo el abuelo eso no significaba que no veía sus defectos. Si me dejé manipular durante todos estos años fue porque no me costaba nada dejarla hacerlo, no tenía una buena razón para decir que no.

Caminé hasta la cocina y preparé el desayuno para Avy. Cuando volví al dormitorio Avy estaba sentada en mi cama, mi camisa blanca cubriendo su desnudez.

—No deberías estar despierta —le dije colocando la bandeja sobre la cama.

—No deberías discutir con tu madre.

—¿Hablamos de madres o desayunamos? —le pregunté.

Me senté en la cama y mi corazón dio un salto cuando Avy se acurrucó en mis brazos en el instante en que toqué la cama. Había abrazado a muchas mujeres, pero ni una se sintió de esa manera en mis brazos. Ni una se agarró como si yo fuera su salvavidas. Ni una me hizo sentir como si fuera capaz de batallar con dragones para rescatarla.

—Va a salir mal, Blake —susurró Avy.

—Yo te protegeré, nena. Nada ni nadie te hará daño ni siquiera mi madre.

—Tu madre lo intentará y luego la mía se verá obligada a intervenir. No tienes ni idea la que van a liar, Blake.

—¿Qué te parece si organizamos una cena y les pedimos a todos que nos dejen tranquilos?

Dije pedir, pero ya sabía que con mi madre no iba a funcionar. Tenía que recurrir al soborno, a las distracciones y finalmente a las amenazas, pero Avy no necesitaba saberlo. Todavía no.

Avy era la mujer de mi vida y no estaba dispuesto a perderla, haría lo que hiciera falta para tenerla a mi lado.

Lo que hiciera falta.

Capítulo 10

Era extraña la rapidez con la que me había acostumbrado a tener a Blake en mi vida. Había pasado de vivir sola en mi apartamento a vivir con él en el suyo, de hacer lo que me pasaba por la cabeza sin tener en cuenta la opinión de otra persona a tomarme un momento para pensar antes de decidir.

Igual de extraño era lo que me hacía sentir, una sonrisa, una caricia era suficiente para borrar un día horrible en el hospital o para hacerme olvidar que estaba cansada.

Lo que no era extraño era el odio que sentía su madre por mí. Y sí, era odio que ocultaba cuando los otros estaban mirando, pero que no tenía problemas en demostrarme.

Knox me llevó a cenar con su abuelo y su madre. Su abuelo era un hombre encantador y la cena hubiera sido perfecta si la madre de Knox hubiese rechazado la invitación.

Lo intenté, de verdad lo hice. Probé con todo lo que me había enseñado mi madre. Halagar. Sonreír. Divertir. La conclusión fue que solo había una cosa que contentaría a Margot Knox: morir.

De hecho, había una cosa más que me haría ganar a mi posible futura suegra, pero me negaba a usarla. No quería darle esa satisfacción.

Aguanté esa cena y respiré aliviada durante cinco días en las que ni ella apareció por el apartamento de Knox ni él la mencionó.

Luego empecé a preocuparme, conocía ese tipo de mujer y sabía que no renunciaba tan fácil al sueño de ver a su hijo casado con la mujer que ella eligió. Todavía no me habían despedido del hospital y después de ese día en la que el director me llamó a su oficina no lo había vuelto a ver.

No sé quién lo llamó en el momento en que se preparaba para decirme que estaba despedida, pero le estaba agradecida. Me hubiera obligado a usar el nombre de mi madre y era lo último que quería hacer.

Sin embargo, pretendía ganarme a Margot por mí misma. Yo era una mujer guapa y lista, amaba a su hijo, bueno, todavía no, pero estaba de camino a enamorarme perdidamente de él. Si había alguna manera de conseguir su aprobación iba a encontrarla.

Por eso, el día que Knox viajó a Nueva York por negocios invité a Margot a cenar. No en el apartamento de Knox, en un restaurante no tan exclusivo como el que le gustaba a ella, pero uno bonito, normal e íntimo.

Cuidé mucho mi aspecto para esa cena. Vestido caro y elegante. Zapatos de tacón. Diamantes alrededor de mi cuello. Diamantes en mis orejas. Maquillaje natural. Peinado de salón de peluquería.

La mujer que entró en ese restaurante no era Avy Kincaid la cirujana del Hospital Knox, esa mujer era la hija de Isabella Taylor y James Kincaid y aunque no lo dije en voz alta actué como tal. El tipo de confianza que tienes sabiendo que hay alguien a tus espaldas, alguien para cuidarte, para apoyarte en todo, esa confianza se nota en la manera en la que caminas, en la mirada, en la sonrisa.

El problema fue que Margot no lo quiso ver y sí, no lo quiso ver porque no tenía duda alguna de que una mujer como ella era capaz de reconocer a una persona de su mismo circulo.

—Gracias por...

—Ahórrate las palabras —me interrumpió bruscamente. Mi trasero ni siquiera había tocado la silla y el camarero al que no le había dado tiempo a preguntar si quería algo de beber se congeló al escuchar el tono cortante de Margot—. ¿Cuánto?

El camarero se escabulló murmurando que iba a volver dentro de un rato.

—¿Cuánto? —pregunté, aunque ya sabía a qué se refería. Primero que no era tonta y segundo porque ella acababa de sacar su talonario de cheques.

Estaba acostumbrada a padres y familiares que no estaban de acuerdo con los pretendientes o parejas de los hijos, ya me sabía cada truco, cada amenaza. Los míos tenían mucha practica en el tema, pero nunca había estado en el otro lado, en ese dónde era yo la que no era suficientemente buena.

—Preguntaría cuántas veces has hecho esto, pero dudo que me lo vayas a decir —dije.

—No necesito lecciones de ti, solo dime cuánto quieres para desaparecer de la vida de mi hijo.

—Si algún día desaparezco de la vida de Blake será porque los dos lo hemos decidido. Y ahora si me disculpas hay otras mejores maneras de pasar mi noche —dije.

Me puse de pie despacio y sonriendo me di la vuelta. Conté mis pasos hacia la salida, lo hice para no echar a correr que era lo que quería. Alejarme de esa malvada mujer.

Ni había salido bien del restaurante cuando escuché que llamaban mi nombre.

—¡Avy Kincaid, no te muevas! —ordenó Addison.

¡Diablos! Llevaba semanas sin verla y todo por culpa de Blake. Por un lado, había pasado todo mi tiempo libre con él y por otro ella tuvo que salir de viaje de negocios, eso también culpa de Blake ya que él era su jefe.

—¡Addison! Cuanto tiempo. —Sonreí.

—¡No, no! No me vengas con eso. ¿Te has liado con Blake Knox y yo me entero en la calle? Soy tu amiga —se quejó.

—Vamos —dije agarrando su brazo—. Encontraremos un bar y te contaré todo lo que quieras.

—Si por todo quieres decir cuánto mide entonces estoy dentro.

—Pero ¿tú crees que he cogido la cinta para medirlo? —pregunté poniendo los ojos en blanco. Típico de Addison, solo ella preguntaba cuánto medía el miembro de un hombre como si eso fuera lo más importante.

—¡Dios, Avy! Necesitas algo de alcohol —dijo Addison.

Cinco minutos después entrabamos a un bar e iba demasiado arreglada para el local, pero eso a Addison no le importó. Nos sentamos a una mesa al fondo y mientras tomábamos un cóctel le conté lo que había pasado en las últimas semanas.

Ella suspiró escuchando la historia. Puso los ojos en blanco en algunas ocasiones, en otras sonrió y la conclusión fue que tenía demasiado miedo a vivir.

—¿Qué estás diciendo?

—Sí, Avy. Es lo que yo creo. ¿Y qué si Blake va a romperte el corazón? Es la vida. ¿Y qué si su madre te odia? Son las suegras, la mayoría odian a sus nueras, creo que es una ley o algo.

Hablamos, bebimos un poco más y luego Addison decidió que había llegado el momento de bailar. No estaba acostumbrada a beber y el alcohol se me había subido a la cabeza, esa era la razón por la que seguí a mi amiga hasta la pista de baile, por la que empecé a bailar al ritmo de esa canción sensual.

Me sentía bien, estaba dando vueltas en la pista, riendo con Addison, pasándolo bien hasta que de repente ella se paró. Su expresión era de ¿qué diablos hacemos ahora? No entendía lo que estaba pasando y miré hacia atrás para ver la razón de su preocupación.

El hombre que bailaba a mis espaldas, con su sonrisa lobuna no parecía tan peligroso y lo descarté como el motivo de la preocupación de Addison. Seguí mirando y un instante después encontré unos ojos verdes que expresaban tanto peligro que ni Ava, ni Vladimir ni todo su ejército de hombres armados iban a poder defenderme.

—Estoy jodida —murmuré.

—Estás tan jodida —dijo Addison.

—Todavía no, pero si quieres podemos ir atrás —dijo el hombre que había estado bailando y que en ese momento creía que estaba hablando con él y estaba tan ido que hasta pensó que podía rodear mi cintura con su brazo y atraerme hacia su cuerpo.

Culpé el alcohol y el efecto que tenía Knox sobre mí por el momento de duda, momento en que él llegó hasta donde estaba y agarró al hombre por el hombro. Entonces retrocedí porque Knox no se limitó a alejar al hombre de mí, sino que también quiso darle una lección por atreverse a tocarme.

Lo podría haber hecho yo y debería haberlo hecho yo, pero como he dicho mi cabeza no funcionaba a pleno rendimiento. Me quedé ahí quieta mirando a mi novio golpeando a ese hombre.

Era médico, sabía muy bien los daños que provocan los puños, las peleas y si me preguntabas en cualquier momento diría que estaba en contra de la violencia, pero no en ese momento.

Lo que yo pensaba en ese momento era en lo guapo, lo feroz, lo duro y salvaje que se veía Knox. También pensaba en buscar ese cuarto y saltar sobre él, quitarle la ropa y...

—¡Avy! —gruñó Knox.

Mi cabeza estaba en ese cuarto y no me había dado cuenta de que Knox había terminado. El hombre estaba inconsciente en el suelo, varias personas mirando sin hacer nada, la música había dejado de sonar y el único sonido que se escuchaba en el bar era la risa ahogada de Addison.

—Eh… —No tenía ni idea de lo que Knox quería de mí, pero estaba segura de que no era lo mismo que yo quería.

—¡Joder! —exclamó él agarrando mi mano.

—¡El bolso! —grité cuando él se encaminó hacia la salida.

Se detuvo, se dio la vuelta y cogió el bolso que le esperaba en la mano de Addison. Luego siguió su camino y yo hice lo mismo, caminé, bueno casi corrí detrás de él. Me llevó hasta una limusina, subimos y durante los próximos diez minutos el silencio reinó en el interior del auto.

Silencio. Rostro duro como la piedra. Dedos jugando con su móvil.

—¿Blake?

—¡Joder, no! No quiero escucharlo, ahora no, Avy —gruñó él y me miró por primera vez—. Y no me llames Blake.

—Ok, pero ¿me puedes explicar por qué estás enfadado conmigo?

No me contestó, en cambio, presionó un botón y habló con el chofer.

—Para el coche —dijo y en dos segundos el coche estaba frenando, en otros dos la mano de Knox estaba abriendo la puerta y tardó dos más en darle instrucciones al chofer—. Lleva a la señorita Kincaid a su casa.

Miré la puerta cerrada, el asiento libre que antes había ocupado Knox preguntándome si los Knox estaban locos. Primero su madre quiso pagarme para desaparecer de la vida de su hijo, luego él se enfada sin razón.

Mientras el chofer me llevaba a casa me pregunté qué significaba todo eso.

¿Knox seguía siendo mi novio?

¿Debería ir a su apartamento y recoger mis cosas?

¿Y por qué diablos pensé que estaba bien dejar mis cosas en su apartamento?

Llegué a casa, puse el teléfono a cargar y después de una ducha me tumbé en la cama. Me quedé dormida solo para despertar minutos después o eso parecía, después de un vistazo al reloj averigüé que había dormido dos horas.

Estaba preparada para darme la vuelta y dormirme de nuevo, pero entonces lo sentí. Knox estaba en mi dormitorio, sentado en mi sillón blanco con una pierna apoyada en la rodilla de la otra.

La expresión de antes seguía en su rostro. Furia.

Lo sensato hubiera sido quedarme ahí donde estaba y esperar a que hiciera o dijera algo, pero ¿lo hice? Claro que no y de nuevo le eché la culpa al alcohol que corría por mi sistema. En un instante estaba de pie caminando hacia él.

Bajé su pierna y me senté a horcajadas en su regazo. Knox no dijo nada, se limitó a inclinar la cabeza y mirarme fijamente, esperando a ver cuál sería mi siguiente movimiento. Aflojé su corbata, la quité y la tiré al suelo. Luego desabroché los botones de su camisa.

Me ayudó a sacarla de los pantalones, a bajársela sobre los hombros. Lo que no hizo fue hablar o tocarme. Continuó en silencio mientras pasaba las manos sobre su pecho, sobre sus brazos musculosos, deslizándolas hasta su cabello.

—Tócame —ordené.

No se lo pedí, no se lo imploré. Me moría por sentir sus manos sobre mí y cuando pensaba que no iba a hacerlo sentí su toque sobre mis muslos.

—Avy —gruñó Knox.

No quería hablar, así que decidí presionar mi boca contra la de él. Lo besé y no tardé mucho en sentir sus manos levantando mi camisón, acariciando, presionando mi cuerpo contra el suyo.

Lo empecé, pero Knox continuó. Me hizo el amor o mejor dicho me tomó como nunca. Fue duro, salvaje. Fue como si de alguna manera quería grabarse a sí mismo en mi piel, en mi alma. Era suya y de nadie más.

Fue tan intenso que tardé mucho tiempo en recuperar el aliento, en poder hilar dos palabras. Sin embargo, él no tenía este problema. Me estaba abrazando, sus dedos jugando con mi cabello.

—¡Jesús! Casi he matado a un hombre hoy porque se ha atrevido a tocarte —dijo de repente.

—He bebido hoy porque necesitaba olvidar la imagen de tu madre ofreciéndome dinero para desaparecer de tu vida —dije.

—¿Cuánto te ofreció? —preguntó Knox y levanté la cabeza de su pecho.

No había tenido la intención de decirle lo que había ocurrido con su madre, simplemente hablé sin pensar, otra razón para no volver a beber. Knox seguía pasando los dedos por mi cabello, la expresión de su rostro estaba relajada.

—No estás sorprendido —murmuré.

—No, de mi madre me espero cualquier cosa, pero la verdad es que esperaba que no lo hiciera.

—Yo también —susurré—. Y también me hubiera gustado no verte golpear a ese hombre.

—Avy, nena, ¿recuerdas que a mí no me puedes engañar? —preguntó y me encogí de hombros. No sabía a qué se refería —. No sabré todos tus secretos, pero sé muy bien cómo te ves cuando estás excitada.

—Ok, entonces ¿por qué estabas enfadado?

—Por mi reacción, porque por un segundo me vi a mí mismo rompiéndole el cuello a ese hombre. La última vez que golpeé a alguien fue en la universidad cuando un amigo bebió demasiado y no quiso hacerle caso a su novia cuando ella dijo que no. No soy un hombre violento o por lo menos no lo era.

—Eso no suena bien —dije —. Tu eres más violento, yo bebo más de lo normal. Tal vez, es una señal. Será la manera del destino de decirnos que hay que reconsiderar nuestra relación.

—Por mí el destino se puede ir al diablo. No he pensado en otra cosa en todo el día, he pensado en ti, en volver a casa contigo.

Sonriendo bajé la cabeza y lo besé.

—Yo también te eché de menos —dije, aunque lo de que me sentía a salvo cuando él estaba en la misma ciudad me lo guardé para mí misma.

Toda mi vida estuve rodeada de familia, nunca estuve sola y pensaba que necesitaba esa pausa, ese respiro lejos de ellos. Estaba equivocada, yo no era mujer de vivir sola, por un corto periodo de tiempo sí, pero no para siempre.

Con cada día que pasaba encontraba más cosas que me gustaban de Knox.

Con cada día que pasaba me estaba enamorando de Blake Philip Knox.

∞ ∞ ∞

Mi relación con Knox había pasado a otra etapa, esa en la que pasábamos horas haciendo el amor o hablando. A veces, de hecho, muy pocas veces, salimos a cenar con Addison y con el hombre que ella saliera en ese momento.

Era trabajo y pareja, no había más para ninguno.

Knox iba a cenar con su abuelo cuando yo trabajaba en el turno de noche.

Yo iba al cine o de compras con Addison cuando él estaba

de viaje de negocios.

Mi familia no había vuelto a aparecer por la ciudad y la suya tampoco había vuelto a molestar.

Y todo estaba bien en mi mundo.

Casi todo porque cada día tenía más trabajo en el hospital. Si ocurría un accidente me llamaban a mí. Si un paciente necesitaba una cirugía complicada me llamaban a mí. Había empezado a pasar más tiempo en el hospital que en casa.

No le di mucha importancia, eran cosas que pasaban y salvaba vidas, alguien tenía otra oportunidad de vivir y no pasaba nada si un día, dos o tres llegaba tarde a casa. Pero en una mañana entré en la sala de descanso y me senté en el sofá murmurando un saludo al doctor Tyrens.

—¿Café? —preguntó.

—Si tengo que levantarme no —dije.

Medio minuto después Tyrens me estaba entregando una taza de café. La olí antes de beber haciéndolo reír.

—Somos adictos a ese brebaje y si algún día nuestros pacientes lo averiguan estaremos muertos —dijo él.

No me importaba, sin café no había manera de aguantar tantas horas de guardia. Me faltaba una hora para salir y durante unos pocos minutos conversé con Tyrens sobre todo y nada hasta que su teléfono sonó.

Se puso de pie y antes de salir por la puerta se giró para mirarme.

—Deberías leer el periódico, especialmente la columna de sociedad —dijo Tyrens.

Afortunadamente estaba sola en la sala y nadie me vio como de rápido salté del sofá para coger el periódico. Creía que habían descubierto mi secreto, que había algo de mi familia ahí, pero no.

Lo que había era una foto de Blake maldito Knox con Leah.

Estaban en una fiesta. Hasta ahí todo bien, me había comentado que tenía una cena de gala a la que no le apetecía ir, pero era por una causa benéfica así que le convencí de ir.

Estaban bailando. Vale, eran amigos, podía entenderlo y tampoco estaba tan mal. Los amigos bailan juntos.

Pero luego noté los detalles. La manera en la que él la sujetaba, presionándola contra su cuerpo. La sonrisa de ella. La mano de ella sobre su mejilla. El título de la noticia.

Próxima unión de las dos de las familias más importantes de la ciudad. Fecha de boda a muy poco de ser anunciada según un miembro de la familia.

Vi rojo enfrente de mis ojos. Tanto rojo que no me importó que todavía me faltaba una hora para salir del trabajo. Me vestí y en menos de cinco minutos estaba saliendo por la puerta del hospital.

No tenía el coche ya que Knox solía llevarme y recogerme del trabajo. Ya, sueña raro, pero de esa manera pasábamos más tiempo juntos. Paré un taxi y después de subir le di la dirección de la oficina de Knox.

Era la ocho y media, él ya estaría trabajando y no me importaba ni un poco si interrumpía sus reuniones. Sin embargo, no llegué ni a subir al ascensor.

—Lo siento, señorita, no puede subir —dijo un empleado de seguridad.

Solo estaba haciendo su trabajo, no había necesidad de tomarlo con él, así que le sonreí.

—Avy Kincaid para el señor Knox. Llámalo. Ahora.

Sacudió la cabeza y estaba a punto de echarme del edificio, pero a medio camino cambió de opinión. Se dio la vuelta hasta su escritorio e hizo una llamada. Tardó más en acompañarme hasta un ascensor en la parte de atrás de la entrada.

—Que tenga un buen día, señorita Kincaid —dijo él abriendo con llave el ascensor y después de presionar el botón del último piso se alejó.

Buen día no iba a ser, de eso podía meter la mano en el fuego.

El ascensor abrió las puertas en un pasillo y justo ahí me estaba esperando una mujer vestida con traje negro, camisa blanca y tacones altos. No era muy guapa, pero tampoco era fea.

—El señor Knox le espera, señorita Kincaid —dijo la mujer.

—Gracias —murmuré y unos momentos después me estaba abriendo la puerta de la oficina de Knox.

Entré y no presté atención a nada, solo al hombre sentada en la silla detrás del escritorio, al hombre que estaba hablando por teléfono y me miraba mientras caminaba hacia él.

Levantó una ceja cuando se dio cuenta de que algo no estaba bien e ignorando todo lo que me había enseñado mi madre sobre modales le lancé el periódico sobre el escritorio.

—¿Qué mierda es esto, Knox? —pregunté.

—Luego te llamo, Brett —dijo Knox.

Colgó y después de mirar por un segundo el periódico se reclinó en su asiento. Esa actitud no auguraba nada bueno para mí. La tranquilidad no le sentaba nada bien a Knox y casi prefería su furia.

—¿Qué crees que es, Avy? —preguntó.

—Lo que veo es a mi novio bailando con otra mujer, dejando a que esa mujer lo tocase y también veo ese titular de una futura boda. Entonces, ¿quieres saber lo que creo? Que piensas que soy estúpida, eso creo. Que nuestra relación es tu manera de divertirte antes de dar el paso y hacer lo que tu madre quiere.

Knox, que en ningún momento me dejó entrever lo que estaba pasando por su cabeza, se levantó de su silla, rodeó el escritorio y se apoyó contra este. Nos separan pocos centímetros, tan pocos que cuando él cruzó los brazos sobre el pecho su codo me tocó.

—Prueba de nuevo, Avy. ¿Qué crees que es eso?

¡Maldita sea!

No me gustaba el Knox tranquilo y sabía que había cometido un error. Pensé de nuevo en esa foto suya con Leah. Pensé en los momentos que pasamos juntos. Pensé en la manera en la que me miraba, en la que me hacía el amor.

¡Maldita sea!

—Tu madre —susurré.

—Mi madre.

—¡Maldita sea! —exclamé furiosa, me di la vuelta, pero Knox agarró mi brazo y me lo impidió. De repente me encontré en sus brazos, el rostro enterrado en su cuello y agarrándome fuerte—. ¿Cómo es que no me di cuenta?

Knox deslizó la mano en mi cabello acariciando mi cuello.

∞ ∞ ∞

Luego la situación empeoró. Pasó, de nuevo, sin darme cuenta, pero es que el hombre era solo un empleado del hospital y no me lo esperaba.

Heath trabajaba en contabilidad, eso lo averigüé después, y ese día mientras estaba disfrutando de un poco de aire fresco en el patio del hospital se me acercó. Yo era muchas cosas, pero maleducada no, así que después de notar su identificación colgada de su cuello decidí responder a sus preguntas.

Era algo sobre la próxima cirugía de una tía que lo tenía preocupado y durante unos minutos conversamos como dos extraños. Sin embargo, al despedirme porque tenía otra cirugía programada él me agarró, me puso las dos manos a los lados de mi cabeza y me besó.

Fue un solo instante en el que sentí su boca sobre la mía, un solo instante antes de que mi cerebro reaccionara, antes de que mi brazo, mi pie, recibiera la orden. Primero la rodilla en la entrepierna lo obligó a soltarme y luego el puñetazo que le di en la cara lo remató.

Iba hacia su nariz, pero se movió y lo golpeé en un lado de la cabeza. Él gritó de dolor y yo también. Mi resistencia al dolor era casi nula, casi no podía sentir mi mano y me parecía que se estaba hinchando con cada segundo que pasaba.

—¿Has perdido la cabeza, idiota? —le grité, pero él estaba hecho un ovillo en el suelo y me tuve que agachar para preguntar de nuevo—. ¿Has perdido la cabeza?

—No —gimió Heath, el hombre que hasta hace dos minutos era un empleado del mismo hospital. Era de estatura media, cabello castaño y ojos negros. Me había sonreído amablemente mientras me hacía preguntas.

Fingió preocupación por su tía porque de otra manera no tendría sentido. Ese fue su manera de acercarse a mí y yo como una idiota caí en su trampa.

—Lo siento —murmuró él.

—¿Qué lo sientas? Puedo denunciarte por acoso sexual —le dije.

—Tengo deudas —dijo y entonces todo cobró sentido.

—¿Qué tenías que hacer? —pregunté.

—Besarte. Mi tía de verdad está enferma y el hospital no quiere hacerse cargo de las facturas, el seguro no lo cubre. Estaba desesperado.

Sus razones no me importaban, nada podía justificar lo que me acababa de hacer. Me puse de pie y vi a pocos metros de mí a los hombres que deberían protegerme. Por sus expresiones entendí que habían fallado, pero que no iban a fallar en el castigo.

Eso tampoco me importaba porque ese hombre era solo un peón.

—Por favor, no me denuncies —suplicó el hombre.

No tuve tiempo para decirle que una denuncia era el menor de sus problemas en este momento porque justo entonces llegó Tyrens.

—Avy, ¿qué ha pasado? —preguntó.

—Nada —dije, dándome la vuelta y caminando hacia la entrada del hospital.

—Y por ese nada tu mano está roja e hinchada, ¿verdad? —insistió él.

¡Diablos! La mano.

Estaba hinchada.

Estaba roja.

Era mi mano derecha no es que tuviera importancia si era la izquierda, necesitaba las dos para operar. Una radiografía confirmó que me había fisurado dos dedos. Iba a tener la mano inmovilizada por lo menos durante tres semanas y después necesitaría rehabilitación.

Ava iba a matarme. Me había enseñado a dar un puñetazo de manera eficaz y segura para mí, pero en ese momento no pensé, lo único que quería era liberarme.

Mi madre iba a matarme. Me había dicho todos los días desde que elegí ser cirujana: cuida tus manos, puedes operar sin piernas, pero sin manos no.

Mi padre iba a matarme. Me había repetido toda la vida que antes de llegar a la violencia debía gritar, debía pedir ayuda.

¿Escuché? No. Estaba pensando en la cirugía, en cuantas horas faltaban hasta poder irme a casa con Blake, en el fin de semana que me había prometido que íbamos a pasar fuera de la ciudad.

Pero no era mi culpa, preocupada o no, nadie tenía derecho a besarme sin mi permiso y nadie, malditamente nadie tenía derecho a pagar a alguien para que lo hiciera. Ese alguien iba a escucharme.

Había sido una buena chica. Había sido una buena novia. Había sido una buena futura nuera. Pero, ya no más. Al final, ser bueno es sinónimo de ser tonto y yo había terminado de fingir que era tonta.

Como no podía operar me dieron la baja y cuando estaba saliendo por la puerta eran justo las ocho. Blake estaba cenando con su abuelo y su madre esta noche. No recordaba la dirección así que por primera vez desde que llegué a la ciudad pedí ayuda a mis protectores.

Subí al Escalade, el coche favorito de mi madrina, tan favorito que lo había comprado para todos sus empleados, y le pedí a Parker que me llevase a casa de Margot.

No estaba lejos y durante el camino intenté calmarme. Fue en vano. Llamando a la puerta de la mansión podía sentir la furia hervir en mis venas y siguió hirviendo mientras iba detrás de la mujer que me había abierto la puerta.

Entré en el comedor y solo vi a Margot. Impecable. Elegante. Peinado perfecto. Sonrisa feliz, sí feliz, pero en cuanto me vio caminar hacia ella se le esfumó la felicidad.

—¿Estás loca? —pregunté al llegar cerca de ella, me detuve a medio metro porque necesitaba esa poca distancia para mantener mis manos quietas, para no ceder al loco impulso de cogerla por el cabello y zarandearla—. ¿Me odias tanto que destruirías mi carrera solo para alejarme de tu hijo?

—Avy —dijo Blake, no sabía si quería saber lo que estaba pasando o si pretendía hacerme callar, pero lo ignoré.

—Ofrecerme dinero lo entiendo, incluso esa foto y el anuncio de la futura boda de Blake y Leah, pero ¿pagar a un hombre para besarme a la fuerza? Esto no lo hace una persona cuerda.

—Ahora que te han pillado te haces la víctima, te lo dije, Blake, ¿no te lo dije? —Margot giró la cabeza hacia el otro lado de la mesa donde estaba Blake. Él estaba de pie y en ese instante que tardé en mirarlo mis ojos atraparon algo sobre la mesa.

Fotos.

Mías.

Fotos mías de ese breve momento en que Heath me había besado.

Se habían movido rápido, rapidísimo.

—¡Jesús! No hay duda alguna, estás loca —murmuré—. Pero ¿sabes qué? He tenido suficiente, lo intenté, pero veo que no tiene sentido. Mandaste a un hombre a acosarme sexualmente, pusiste en peligro mi vida, mi carrera. Esto se termina aquí —declaré.

Margot sonrió. Ella pensaba que lo que se terminaba era mi relación con Blake.

—No, te estás equivocando, Margot. Has tenido tu oportunidad, pero ahora ha llegado el momento de renunciar. Déjame en paz o voy a tener que dejar a mi madre encargarse de ti.

—Oh, ¿qué hará tu madre? Irrumpir en mi casa y amenazarme, ¿verdad? Blake, hijo, esta mujer no es para ti. Mira sus modales, mira su manera de resolver los conflictos.

—Esto termina aquí, madre. Acepta mi relación con Avy o será la última vez que me veas —dijo Blake.

—¿Qué? ¡Blake, no! No puedes estar hablando en serio. Eres mi hijo y esta mujerzuela...

—¡Es la mujer que amo! Acostúmbrate con la idea o sal de mi vida.

No me esperaba la reacción de Knox, aunque por un lado me gustaba que me estaba defendiendo lo sentía por él, por tener que levantarle la voz a su madre, por ese ultimátum. Al parecer, era la única que lo sentía. El abuelo de Knox lo estaba mirando orgulloso, Knox mismo se veía como si no acababa de decirle a su madre que si llegara el momento me elegiría a mí.

Y Margot, bueno, ella se veía como si Knox le hubiera hablado en chino. Podría ser la sorpresa por las duras palabras de su hijo o quizás, estaba pensando en su siguiente movimiento sin importarle nada los deseos de Knox.

Todo lo que podía hacer era esperar y rezar para que hiciera lo correcto.

Capítulo 11

Nunca fui una persona optimista, pero tampoco fui pesimista. Las cosas llegaban como estaban previstas y lo único que podía hacer era estar preparada para resolverlas. Por primera vez estaba decidida a hacerlo por mí misma, sin nada de ayuda de mi familia, pero Margot no estaba dispuesta a renunciar.

Después del problema con Heath por muy extraño que parezca nadie me dijo nada. Ni una llamada. Ni un mensaje. Excepto las de cada día para hablar un rato. Mi madre me llamó dos minutos antes de entrar a cirugía. Mi padre estaba en Paris para una reunión y me envió un mensaje de madrugada.

Mis hermanos hicieron un par de bromas en el chat y por los demás miembros de la familia, los más peligrosos, silencio total. No era tonta, sabía que con Ava el silencio no significaba nada bueno y rezaba no despertarme una mañana y averiguar que encontraron a Margot empalada en un bosque.

La otra parte extraña de mi vida era Knox y su reacción después de lo ocurrido. Me llevó a su casa, me ayudó a ducharme y a meterme en la cama haciendo oídos sordos a mis protestas.

Mi mano estaba mal, pero no era una invalida. A Knox le importó un bledo lo que yo tenía que decir y al final me callé dejándolo hacer lo que quisiera. Estaba herida por culpa de su madre, un hombre me había besado a la fuerza y eso debía molestar a Knox, pero no lo demostró.

Me cuidó, me abrazó durante la noche y se tomó el resto de

la semana libre para pasarla conmigo.

Durante una semana me llevó a visitar todos los rincones escondidos de la ciudad y de los alrededores. Por fin pude relajarme y disfrutar como pensaba que debía hacerlo. Y no, a Knox no le encontré ni un defecto.

El hombre no podía ser más perfecto o tal vez eran las pastillas que tomaba para el dolor de la mano que me hacía pensar de esa manera. Sin embargo, durante esa semana no le pude encontrar ni un fallo.

Me preparaba el desayuno. Nos íbamos a pasear o a comprar. Sí, Blake Knox me llevó a comprar cuando le dije que necesitaba un regalo para el cumpleaños de Addison. Pasó una hora entera a mi lado en silencio, en un centro comercial, antes de entrar en una tienda famosa de bolsos y pedir el más caro.

Cuando le pregunté qué estaba haciendo me dijo que estaba harto, que quería pasar su tiempo en otro lugar menos concurrido y preferiblemente sin ropa. Las últimas dos palabras me las susurró en el oído y sentir sus labios acariciándome me olvidé de todo, el bolso, el regalo, olvidé hasta mi nombre.

Luego llegó el lunes y Knox tuvo que ir a trabajar. Yo seguía de baja y aproveché para ponerme al día con los últimos proyectos de mi madre, ella siempre estaba trabajando en algo y tenía la suerte de ser la primera en saberlo, en probarlo.

Por lo menos eso ocurría cuando estaba trabajando en su hospital, dudaba mucho de que a Keneth le gustase si empezaba a usar un nuevo método de cirugía abdominal.

Martes, miércoles, jueves. Los días pasaron, mi mano se curaba con cada día que pasaba, lo que sentía por Knox crecía con cada momento que pasaba en su compañía.

El viernes tuve la brillante idea de hacerle una sorpresa. Me fui a su oficina para llevarlo a comer fuera. Llegué y me saludó su secretaria, una chica nueva que parecía que su lugar estaba en una pasarela de moda y no detrás de un escritorio contestando correos.

Mi primera impresión fue correcta ya que me tuvo esperando más de diez minutos antes de avisar a Knox que estaba ahí. En ese momento no me pareció extraña la actitud de la chica, pero después sí.

Después de abrir la puerta de la oficina de Knox y ver que estaba acompañado. La mujer, guapa, alta, vestida con un vestido corto que justo se estaba ajustando cuando entré.

Después de ver que el lápiz labial de la mujer no era a prueba de besos y que a Knox el rojo no le sentaba nada bien.

Después de darme la vuelta y cerrar la puerta.

Después cuando estaba caminando hacia el ascensor y escuché a Knox llamándome.

—¡Maldita sea, Avy! ¡Espérame! —gritó él.

Me detuve enfrente de las puertas de ascensor y él me alcanzó, me cogió de la mano, pero retrocedí y de camino solté mi mano de la suya.

—No me toques —espeté.

—Avy, no es lo que tú piensas —dijo.

—Puede ser que esté equivocada, pero eso no cambia el hecho de que hace menos de un minuto tu boca estaba tocando la boca de otra mujer, que tus manos la estaban tocando —dije.

Cerré los ojos y maldije en voz baja cuando sentí que mi sangre empezaba a calentarse con la furia. Knox era mío, mío para besarlo, para abrazarlo. Los abrí cuando escuché el sonido que avisaba de la apertura de las puertas del ascensor y entré, ignorando a Knox.

El problema era que él no quería ignorarme. Colocó la mano para impedir que las puertas se cerrasen.

—Es una empleada, Avy, y no soy ni tan idiota ni tan cabrón como para involucrarme con una persona que trabaja para mí y mucho menos cuando tengo una relación con una mujer a la que amo. En un momento estábamos repasando unos documentos y en el siguiente se abalanzó a mis brazos y me besó. No duró más de un instante. No significó nada, excepto el hecho de que ella va a recibir una notificación de Recursos Humanos por comportamiento inadecuado en el lugar de trabajo.

—¿Y debería creerme eso, Knox? Mírate, echa un vistazo a tu rostro duro, a esa mirada tan fría que es capaz de congelar en el sitio a cualquier persona. No, no creo que una empleada haría algo así sin que tú...

—No lo digas, Avy, no digas que no confías en mi porque te juro que lo nuestro termina aquí y ahora —amenazó Knox.

Ese era el problema, que confiaba en él, pero esa imagen de él besando a otra mujer me estaba torturando. No podía sacármela de la cabeza, no cuando los labios de él seguían llevando la prueba de ese beso.

Di un paso hacia adelante y sacando el pañuelo del bolsillo de Knox limpié sus labios. Atrapó mi mano cuando quise retroceder. Sus ojos eran tan intensos que tuve que apartar la mirada.

¿Estaba dispuesta a perder a Knox?

Y entonces la vi. A la mujer que Knox había besado. Salió de la oficina y se quedó a conversar con la secretaria. Sus sonrisas daban miedo. Tanta maldad. Tanta suficiencia.

Y entonces me miraron. Las sonrisas no se borraron de sus rostros, hasta podría decir que se hicieron más grandes.

—Será hija de...

—Lo es y me voy a encargar de ella —se apresuró a decir Knox.

—¿Te vas a encargar de tu madre? —pregunté mirándolo —. Porque en este momento metería la mano en el fuego a que hasta ahora esa empleada tuya no se había atrevido a mirarte a los ojos.

Knox frunció el ceño.

—¡Maldita sea! —exclamó.

—Ella o yo, Knox. No puedo seguir con esta situación —dije.

Lo amaba.

Nunca pensé que le pediría a un hombre que eligiera entre su madre y yo, era algo impensable, pero aquí estaba haciéndolo porque no podía aguantar más. No podía vivir mi vida pendiente de lo que hacía Margot, esperando a su próximo golpe.

Knox maldijo.

Luego maldijo un poco más mientras me llevaba a rastras hacia su oficina. No se detuvo ni siquiera cuando le dijo a su empleada que estaba despedida. Me soltó una vez que cerró la puerta y aunque yo me quedé en ese mismo sitio él no, él camino arriba abajo en su oficina pasando las manos por su cabello, maldiciendo.

De repente se paró a un metro de mí y me miró.

—¿Te gusta la ciudad? —preguntó.

—Eh, sí, ¿por qué lo preguntas?

—Si pudieras empezar de nuevo en otra ciudad ¿lo harías? ¿Conmigo?

No estaba segura si me gustaba lo que estaba pasando en su cabeza. Irme no era un problema, pero no volver a Nueva York con mi familia sí. Podía vivir alejada de ellos durante un tiempo, pero no toda la vida.

—Sí, pero...

Knox eliminó la distancia que nos separaba, solo tardó un instante en pararse delante de mí y de poner sus manos en mis mejillas.

—El próximo viernes es la fiesta de recaudación de fondos

para el hospital, después nos iremos. Tú y yo. Tú eliges la ciudad, el país, no me importa. Vamos a empezar de nuevo solos, sin nadie que se entrometa en nuestra relación —dijo Knox.

Asentí.

Sabía que el próximo sábado mi madre iba a tener un invitado sorpresa a su almuerzo familiar. Sabía que estaba arriesgando mucho, que huir de su madre y llevar a Knox directamente a la cueva de los lobos no era buena idea.

Tenía esperanzas de que todo saliera bien, si él estaba dispuesto a abandonar su casa, su ciudad, para marcharse conmigo, conocer a mi familia no iba a asustarlo.

—El viernes —murmuré.

Me abrazó y sentí su corazón latir con fuerza. Deseé encontrar una manera de ahorrarle el sufrimiento, pero en esos minutos en los que me abrazó fue imposible. No había nada que yo pudiera decir, nada que pudiera hacer.

Cuando por fin me soltó fue al cuarto de baño y dejó la puerta abierta. Lo vi mientras se cepillaba los dientes y se lavaba la cara. Después me llevó a comer.

Una semana más, solo tenía que sobrevivir una semana más sin matar a la madre de Knox, aunque no prometía nada. No sabía que sería capaz de hacer si encontraba una mujer en la cama de Knox. Sí, Margot era capaz de eso y de mucho más.

Lo que ella no sabía era que yo también era capaz de mucho.

∞ ∞ ∞

—Despierta, dormilona. —Escuché la voz de Knox, sentí sus labios sobre mi cuello, pero no podía abrir los ojos.

—Vete —murmuré.

No me moví. No abrí los ojos. Quizás podía hacer lo segundo, pero lo primero de ninguna manera. No había parte de mi cuerpo sin doler, incluso había alguna que nunca supe que podía doler tanto.

—Nena —dijo Knox.

Lo conocía bien, sabía que estaba sonriendo y me irritó como el infierno que era capaz de hacerlo cuando yo me sentía... pues como si hubiera pasado una noche en el infierno.

Ok, no, pasé una noche en la cama de Knox como siempre. El problema es que, desde el viernes pasado, desde ese momento en que le di el ultimátum, Knox pasó cada instante haciéndome el amor.

Creo que era su manera de convencerme de que lo que teníamos valía la pena. Sí, en la cama era excepcional, también fuera y no hacía falta. Ya lo sabía. No, no me estaba quejando, Knox tenía una manera de hacerme el amor, de hacerme perder la cabeza que era maravillosa y que ni una vida entera sería suficiente, pero me estaba matando.

Estaba cansada porque no dormía más de un par de horas.

Estaba cansada porque de día me tenía entretenida con todo tipo de actividades. Que si un desayuno de trabajo y que todos iban a venir acompañados. Que si podía pasar por su oficina y almorzar con él. Que si podía acompañarlo a Las Vegas para una reunión.

Había sido una semana larga y que hoy era viernes, que esta noche era la gala del hospital era otra razón para quedarme en la cama y dormir hasta mañana.

—Avy, has quedado con Addison, ¿recuerdas? —continuó Knox.

—Vale, pero antes vete que estoy desnuda —dije.

Su risa me hizo cosquillas en el cuello, pero me negué a abrir los ojos y ver su rostro alegre.

—Te he visto desnuda, nena.

—Lo sé, pero verme te será mucho más fácil convencerme de que tenemos tiempo de uno rapidito antes de irte a trabajar.

—Te equivocas, Avy, no necesito verte desnuda para convencerte de que...

—¡Vete! —grité, ya que su mano se estaba deslizando hacia abajo, hacia mi centro.

—Por lo menos ¿me vas a besar antes de marcharme? —preguntó.

Por fin abrí los ojos y hubiera sido mejor si no, hubiera sido mucho más fácil resistirme. Ni los orgasmos a los que había perdido la cuenta, ni los miles de besos y caricias, nada había conseguido disminuir la atracción que sentía por él.

De hecho, había aumentado. No había nada más impresionante que Knox por la mañana, su cabello mojado, sus ojos verdes mirándome divertidos, su media sonrisa. Luego estaba el traje, ese traje que se le ajustaba a los hombros como un guante, esa corbata que era del color de mis ojos.

Mis manos hormigueaban con el deseo de tirar de la corbata hasta colocar su gran cuerpo sobre el mío. Lo hice, ignorando la rigidez de mis músculos levanté la mano y agarré su corbata.

—Un beso —murmuré, mirando sus labios, los dos sabíamos muy bien que no iba a ser uno solo.

¿Qué puedo decir? Knox era mi adicción, mi perdición. Tal vez sabía muy bien que hacía cuando decidió volverme loca con todas esas noches en su cama.

Lo hicimos, pero nada de rápido. Como si no hubiera pasado horas adorando mi cuerpo, como si no conociera cada parte de mi cuerpo, Knox me hizo el amor. Despacio. Dulce. Suave.

Cuando por fin me levanté de la cama me quedaban solo

veinte minutos para ducharme y llegar al otro lado de la ciudad donde debía reunirme con Addison.

Ella estaba un poco enfadada conmigo por haber desaparecido. A pesar de que estaba de baja había pasado casi todo el tiempo con Knox, ignorando a mi amiga. El bolso que le regalamos por su cumpleaños la suavizaron un poco, pero no suficiente.

Por eso, y ya que el regalo lo pagó Knox, invité a Addison a pasar un día en el spa. Yo lo odiaba. Los masajes, la sauna, no podía ni con extraños tocándome ni con el calor, pero esperaba poder escabullirme por lo menos del masaje.

Afortunadamente, las dos llegamos tarde. Vi bajar a Addison de su coche mientras el chofer me abría la puerta del coche de Knox. Él había insistido en coger su coche cada vez que salía. No me gustaba mucho, me recordaba demasiado a mi adolescencia, pero entendía que él tenía miedo, que quería protegerme.

—Llegas tarde —dijo Addison.

—Tú también. —Ella puso los ojos en blanco y se encaminó hacia la entrada del spa —. Addison, ¿qué te pasa?

—Nada —murmuró ella.

Insistir no me gustaba así que no lo hice, además hace mucho había aprendido que con ella funcionaba mejor el silencio. Tuve que aguantar el masaje, la media hora en la sauna, otra media hora metida hasta la barbilla en un baño de chocolate hasta que Addison por fin suspiró y me contó lo que estaba pasando.

—Soy una mala persona —confesó.

La chica que le entregó una copa de champaña a Addison ni siquiera parpadeó, ni la que me estaba pintando las uñas.

—¿Mala de haber cometido un delito del que no deberíamos hablar en público? —pregunté.

—No, mala de envidiar a mi amiga —declaró Addison, manteniendo su mirada en la copa—. Siempre pensé que el amor era un cuento, de que solo traía desgracias, de que nada bueno salía de entregarle tu corazón a un hombre, pero luego vi cómo te miraba Blake. Te mira como si tu fueses su sol, su aire, su razón para vivir y yo quiero eso, Avy. Pensaba que era feliz saliendo cada día con un hombre, eligiendo con quien pasar un buen rato, disfrutando de la vida, pero no. Esta vida está vacía, no hay nada ahí, no tengo con quién hablar de mis problemas, con quien compartir un café por la mañana y antes de que me digas que cada noche voy con un hombre a la cama déjame decirte que nunca se quedan, no los quiero en mi cama. Nadie sabe cómo me gusta el café y ver a Blake echar una cucharada y media de azúcar al tuyo me di cuenta de que estoy desperdiciando mi vida.

—Addison, tienes veintiocho años. Es la edad en la que disfrutas de la vida, no estás desperdiciando nada —dije.

—¿Cómo, Avy? Dime tú cómo voy a conocer al hombre que me enamore con su sonrisa, que me cuide como te cuida Blake. Y ¿cuándo? ¿Dónde? Del hecho que ni uno me hace sentir ni la mitad de lo que tú sientes por Blake mejor no hablar. Es que conozco a un hombre, paso un tiempo con él y al día siguiente ni siquiera puedo recordar su nombre. Son rostros, recuerdos vagos en el fondo de mi mente y yo estoy perdiendo mi tiempo, mi precioso tiempo con ellos. Quiero amor de verdad, ese que te nubla la mente, que te hace sonreír como una tonta al pensar en él.

Decir que me tomó por sorpresa es poco, me espera cualquier cosa menos eso. Addison no parecía el tipo de mujer que deseaba una relación estable, un amor, una casa con valla blanca y niños...

—¿Quieres niños? —pregunté.

—No estoy segura, aceptar que quiero compartir con mi vida con un hombre es más que suficiente. No llegué hasta allí.

—Tengo un montón de primos que también tienen un

montón de amigos, solteros, guapos, listos —dije.

—Pero ¿listos de inteligentes o listos de preparados para renunciar a su soltería y enamorarse de mí? —preguntó Addison.

Hice una mueca al darme cuenta de que ni uno estaba preparado para el amor, de hecho ¿alguien estaba preparado para entregar su corazón? Yo no lo estaba, simplemente pasó.

Lo que tenía que hacer era invitar a Addison a alguna de las fiestas de mi familia, seguramente habrá alguien interesante ahí para ella. Invitarla después de que le haya contado la verdad sobre mi familia a Knox, momento que no esperaba para nada, momento que iba a ocurrir esta misma noche.

—¿Avy?

—Si es amor de verdad no importa si estás preparado o no —dije.

Mientras la joven empleada terminaba de pintar mis uñas de rosa hice una lista de primos que podrían gustarle a mi amiga. El resto del día pasó entre almuerzo, peluquería y conversaciones sobre la gala de esa noche.

Estaba muy acostumbrada a los eventos, a las fiestas en las que debía sonreír y fingir que no quería abofetear a la mayoría de los asistentes, pero para Addison era un evento importante. No solo para ella, también para el hospital y la ciudad.

Esta noche se iba a recaudar el dinero necesario para la renovación del hospital. Hacía falta mucho dinero, tanto que dudaba mucho de que iban a conseguirlo.

A las cinco de la tarde nos despedimos y quedamos en pasar a por ella de camino a la gala. Al llegar a casa me di prisa en arreglarme, me había dado cuenta de que a Knox le gustaba tomar algo antes de salir, le gustaba sentarse en la terraza y disfrutar de la puesta del sol y pensaba acompañarlo como cada noche.

Sin embargo, él no vino a darme un beso como hacia cada día que volvía del trabajo. Simplemente entró en el dormitorio y de camino hacia el cuarto de baño murmuró algo de que llegaba tarde.

Cuando salió tampoco fue muy hablador, se vistió y me apresuró. Llegábamos tarde dijo, pero tenía el reloj en mi muñeca y me decía que íbamos muy bien de tiempo. Decidí ignorar lo que sea que lo estaba molestando, darle tiempo para reflexionar, para resolver su problema.

Si quería mi ayuda sabía dónde estaba.

El silencio reinó en la limusina hasta que subió Addison. Estaba excitada por la gala, además de verse muy guapa con el vestido negro. Ella había elegido uno atrevido y yo uno clásico. Las dos íbamos muy guapas y ninguna recibió un cumplido de Knox.

Addison me preguntó con la mirada qué le pasaba a mi novio y me encogí de hombros.

—A veces son criaturas tan extrañas —murmuró ella.

—¿A veces? —pregunté y nos echamos a reír.

∞∞∞

Llevaba dos horas en la gala, dos horas en las que había pasado de alegría a ganas de asesinar a alguien. Alegría al conversar con mis compañeros del hospital. Asesinato cuando me tocaba charlar con alguno de los inversores que Kenneth no paraba de presentarme.

Era la mejor cirujana del mundo, es así como me presentaba. Las mujeres me preguntaban sobre mi carrera y los hombres no apartaban la mirada de mis ojos. Sabía cómo lidiar con ellos, lo que no me gustaba era tener que rechazar un montón de invitaciones a cenar y flirteos nada discretos cuando con la sola presencia de mi novio a mi lado no hubiera tenido ese problema.

Podía apañármelas sola, pero no quería. Lo necesitaba a mi lado, pero él había desaparecido dos segundos después de llegar a la fiesta y me hubiera gustado si Margot hubiese hecho lo mismo.

Pero no, ella estaba aquí, nunca alejada de mí, siempre a pocos metros vigilando, aunque no entendía por qué lo estaba haciendo. Hasta pensé que nos había preparado otra trampa de las suyas, pero me negué a moverme de la sala donde se celebraba la gala.

Si Knox estaba en algún sitio con otra mujer que solo esperaba una señal para saltar sobre él podía seguir esperando. Yo había decidido no jugar.

Estaban a punto de empezar la subasta, cenas con los solteros y solteras de la ciudad. Muy original todo. Me pregunté por qué no se lo habían pedido a Knox, las mujeres pagarían mucho dinero para salir a cenar con él.

En ese momento Knox volvió, en ese mismo momento su madre se nos acercó sonriendo sin darme tiempo a preguntar a mi novio por qué se veía como si le habían dado la peor noticia del mundo.

—Hijo, necesito hablar contigo —dijo Margot.

—Después, madre —le respondió Knox.

Él estaba a mi lado, cerca, pero ni su brazo rodeaba mi cintura, ni su mano sostenía la mía, ni su hombro tocaba el mío. Estaba cerca y lejos al mismo tiempo.

¿Qué diablos le pasaba a este hombre?

—¡Tu hermano es un idiota! —espetó Addison.

Apareció de la nada y después de sus palabras paró a un camarero que llevaba una bandeja con copas de champaña. Ella cogió una, se la bebió de un trago, la devolvió a la bandeja y cogió otra.

—¿Mi hermano? —pregunté.

—Sí, lo siento, amiga, pero tu hermano es un borde. Un cabrón. Un maleducado. Un idiota. Un estúpido.

—¿Mi hermano? —repetí.

Asher era muchas cosas, pero ni una de las enumeradas por Addison. No sabía que Asher iba a venir de visita, no me lo había dicho y miré alrededor de la sala buscándolo. No fue difícil encontrarlo, era más alto que la mayoría de los hombres y mujeres de la fiesta.

Su cabello negro también ayudaba, nadie tenía ese tono oscuro como una noche sin luna. Estaba de espaldas hablando con el director del hospital y eso me hizo fruncir el ceño. Luego se dio la vuelta, encontró mi mirada y me guiñó un ojo.

—¡Ah, joder! —dije en voz baja.

No era Asher, era Aiden.

Aiden era un cabrón, un maleducado, un estúpido. Era todo eso y más con las mujeres. Tenía sus razones para serlo, muy validas razones. Odiaba que Addison hubiera tenido la mala suerte de encontrarse con él.

—Idiota —espetó ella.

Me volví a tiempo para ver la manera en la que miraba a Aiden.

—¡Ah, joder! —murmuré de nuevo.

—¿Qué pasa, Avy? —Estaba tan sorprendida por las palabras, las primeras palabras que me dirigía Knox que me lo quedé mirando como una boba.

Eran vacías. Su tono. Sus ojos también. Su mueca porque eso que estaba dibujado en su rostro era de todo menos una sonrisa.

El silencio cayó sobre la sala y cuando Knox giró la cabeza hacia el pódium yo hice lo mismo. El director del hospital estaba ahí. Mi tío Pablo estaba ahí. Aiden estaba atrás. Y aunque no podía ver a mi madre la sentía, sentía su mano, su cerebro en todo este asunto.

Maldije una y otra vez en mi cabeza. No necesitaba escucharlo, ya sabía que estaba pasando. Estaba jodida. No estaba preparada para decirle la verdad a Knox. Mañana sí, mañana no me quedaría más remedio, pero lo quería hacer a mi manera.

Capítulo 12

—Gracias a todos por acompañarnos en esta noche tan importante para nuestro hospital —dijo Kenneth. Sonreía, pero como llevaba meses trabajando con él sabía que esa sonrisa era falsa. Parecía que alguien le estaba obligando a hablar, a pronunciar cada palabra—. Hace unos minutos he recibido una noticia maravillosa que quiero compartir con vosotros, es lo mejor que le podía pasar a nuestro hospital. Tengo el placer de anunciar que desde hoy Knox Hospital será una filial de Taylor Hospitals.

Siguió hablando sobre los cambios, sobre los beneficios que tendrá el hospital bajo la supervisión de Taylor Hospitals. El cambio era bueno, mi madre sabía lo que estaba haciendo y los primeros que iban a ganar con esto serían los pacientes.

Sin embargo, el momento no era el adecuado para mí.

Kenneth invitó a hablar a Pablo, pero este rechazó la invitación. Fue Aiden el que tomó la palabra.

—Estamos felices de estar aquí, de traer el cambio a este hospital. El plan es dar a cada persona en este país la atención y el tratamiento que necesita. Mi trabajo para los próximos meses será mejorar las instalaciones, para la parte médica no estaré disponible. Si tiene alguna sugerencia, compártala con mi hermana, ella es quien heredó el don de mi madre. Doctora Avy Taylor Kincaid.

Sí, mi hermano era un cabrón.

Pronunció mi nombre mirando a los ojos a Margot Knox. El mensaje era claro.

Deja de meterte con mi hermana. Ella no está sola. Ella nos tiene a nosotros. Somos más ricos, más fuertes, más poderosos que tú.

Mantuve la mirada en mi hermano, ignorando los susurros, las miradas, la maldición de Addison, los aplausos al final del discurso de mi hermano. Ni siquiera me atreví a mirar a Knox hasta que vi que mi hermano se estaba acercando.

La mandíbula de Knox estaba tan tensa, apretaba tanto los dientes que temía escuchar en cualquier momento como se rompía los dientes. Sus bonitos ojos, la intensidad verde que amaba habían dejado paso a una indiferencia gélida.

—Avy —dijo mi hermano inclinándose para besar mi mejilla. Mi tío Pablo me dio otro beso y un abrazo mientras me susurraba que su esposa se estaba encargando de un problema en Europa.

Un problema menos, porque si mi madre compró un hospital mi tía, mi madrina Ava, era capaz de matar a todas las personas que se habían atrevido a mirarme mal.

Esperé en silencio mientras se saludaban unos a otros, mientras Margot sonreía encantada de la vida.

¡Dios! Odiaba a esa mujer.

Hace cinco minutos me odiaba, me quería fuera de la vida de su hijo y ahora ya no, ahora estaba lista para darme la bienvenida con los brazos abiertos a su familia. Todo porque había averiguado que mi familia era rica y poderosa.

Margot era mala, pero en el fondo tenía la esperanza de ganarme su aprobación por quién era, por cómo era, no por quién eran mis padres. Ahora ya no tenía esa posibilidad, además quedaba el asunto del enfado de Knox.

Él ya lo estaba antes de averiguar quién era, solo Dios sabía cómo se sentía ahora, si seguía deseando marcharse de la ciudad conmigo.

Puse los ojos en blanco cuando escuché a Margot invitar a mi tío a cenar a su casa.

—Gracias por la invitación, pero tengo que volver a Nueva York esta noche, pero Aiden se quedará unas semanas —dijo Pablo.

—¿Aiden? —exclamó Addison, mirando sorprendida a mi hermano —. ¿Tu nombre no era Asher?

Mi hermano sacudió la cabeza sonriendo y Addison me miró con ganas de matarme.

—¿Tus hermanos son mellizos y no me lo has dicho? —preguntó.

—Trillizos —aclaró Aiden.

—¡Dios, tres de vosotros! —espetó ella.

—Aiden, Asher y yo —expliqué.

—¿Sabes qué? No importa, que este hermano tuyo se vaya y que vuelva el otro que me gusta más, tiene mejores modales —dijo Addison.

—Normal, a Asher no le importa si las mujeres se le echan encima y lo besan sin siquiera decir hola —declaró Aiden.

¡Oh, Dios!

Addison se enrojeció de furia e incapaz de hablar se dio la vuelta y se marchó. Me giré hacia mi hermano para echarle la bronca y lo atrapé mirándole el trasero a mi amiga.

¡Oh, Dios! Esto no iba a salir bien.

Después de que Addison se fuera mi hermano hizo lo mismo, dos minutos después Pablo también se despidió dejándome en compañía de madre e hijo. La situación había cambiado drásticamente en los últimos minutos, la madre me miraba encantada o sea que ya no tenía nada que temer mientras que el hijo parecía que ni siquiera era capaz de mirarme a los ojos.

—Entonces, os espera mañana a cenar, ¿de acuerdo? —dijo Margot y sin esperar una respuesta besó la mejilla de su hijo, besó la mía y se marchó.

Todo pasó tan rápido que ni siquiera tuve tiempo de reaccionar. ¡Margot me había dado un beso! La misma mujer que me quería ver muerta, posiblemente, ya que nunca lo dijo, pero estoy segura de que lo pensó.

Ese era el poder del dinero, cambiaba las opiniones en segundos, convertía a tu mejor amigo en enemigo y a tu enemigo en mejor amigo dependiendo de los intereses de cada uno.

Miré a Knox, pero él no me miró a mí. Lo miré durante dos minutos, sé porque conté en mi cabeza mientras lo miraba, y no había manera de no darse cuenta de que lo estaba haciendo, pero aun así decidió ignorarme y siguió mirando a cualquier lugar menos hacia mí.

—Voy a ver si Addison está bien —dije finalmente.

—Sí, hazlo —gruñó.

Teníamos que hablar, pero ahora no era el momento así que fui a buscar a mi amiga. Tardé mucho tiempo en hacerlo ya que a cada paso alguien me paraba para hablar conmigo. Si antes me habían agobiado con sus miradas y conversaciones ahora todo había empeorado.

Ahora ya no era la mujer guapa, la cirujana excelente. Ahora era la hija de Isabella Taylor, era la oportunidad de cualquier persona que necesitaba algo de mi madre. Era mi pesadilla.

Ni me di cuenta de que el tiempo pasaba, mi atención estaba dividida entre conversar educadamente con las personas que me hablaban y la búsqueda de mi amiga. No fue hasta que la sala empezó a vaciarse que me di cuenta de que eran las dos de la madrugada.

Pronto los únicos que quedaban en la sala eran los camareros que recogían las mesas, el personal de limpieza, Knox y yo.

Él estaba sentado en una mesa, una copa enfrente, una copa llena y una botella medio vacía. El alcohol, otra de las cosas que no me gustaban. Podía entender tomar una copa de vino, una cerveza, pero cuando la gente se emborrachaba para olvidar los problemas me parecía una cobardía. Además, después de la última vez que tomé más de lo indicado las cosas no me fueron bien y juré que no volvería a beber más que una copa de vino.

El alcohol no borraba los problemas, no arreglaba nada, casi siempre causaba más.

Caminé hasta él, mis tacones resonando en la sala atrayendo su atención.

—Por fin —dijo él.

—Por fin ¿qué? —pregunté parándome cerca de donde Knox estaba sentado.

—Por fin has tenido suficiente de la adoración de los mortales.

Me eché a reír porque era divertido. Que sí, era divertido que el hombre que decía que me amaba, que estaba preparado para dejarlo todo por mí no me conociera. Solo un desconocido podía pensar que estuve disfrutando las últimas horas.

No podía hacer lo que deseaba, no podía mandarlos a todos al infierno, no podía porque la reputación de mi madre estaba en juego, su nombre. No podía echar por tierra todos sus años de trabajo solo porque a mí no me gustaba socializar, porque no soportaba a la gente falsa como Margot.

—Si eso es lo que crees entonces todo lo que queda es despedirnos —murmuré.

—Adiós —gruñó Knox.

La palabra fue como un cuchillo atravesando mi corazón,

que siempre pensé que las personas que usaban esta expresión dramatizaban mucho, pero era verdad. Ese adiós dolió tanto que lo sentí en todo mi cuerpo, en cada músculo, cada órgano.

Me di la vuelta cuando las lágrimas empezaron a brotar y no había dado ni tres pasos cuando la furia me invadió.

—¿Adiós? —Me di la vuelta y grité.

—¿Necesitas algo más? —preguntó Knox sin inmutarse.

—¡Sí, malditamente sí! Necesito saber qué pasó con tu amor, qué pasó con tus promesas, qué pasó con nuestro futuro.

—¿Amor? ¿Qué sabes tú de amor, Avy? Sabes mucho de mentiras y engaños, pero de amor no tienes ni puñetera idea —gritó.

—No te engañé —espeté.

—Piénsalo de nuevo —gruñó.

—¡No te engañe! —grité dando un paso hacia él—. Mis sentimientos son verdaderos, no hay engaño ahí y si te refieres a mi familia te recuerdo que ya te había avisado. Te dije que había algo de lo que no estaba preparada para compartir.

—Claro que no estabas preparada, el plan de tu familia de quedarse con mi empresa, con mi hospital, con mi ciudad, no estaba listo para ponerlo en acción, ¿verdad, Avy?

Me pregunté cuánto había bebido, si era alcohol que estaba hablando o si de verdad Knox pensaba que yo era capaz de traicionarlo.

—Piénsalo mejor, Blake, mírame y piensa en mí, en la persona que lleva semanas compartiendo tu vida, tu cama. Piensa y dime si de verdad crees eso sobre mí.

—No necesito pensarlo, los hechos hablan por sí mismos —dijo él.

¡A la mierda! Quise darme la vuelta. Renunciar. Mandarlo al infierno.

Pero lo amaba, además no era una persona que renunciaba tan fácilmente. Tenía que intentarlo una vez más. Me acerqué a Knox, me incliné apoyando las manos en sus rodillas y lo miré a los ojos.

—Te quiero, Blake. Llevamos poco tiempo juntos, pero para mí fue suficiente para conocerte, para darme cuenta de que eres el hombre con el que quiero pasar el resto de mi vida. Podemos hacer esto, todavía podemos tener un futuro juntos.

Más que intentarlo estaba implorando y más tarde iba a tener una conversación muy seria conmigo misma, pero ahora mismo estaba pendiente de los ojos de Knox, de su frialdad, de su movimiento.

Se levantó y no me quedó otra opción que hacer lo mismo mientras lo miraba alejarse. No se fue muy lejos, solo unos pocos metros hasta donde estaba Leah.

La había visto antes, pero no había cambiado ni una palabra con ella, ella no se había acercado y yo tenía otras cosas en la cabeza que saludar a la que había sido la mujer perfecta para Knox.

Leah me estaba mirando a mí y no a Knox, por eso vi la sorpresa en sus ojos cuando él la agarró y la besó. Sabía lo que estaba haciendo, amigos o no, ni una mujer en su sano juicio era capaz de resistirse a un beso de Blake Knox.

Él había hablado de engaño, de traición.

Él me estaba engañando, traicionando justo ahora, justo delante de mis ojos.

Los miré como una mujer mira una escena romántica en una película. No podía creerlo. No podía dejar de mirar. No podía entenderlo.

¿Por qué me estaba haciendo esto?

Seguía esperando que se diera la vuelta y decirme que era una broma, esperé en vano. Lo que Knox hizo fue romper el beso y mirar a Leah a los ojos.

—Cásate conmigo —dijo.

Casi pude escuchar mi corazón romperse.

Me hubiera echado a llorar, a gritar o a golpear. Algo iba a hacer, pero de repente sentí una furia que no era mía, una furia tan fuerte que el aire de la sala desapareció. Me costaba respirar y eso era algo que solo había sentido una vez en mi vida, algo que no quería experimentar nunca más.

No era yo. Era Aiden.

No sabía por qué había vuelto, pero se estaba dirigiendo a grandes pasos hacia Knox. No era la única a la que Ava había enseñado a protegerse, mis hermanos también aprendieron de ella y de Vladimir.

Knox acababa de proponerle matrimonio a otra mujer y debería dejar a mi hermano golpearlo hasta dejarlo inconsciente en el suelo, pero no podía.

¿De qué me servía eso?

Avancé hacia mi hermano y lo intercepté justo antes de llegar a Knox. Puse la mano en su pecho y lo empujé.

—No, Aiden, no vale la pena —le dije.

—Tal vez no, pero me hará sentir malditamente mejor —gruñó Aiden.

—Bueno, esto no es sobre ti.

Mi hermano colocó su mano sobre la mía, la que llevaba en su pecho.

—Está muerto para ti, Avy. Puedo darle una paliza que le va a convencer de que está cometiendo un error y podrás vivir el resto de tu vida con él —dijo Aiden. Giré la cabeza para mirar a Knox y vi la manera en la que estaba protegiendo a Leah, como la había colocado a sus espaldas para ponerla a salvo de la furia de mi hermano—. Pero si nos vamos esta noche no habrá segunda oportunidad, no podrá venir suplicando perdón, hermanita. ¿Qué quieres hacer?

Podía dejar a mi hermano resolver mi problema, golpear a mi hombre y obligarlo a seguir con nuestra relación.

Podía despedirme ahora mismo, del hombre, del amor que sentía por él, del futuro que había imaginado compartir con él.

Me pareció ver algo en los ojos de Knox, pero tal vez fueron imaginaciones mías, fue la esperanza de escucharlo decir que había sido un idiota, de escucharlo pidiendo perdón. Me di la vuelta porque había tomado una decisión.

—Llévame a casa, Aiden —dije.

Me marché con la cabeza alta, sin mirar atrás. Cada paso que daba era más difícil que el anterior y luché con el impulso de darme la vuelta, de correr a los brazos de Knox, de darle un último beso.

¿Cuándo fue la última vez que me besó, que me abrazó, que me sonrió?

No podía recordarlo, mi cerebro estaba bloqueado en el hecho de que no volvería a pasar. Ni un beso. Ni un abrazo.

Se había terminado.

El amor era una mentira, un cuento para niños. Había crecido rodeada de parejas que se amaban, se aman a pesar del paso del tiempo, pero eran pocos, demasiado pocos los que podían decir que eran completamente enamorados y felices.

Quería la felicidad, la misma que veía en los ojos de mis padres, de mis tíos.

—¿Felicidad? No, gracias —murmuré para mí misma.

Ya no la quería. ¿Poner mi cuerpo, mi corazón, mi vida entera a disposición de un hombre? Lo hice y lo que conseguí fue sufrimiento. Así que no, la felicidad que conseguías amando a otra persona para otros, yo había tenido suficiente.

—Amen a eso —dijo Aiden.

—Mamá se va a enfadar si no le damos nietos.

—Asher le dará tantos que no sabrá dónde esconderse —declaró mi hermano.

Asher era el único que no había tenido problemas en el amor, bueno, y hasta hace unos minutos yo tampoco. Ahora estaba en el bando de Aiden, el bando de los que habían sido engañados, traicionados.

El aire fresco de la noche me recordó que había dejado mi chal en el interior, pero no tenía intención de volver a recogerlo, además el coche de Aiden ya estaba parando enfrente.

Aiden no era como yo, a él no le importaba que la gente supiese que era rico, que era una persona con poder. A él ya todo le daba igual, había construido un muro alrededor suyo y solo los familiares teníamos permitido entrar.

No era mala idea, yo podía hacer lo mismo y al diablo con los hombres que pensaban que podían entrar en mi vida, enamorarme y luego romperme el corazón.

—¿Puedes enviar a alguien al apartamento de Knox para recoger mis cosas? —le pregunté a mi hermano.

—Sí, ¿vamos a casa?

Sacudí la cabeza.

Me quedaban unos meses de mi contrato en el hospital y no pensaba huir como una cobarde, aunque tal vez unos días en casa de mi madre no me vendrían nada mal.

—Podemos volver el lunes por la mañana —sugirió Aiden.

Antes no me gustaba, pero ahora me di cuenta de que echaba de menos la manera en la que mis hermanos sabían lo que pasaba por mi cabeza en todo momento. También me di cuenta de lo difícil que había sido el tiempo que pasé con Knox.

Fue muy bonito y todo, pero los momentos en los que él se

cerraba en sí mismo y en los que yo intentaba averiguar cuál era el problema fueron de todo menos bonitos. Ahora ya no tenía por qué preocuparme, los cambios de humor, los enfados de Knox eran el problema de Leah.

El avión de Aiden nos estaba esperando en el aeropuerto y durante el vuelo fingí dormir. Con los ojos cerrados enumeré los pasos de cada cirugía que sabía practicar, de esa manera podía mantener mi mente alejada de lo que había ocurrido esta noche.

Sabía que una vez en casa de mi madre con una sola mirada suya iba a desmoronarme. No había mejor lugar para hacerlo que en los brazos de mi madre y solo tenía que aguantar las dos horas que duraba el vuelo.

Era de madrugada cuando llegamos y no fue una sorpresa encontrar las luces encendidas en casa y a mi madre en la puerta.

Mi madre no había cumplido los sesenta años, pero se veía como de cuarenta. No sabía cómo lo conseguía. Trabajaba mucho, dormía poco, pero nunca le faltaba la energía ni para la familia ni para los amigos. Siempre estaba disponible para todo lo que necesitábamos.

—Buenos días, pequeña —dijo.

—Mamá —susurré abrazándola.

¿Por qué me había marchado de casa? No había lugar en el que me sintiera más segura que en los brazos de mi madre. ¿Era la niña de mamá y papá? Sí, ¿y qué? Mientras los tenía iba a buscar, a necesitar su apoyo, su protección.

Después de una ducha volví al salón donde me esperaba mi madre.

—¿Café o algo más fuerte? —me preguntó.

—A las cinco de la mañana café, gracias —dije.

Me senté en el sofá y miré a mi madre llenando dos tazas. Estaba cansada, lo sabía por la cantidad de azúcar que se echó en la taza y me pregunté si había dormido algo durante la noche. Si tenía que apostar diría que ni había llegado al dormitorio.

—Estoy bien, mamá. Puedes ir a descansar.

—Yo no estoy bien, Avy. —Mi madre suspiró, se reclinó en el sofá y frotó su cara con las manos—. Acepté tu deseo de vivir sola, lejos de nosotros, lo acepté porque tu padre me obligó, pero no he vuelto a dormir tranquila desde ese momento.

—Mamá, estoy bien, no me ha pasado nada. ¿Qué me he enamorado? Podía pasar aquí también —le dije.

—Puede ser, pero antes yo hubiera tenido una conversación con Margot maldita Knox. ¿Quién infiernos se cree esa mujer? Y no me hagas empezar con los inútiles que debían protegerte, dejaron a ese hombre tocarte y...

—¡Mamá! Fue un toque, nada más, no me voy a quedar traumatizada por eso.

—No, solo fuera del quirófano durante tres semanas —dijo ella.

—Ya pasó. Se terminó —declaré.

Mi madre me miró tristemente.

—No, pequeña mía, esto acababa de empezar. El amor no desaparece de un día para otro, el dolor, la traición tampoco. Y si eres como yo o como tu padre ni en cien mil años podrás olvidar a ese hombre.

—Pues tendré que conseguir una manera de olvidarlo, Aiden lo ha declarado muerto —dije.

—¡Ah, Dios! —exclamó mi madre.

—Eso mismo digo yo —intervino mi padre.

—¡Papá! —exclamé.

En un instante estaba de pie y abrazando a mi padre. Antes de poner la cabeza sobre su hombro vi la mirada interrogante que le echó a mi madre y sonreí viendo en mi cabeza el gesto de mi madre.

Era siempre lo mismo, un encogimiento de hombros y una mirada que decía: *Luego te cuento.*

—Yo se lo contaré, tú te vas a dormir —dije desde la seguridad de los brazos de mi padre.

—No puedo dormir, mi hija está en casa, además en cinco horas esta misma casa se llenará de docenas de personas hambrientas y hay que preparar la comida —protestó mi madre.

—Como si no tuvieras una cocinera que tiene en menú preparado desde el pasado lunes o docenas de empleados que se aseguran de que todo esté preparado —dijo mi padre —. Vete a dormir ya, Isabella.

Hice una mueca al escuchar el tono con el que mi padre pronunció el nombre de mi madre. Alguien estaba en problemas y solté a mi padre, alejándome del problema.

—¿Qué me vaya a dormir? Pero ¿tú crees que yo tengo cinco años para mandarme a dormir? —preguntó mi madre poniéndose de pie.

¡Ah, Dios! Retrocedí un poco más y esperaba alcanzar la puerta antes de que empezara la discusión. Mi madre odiaba que le dijeran que era lo que tenía que hacer. Mi padre odiaba ver las arrugas de cansancio en el rostro de su esposa.

—Tienes casi sesenta años y sigues trabajando como cuando tenías veinte años, esposa mía. Bueno, déjame darte una noticia, no importa lo que tu cabeza te está diciendo, tienes que tomar las cosas con calma, tienes que trabajar menos, ¡joder!

—¿Reconsiderando la vuelta a casa? —Escuché la voz de Aiden que había desaparecido en el instante en que habíamos llegado a casa.

—No, que va, no me molesta, de hecho, me encanta —murmuré.

—¿Qué diablos te han hecho en esa ciudad? —preguntó mi hermano.

—Nada. Están peleando porque uno quiere cuidar al otro y dentro de dos minutos harán las paces, se darán un beso. Necesito esto, Aiden, necesito ver a mis padres felices.

—Sí, definitivamente has perdido la cabeza al mismo tiempo que perdiste el corazón —declaró Aiden.

Mientras tanto la discusión de mis padres había terminado, más rápido de lo que pensaba, y estaban en la parte del beso.

—Vamos a desayunar algo —propuso Aiden y se dio la vuelta—. No necesito ver esto.

Yo sí, bueno, ya estaba acostumbrada a las muestras de afección de mis padres, pero justo eso era lo que hacía de mi casa el lugar seguro, mi lugar seguro. Protección. Amor. Risas.

Seguí a mi hermano a la cocina, no a la principal donde seguramente la cocinera ya estaba preparando el almuerzo para la fiesta de más tarde, a la familiar ahí donde cada uno se preparaba la comida.

Ni yo no Aiden éramos los mejores cocineros del mundo, pero había olvidado que éramos tres. Asher ya estaba ahí preparando el desayuno e iba en camisa blanca arremangada y pantalón negro, la chaqueta de su traje colocada con cuidado sobre el respaldo de una silla.

—¿Papá es el único que ha dormido esta noche? —pregunté tomando asiento en una silla alta en la isla y robando un trozo de tomate.

—Sí, el resto somo vampiros como mamá, no necesitamos dormir —dijo Asher.

Me eché a reír, pero Aiden no. Su sentido del humor había desaparecido al mismo tiempo que su habilidad para amar.

—Oh, vamos, Aiden, es gracioso. Piénsalo. ¡Vampiros! —dije.

—Aha, de esos que te chupan la sangre y te matan. ¿O

te refieres a vivir una eternidad viendo a todos morir a tu alrededor?

—Si vamos a seguir con esta conversación necesito más café, ¿quién lo prepara? —preguntó Asher.

Me levanté y preparé tres tazas, echando azúcar en la de Aiden porque sí, porque sabía que lo tomaba sin, porque sabía que iba a maldecir, porque me apetecía gastarle una broma. También sabía que no iba a tomar represalias, por lo menos hoy no. Ya mañana sería otro día y tendría que estar pendiente de él.

—Ok —dijo Asher cuando me senté de nuevo, una taza de café en la isla enfrente de cada uno—. ¿Hablamos de vampiros o de cómo evitar que Ava mate a Blake Knox?

Suspiré y tomé un sorbo de mi café. Lo escupí en el instante en que saboreé la canela.

Vale, me había equivocado. Pensaba que mis hermanos iban a darme un respiro por tener el corazón roto, pero por lo visto no era el caso. Había dejado mi taza de café sobre la isla mientras iba a por la otra y en ese momento uno de los dos había aprovechado para echar la canela.

Odiaba la canela.

Los dos se estaban riendo y miré a Aiden con los ojos entrecerrados. Se había convertido en un hombre muy duro, muy serio, pero no había dejado de gastarme bromas.

—Vas a pagarlo —amenacé.

—¿Cómo sabes que fui yo? —preguntó cambiando su taza de café con la de Asher.

—Addison tenía razón, eres un idiota.

—¿Addison? —preguntó Asher.

Sonreí viendo la mirada interesada en su rostro. Había encontrado la manera perfecta de vengarme de mis dos hermanos.

<h1 style="text-align:center">Capítulo 13</h1>

El sábado era sagrado en nuestra familia. Nos reuníamos en casa de uno u otro y solo podías ausentarte si tenías una excusa valida: estabas a punto de morir o tenías que matar a alguien. Esa última excusa la usaba mucho Vladimir, Ava a veces, pero lo decían en código como si el resto fuéramos tontos.

Tengo que encargarme de un asunto.

Tenía unos diez años cuando averigüé que Ava y Vladimir era una clase de justicieros que luchaban contra el mal que envenenaba el mundo entero. No sabía los detalles y tampoco los quería, pero en el momento en que Vladimir entró por la puerta recordé que le había dicho a Knox que iba a encargarse de un asunto.

Me encaminé hacia él y a la mitad del camino me detuve. Me di cuenta de que no debía importarme. Knox ya no existía para mí.

—Los hombres somos idiotas —dijo Vladimir que se había acercado mientras yo intentaba grabarme en la cabeza que ese hombre estaba muerto para mí—. Eso es lo que dice Eva, somos idiotas cuando se trata del amor. Ten paciencia.

—Demasiado tarde, Aiden ya lo declaró muerto.

Vladimir frunció el ceño, algo que no acostumbraba a hacer, no solía mostrar lo que estaba pasando por su cabeza.

—No, no quiero y no necesito saberlo —le dije.

—Avy, es tu vida no la de tu hermano, tú decides qué, cómo y quién. Recuérdalo.

Ese fue Vladimir. Luego siguió el tío Pablo, el tío Zein. Todos y cada uno tenía un consejo para mí. Los hombres me pedían paciencia y los consejos de las mujeres iban más hacia el otro lado, hacia mandar Knox al infierno y olvidarme de él.

Era lo que quería hacer, pero era imposible hacerlo cuando todos lo mencionaban. Al final, el almuerzo familiar que tanto amaba se había convertido en un agobio y cogiendo una botella de cerveza salí a la terraza.

Es ahí donde me encontró la tía Ayala.

Ella era mi tía favorita, bueno, todas lo eran, pero con Ayala tenía una relación especial, quizás era por su don. Sin embargo, hoy no la quería cerca de mí. Sabía que solo necesitaba medio minuto para saber lo que estaba sintiendo y eso era algo que quería mantener en secreto.

Lo echaba de menos.

Lo odiaba.

Lo amaba.

Lo quería ver entrar por la puerta pidiendo perdón.

—Vendrá —dijo Ayala.

Llevaba sentada en la tumbona menos de medio minuto y ya se había dado cuenta.

—Vendrá para nada —murmuré.

No perdonaba. Nunca.

¿Has cometido un error? Vale, puedo perdonar.

En el caso de Knox era un poco más complicado. Podía entender que se había equivocado en lo que se refería al hospital y podía perdonar la manera en la que se había comportado. Estaba enfadado, herido, y no pensaba claramente.

Luego estaba el beso, la propuesta de matrimonio a Leah.

Bueno, pues ahí no había cometido un error. Lo hizo sabiendo que iba a herirme, lo hizo a propósito, y para eso no había perdón, quizás de Dios porque yo no pensaba perdonarlo.

—El orgullo no te mantendrá caliente por la noche —me dijo Ayala.

—Tengo un buen nórdico, además siempre puedo subir la calefacción.

—Y, dime, Avy ¿quién te abrazara cuando las cosas van mal, ¿quién te apoyara? Porque un nórdico es bueno, pero no hace más que calentarte por la noche.

—Os tengo a vosotros —le recordé.

Ella sonrió débilmente.

—Siempre nos tendrás, pero necesitas amor, cielo, ese amor que Blake siente por ti.

—¿Hay alguien en esta casa que no sepa su nombre? —espeté.

—Avy...

—No, tía, he terminado con esto, con él. Blake Knox ya no existe para mí.

Entré en la casa prefiriendo el ruido de las conversaciones a las palabras de Ayala. No necesitaba más consejos, me habían dado suficiente como para durarme diez años.

El resto del día fingí ser feliz, no feliz, feliz, algo relajada y divertida. Podría ir a mi habitación y llorar más tarde. Mi familia fingió no darse cuenta de que yo fingía y lo aprecié, después de la primera parte en la que todos opinaban sobre Knox, el no pensar en él me vino muy bien.

Ni siquiera pregunté quién había sido el que había informado a todo el mundo sobre mi relación con Knox. Todo lo que quería era seguir con mi vida y ese día rodeada de mi familia conseguí recargar mis energías.

No fue hasta muy tarde cuando pensaba que todos se habían marchado y estaba disfrutando del silencio de la noche en el jardín cuando llegó ella.

Ava, mi madrina, mi tía, la mujer que protegió, que cuidó a mi madre y que gracias a ella estamos vivos. No sé qué le pasaba a ella y a mi madre que no aparentaban para nada su edad, Ava ya había cumplido sesenta, pero no lo dirías viéndola vestida con vaqueros y camiseta de color negro, cazadora de cuero y botas de combate.

Se tumbó a mi lado sobre el césped y por un breve momento admiró el cielo estrellado.

—Que sea la última vez que me pidas no meterme en tu vida, Avy, ¿entendido? —dijo Ava.

—Vale, si alguna vez se me vuelve a pasar por la cabeza enamorarme de un hombre tienes mi aprobación para encerrarme en el sótano y tirar la llave.

—No, me gusta demasiado ver tu cara, mejor lo encerramos a él —dijo Ava.

—Mejor —murmuré.

Seguía mirando el cielo, pero hace mucho que no veía las estrellas, lo que veía eran unos ojos verde bosque. ¿No decían que el tiempo lo curaba todo? ¿Cuánto tiempo necesitaba para olvidarlo? ¿Cuánto tiempo más iba a seguir sintiendo ese dolor en el pecho cuando pensara en él?

—¿Cómo es que mamá no ha buscado una cura para el corazón roto? —pregunté.

—El tuyo no está roto, Avy, solo un poco fisurado.

—Ah, ¿no? ¿Y por qué siento este dolor tan fuerte cada vez que alguien menciona su nombre o cuando pienso en él? ¿Eso qué es?

—Furia, eso es, Avy, y ya se te pasará. Lo tuyo con Knox es solo un malentendido o, mejor dicho, es la manera extraña de los hombres de reaccionar cuando las cosas no salen como ellos quieren.

—¡Le propuso matrimonio a otra mujer, Ava! Eso no es un malentendido —dije en voz alta.

Me senté y la miré, mis ojos echando chispas, pero ella ni se inmutó.

—Avy, Knox lleva toda su vida cuidando a su madre y luego llegas tú y te tiene que proteger de ella. Lo hace porque es lo que sabe hacer, lo que debe hacer, pero se entera de que tú no necesitas su protección. Se sintió impotente, como si no servía de nada. Así que hizo lo que todos hacen, se comportó como un idiota.

No podía creer que Ava lo estaba defendiendo, además no era la única que lo hizo. Todos deberían estar de mi parte, yo era la victima aquí no él.

¿Qué me quería proteger? Pues que se vaya a buscar una damisela en apuros porque cuando yo lo necesité no estuvo a mi lado.

—¡No me importa! —dije.

Me puse de pie, Ava hizo lo mismo y antes de darme la vuelta para marcharme, ella agarró mi mano.

—El amor no es fácil, Avy. Ninguno de los dos fue sincero, hay cosas que él no te contó, cosas que si las supieras lo entenderías mejor. Ten paciencia y ten fe en vuestro amor.

—Que no, ni en tus sueños, tía. Además, estoy decepcionada, pensaba que ibas a buscarlo y torturarlo por lo que me hizo, pero no, aquí estás defendiéndolo.

—No, ahí te equivocas, pagará, pero después, cuando menos se lo espere —prometió Ava.

Ahí estaba la Ava que yo conocía. El problema era que antes de hablar con ella estaba decidida a olvidarlo, ahora ya no estaba tan segura.

¿Y qué pasaba con Aiden? Le había prometido que Knox estaba muerto por mí, que no había perdón ni vuelta atrás.

Lo mejor sería seguir adelante con el plan inicial, olvidándome de la existencia de Blake Knox.

Ava se marchó poco después y sin importar cuanto insistió me negué a escuchar la historia de Knox. No quería saber nada sobre su pasado, sobre su madre. Total, eso no cambiaba nada.

Después de una noche en mi cama me desperté descansada y eso que cuando me tumbé pensaba que no iba a quedarme dormida ni en mil años. Desayuné con mis padres y mis hermanos, y por primera vez decidimos pasar el día en casa. Todos.

Cuando éramos pequeños mamá trabajaba mucho y solíamos pasar tiempo juntos en vacaciones o cuando mi padre la engañaba para subirla a un avión y nos llevaban para pasar un fin de semana en algún lugar bonito.

Sabía y entendía que el trabajo de mi madre era importante, que si ella no estaba con nosotros era para poder salvarle la vida a alguien, para que otra persona pudiera volver a casa con su familia.

No digo que a veces no me sentía triste porque ella no estaba, pero mi padre se encargó de hacerme sentir mejor. Él o Ava, las tías. Si mi madre no estaba había otra persona que me amaba igual que ella para acompañarme.

Papá tenía un horario más flexible, él venía e iba cuando se le antojaba y a él siempre le podíamos interrumpir cuando estaba trabajando.

Había sido una niña feliz y sentada a la mesa del desayuno con mi familia me di cuenta de que eso había deseado para siempre. Qué mi vida siguiese de la misma manera. Encontrar a un hombre que me amara como papá amaba a mamá. Un hombre con el que tener hijos. Un hombre que discutiera conmigo cuando no quería cuidarme.

Había pensado que ese hombre era Knox y tal vez lo era, porque si sabía algo era que si Ayala me decía que vendría entonces es que en algún momento él vendría. Lo que no sabía era si podía perdonarlo o si debía.

El resto del día lo pasamos en la piscina, cocinando, viendo películas. En ningún momento deseé estar en otro lugar. Eran las diez de la noche cuando nos despedimos, mi madre tenía que descansar porque el lunes tenía la agenda llena de cirugías importantes, Asher iba a coger un vuelo hacia Dios sabe dónde y Aiden y yo teníamos que volver a Cantury.

Me fui a mi habitación e hice la maleta. Cuando acepté el trabajo en el hospital Knox era como cualquier otro médico, pero ahora la situación había cambiado así que puse en la maleta mi ropa favorita.

No es que antes no hubiera llevado ropa que me gustaba, pero había cosas que amaba, como, por ejemplo, mis zapatos de tacones y esos no había manera de poder permitírmelos de un sueldo de médico.

Cogí lo que una de mis primas llamaba la armadura, ella decía que una vez te pones un vestido caro, los tacones altos, y caminas mirando hacia adelante, la gente piensa dos veces antes de dirigirte la palabra.

Tenía mis dudas sobre si eso iba a funcionar, pero quería pasar los últimos meses en la ciudad sin que nadie me molestara.

∞ ∞ ∞

No había nada que odiaba más que llegar tarde.

Llegué tarde al hospital el primer día en el que todo el mundo sabía que era la hija de la dueña. Fue horrible, pero a nadie le importó que llegara tarde porque una tormenta nos obligó a hacer un rodeo.

Claro que tampoco iba a ser de mucha ayuda si decía que era el avión privado de la familia. Empezaba con mal pie el día.

Empezó y terminó.

Tuve problemas en la primera cirugía porque después de las semanas sin usarla mi mano no era lo suficientemente fuerte, ágil tampoco. Tuve que pedirle ayuda a mi residente para poder llevar a cabo la cirugía y no me hubiera sentido mal si no hubiera notado las miradas de las enfermeras.

Parece que se las había olvidado que la semana pasada era uno de los mejores cirujanos del hospital. Ahora era la hija de la jefa y estaba segura de que pensaban que no había conseguido el puesto gracias a mis habilidades.

La vida era un asco. La gente también.

El dinero lo cambiaba todo y odiaba ver como compañeros que antes me saludaban sonriendo ahora me evitaban.

Aiden tampoco tuvo más éxito en su primer día, pero a él se le resbalaba todo, además de que nadie se atrevía a mirarlo mal. El director se negaba a darle explicaciones sobre algunas irregularidades que encontró en los archivos del hospital.

Comimos juntos en su oficina, la antigua oficina de Kenneth, porque estaba harta de las miradas y porque quería ayudar a Aiden. Fue en vano, aunque me quedé con las dudas. Algunos de los tratamientos, de los recibos, de las cirugías no tenían sentido.

—Deberías pedirle a Ava que lo investigué —le dije a Aiden.

—Ya lo hizo, no encontró nada raro —respondió.

—Bueno, esto es raro.

Más que eso, raro y preocupante. La mayoría de las irregularidades se daban en la planta de pediatría. Había una lista larga de trasplantes que no tenía sentido. Los niños enferman, necesitan trasplantes, pero no tantos. Además, hay una lista de espera que por lo visto aquí no se respetaba.

Un niño ingresaba por la mañana y por la noche ya le hacían el trasplante.

No tenía ni puñetero sentido y me extrañaba mucho que Ava no hubiera encontrado nada extraño aquí. Decidí pasar por la UCI infantil y echar un vistazo. En la pizarra no encontré ni una cirugía de trasplante programada, pero nueve de los diez niños ingresados necesitaban un órgano.

El médico de guardia evitó mis preguntas, hecho que no fue una sorpresa, las enfermeras tampoco quisieron hablar conmigo y empezaba a enfadarme. De ahí a amenazar a todos con el despido solo quedaba un paso o en ese caso un viaje hasta la oficina de Aiden.

Se libraron porque mientras esperaba el ascensor me llamaron por mi nombre. Después de maldecir giré la cabeza para ver a Margot Knox acercándose.

Mi día acababa de empeorar.

—Avy —dijo.

—Margot —susurré y al mismo tiempo rezaba para que el ascensor llegará más rápido.

—¿Tienes un momento para hablar, quizás tomar un café? —preguntó.

Ella sonrió viendo la sorpresa de mi rostro, esa que no había conseguido ocultar. No había ninguna razón para que yo aceptara hablar con ella, pero ya estaba de malhumor y pensaba que sería la oportunidad perfecta para decirle todo lo que pensaba sobre ella.

—Claro, ¿por qué no?

Cuando se abrieron las puertas del ascensor subimos las dos y bajamos en silencio hasta la cafetería. Miré a Margot mientras pedía el café, mientras se sentaba y colocaba el bolso en su regazo. Intenté averiguar qué era lo que me parecía diferente en ella porque algo había cambiado y no solo porque sabía que yo era rica.

—Tengo algo de tiempo, Margot, no todo el día —dije viendo como seguía moviendo la cuchara en su taza. Llevaba más de dos minutos haciéndolo.

—Tenía veinte años cuando conocí al padre de Blake, Merrit Knox era el sueño de cualquier mujer. Joven, guapo, rico. Yo era joven, guapa y pobre. No voy a mentirte, me enamoré de su sonrisa y de su cuenta bancaria. En seis meses estaba embarazada y de camino al altar, la única que estaba encantada con las dos cosas era yo. A Merrit le obligaron a casarse sus padres cuando se enteraron del embarazo y tambíén de que me había dado dinero para interrumpirlo.

—Margot, lo siento, pero esto no tiene nada que ver conmigo.

Que de verdad lo sentía, pero no era mi problema, además eso había ocurrido hace años.

—Necesito que entiendas por qué no te quería en la vida de Blake —dijo y suspirando asentí. Tenía un poco de curiosidad —. Obtuve lo que quería, al hombre, su dinero y su apellido, pero la alegría me duró poco. Mientras yo estaba sufriendo los dolores del parto él estaba con otra mujer en Paris. Durante los próximos dos años viví en su casa mientras él viajaba alrededor del mundo con cada mujer que conocía y consideraba atractiva. Un día conoció a lo que él llamó la mujer de su vida y me ofreció la mitad de su fortuna para firmar el divorcio. Cogí el dinero sin importarme que la empresa de mi padre fuera muy bien y los beneficios eran considerables. Lo cogí porque pensaba que iba a molestarlo, que de alguna manera conseguiría hacerme notar. Era la madre de su hijo, una vez fui el amor de su vida y me estaba echando de su vida porque ya no era interesante o según las últimas palabras que me dijo, ya no le atraía la pobreza.

Por primera vez veía a Margot como a una persona normal, no como a esa mujer rica, esnob e insensible que creía que era.

Lo que le había pasado era triste, pero el padre de Knox no era el único culpable, en mi opinión Margot también era culpable.

—Quería y quiero para mi hijo una mujer que sea su igual, el dinero cambia la gente —continué Margot.

Resoplé al escucharla pronunciar lo que llevaba toda la mañana pensando, además me parecía gracioso que ella lo estaba mencionando cuando eso es exactamente qué pasó cuando averiguó quien era yo.

—Avy, te odié desde el primer instante en que te vi porque pensaba que eras pobre, porque pensaba que se iba a repetir la historia y no quería eso para mi hijo. Te odié a pesar de darme cuenta de que eras y eres buena persona, no pude pasar de situación económica. Y sí, me alegré cuando averigüé que tu familia es una de las más ricas del país porque eso significaba que mi hijo iba a tener un futuro feliz al lado de la mujer que ama.

—Yo que tú no estaría tan segura de ese amor, al fin y al cabo, él y Leah están comprometidos —dije.

Me importaba un bledo si la amargura se notaba en mi voz, el recuerdo de Knox besando a Leah había vuelto con fuerza en el instante en que había aterrizado en la ciudad.

—Leah dijo que no —me informó Margot.

No me gustó la pena con la que me miró, había sido un evento doloroso, pero no necesitaba y tampoco quería que alguien sintiera pena por eso.

—Eso es lo de menos ahora mismo, ¿eso era lo que querías contarme? —pregunté.

—Es muy testarudo, mi hijo, y orgulloso, lo heredó de su padre. No dará el primer paso hacia la reconciliación así que tendrás que darlo tú.

Durante los próximos dos minutos me reí tanto que me dolía la barriga, tanto que la mitad de las personas que estaban en la cafetería me miraron, unos sonriendo y otros preguntándose si había perdido la cabeza.

¿Dar el primer paso? ¿Yo?

Ni muerta.

Ni siquiera si tuviera que vivir el resto de mi vida con ese dolor en el pecho.

Ni siquiera el futuro de la humanidad dependiera de nosotros.

—Avy —dijo Margot, su voz sonando como la de mi madre cuando me estaba regañando.

—¡Dios, no! Blake y yo hemos terminado, lo hicimos en el momento en que besó a Leah enfrente de mí, en cuanto le propuso matrimonio. Lo siento, Margot, pero tu hijo ya no es el hombre con el que deseaba pasar el resto de mi vida. No sé y tampoco me importa por qué hizo lo que hizo, pero nada, ni una excusa del mundo borrara el hecho de que me hizo daño intencionadamente. Sabía muy bien que era lo que estaba haciendo y eso no tengo cómo y por qué perdonarlo.

—Te ama —dijo.

—Si me amara no me hubiera hecho daño, Margot. El amor no duele, no debería doler.

—Duele, créeme, Avy, duele —murmuró ella.

—Entonces no lo quiero, prefiero vivir el resto de mi vida sola, sola con el amor de mi familia.

Me puse de pie, aunque no podía dejar de mirar a Margot y extrañarme por el cambio. No lo entendía, ella solía ser una mujer rica y odiosa, y ahora si no lo supiera diría que es igual de buena y amable como cualquiera de mis tías.

—Avy, por favor, dale una oportunidad —suplicó Margot.

En ese momento sentí como la furia volvía y apoyando las manos sobre la mesa me incliné hacia ella.

—¡No, Margot, no! No tengo que darle una oportunidad, no

tengo que hacer nada. Blake tomó una decisión y tiene que vivir con eso, a mi dejadme fuera de líos. Que se case con Leah, que sea feliz, a mi lo que él haga con su vida ya no me importa.

Hablé en voz baja, pero el tono era duro, el más duro que había usado en mi vida y por un momento al ver su expresión afligida me sentí mal. Solo por un momento que luego recordé todo lo que me hizo y no iba a ser una tonta para olvidar y perdonar.

Capítulo 14

Aguanté cinco días, no pude más.

El trabajo se había convertido en un infierno y me daba igual lo que Aiden decía, que tenía que hacerme respetar. Ya me había ganado su respeto cuando empecé a trabajar en el hospital y no planeaba esforzarme más. Si ellos pensaban que yo había conseguido el trabajo por quien era mi madre, pues eso decía más sobre ellos que sobre mí.

Luego estaba el otro asunto que seguía sin aclararse, el de los trasplantes de pediatría.

Mi vida privada tampoco iba mucho mejor.

Había vuelto a mi apartamento y todas mis cosas estaban ahí, recordándome a cada instante de los momentos que viví en casa de Knox. Addison que se negó a hablar de lo que había pasado entre ella y Aiden insistió en saber lo mío con Knox.

Yo también me negué y no porque no quería que lo supiera sino porque no necesitaba a otra persona que me dijera que el pobre se había equivocado y necesitaba otra oportunidad.

Oportunidad que por lo visto nadie se daba cuenta de que él no había pedido. Por lo que yo sabía Knox seguía comprometido con otra mujer.

Iba al trabajo, ignoraba las miradas y los susurros de mis compañeros, ignoraba a Margot que cada día venía a invitarme a comer o a tomar un café. Ahora quería ser mi amiga, ahora cuando todo lo que quería era que me dejase en paz.

Exploté una mañana cuando me iba del trabajo. No había tenido ni un minuto de descanso en toda la noche e iba caminando hacia mi coche pensando en mi cama y en una ducha caliente cuando escuché que llamaban mi nombre.

No pensaba que tuviera la fuerza suficiente para girarme con rapidez, pero lo hice cuando reconocí la voz. No podía creer que tenía el valor, la desfachatez de hablarme.

—Avy —dijo Leah.

—¡Infiernos, no! —espeté—. Tú y yo no tenemos nada de qué hablar, así que voy a decir adiós y voy a seguir con mi camino como si nada hubiera pasado.

—¡No acepté! Escúchame —me pidió Leah—. Yo estaba tan sorprendida como tú y si no te hubieras marchado tan rápido hubieras visto que...

—Ah, ahora es mi culpa por marcharme. Esta es nueva, eres la primera en culparme —dije, avanzando hacia Leah—. Escúchame tú, Leah, no me importa.

Me di la vuelta y tenía toda la intención de subir al coche, pero las siguientes palabras de Leah fueron como gasolina para el fuego.

—Blake es miserable sin ti, Avy. Haz algo.

¿Yo?

¿Yo?

Giré la cabeza y lo que sea que vio en mis ojos hizo retroceder a Leah.

—Es muy orgulloso y...

—Es un muy buen momento para que cierres la boca, Leah —dije.

Y como no estaba segura de que iba a hacerlo abrí la puerta del coche y subí. Puse el coche en marcha y al salir del aparcamiento giré hacia la izquierda no hacía la derecha donde estaba mi apartamento.

No, la ducha y las ocho horas de sueño profundo tenían que esperar un poco más.

Sabía que no era buena idea lo que quería hacer. Estaba cansada y furiosa. Estaba herida y harta de recibir consejos que no había pedido. Estaba harta de sentir algo que no debía sentir. Estaba harta de esperar una señal.

Y sí, lo estaba esperando a pesar de que sabía que era mala idea, de que nunca pasaría, pero mi corazón no atendía a razones.

El día anterior, antes de entrar a trabajar, había ido a tomar algo con Addison y desde el bar me fui directamente al trabajo. Por eso la recepcionista me miró boquiabierta cuando entré en el edificio donde estaba la oficina de Knox.

Iba vestida con vaqueros ajustados, sandalias que eran solo dos tiras finas y un top que mostraba mucho y dejaba poco a la imaginación. Bueno, tampoco podía llamarlo top, era un trozo de tela que se ataba con una cadena detrás del cuello y con otra en la espalda.

Y esa tela cubría solo la parte frontal.

Había dejado la cazadora en el coche, estaba tan furiosa y tenía tanto calor que me la había quitado poco después de irme del hospital. Iba guapísima, de eso no había duda, pero las ocho de la mañana en un edificio de oficinas no era el lugar adecuado para mostrar mi espalda desnuda, mi trasero realzado por los vaqueros o las piernas estilizadas por el alto tacón de las sandalias.

No sé si la recepcionista estaba alucinando conmigo o quizás no sabía que ya no era la novia de Knox, pero me dejó subir y lo mejor es que no lo avisó. La suerte me sonrió una vez más cuando llegué a su oficina y detrás del escritorio de su secretaria no había nadie.

Sin darme tiempo a pensar, o sea, a recapacitar, entré en la oficina de Knox y entré sin llamar. Él estaba detrás de su escritorio, sentado y escribiendo algo en unos documentos.

Esa era una de las cosas que me fascinaban de él, le gustaba escribir. Usaba el portátil, pero prefería coger una pluma y papel para apuntar. Su letra también me encantaba, era tan masculina, tan él, que le había pedido que me dejara notas cada día.

Esa fascinación no había desaparecido.

¡Maldita sea!

Knox levantó la cabeza cuando me escuchó entrar y me miró mientras avanzaba hacia su escritorio. Se reclinó en su silla sin soltar la pluma y eso era otra de las cosas que sabía de él, eso significaba que lo estaba molestando y quería que me diera prisa en dejarlo tranquilo para poder continuar con su trabajo.

Antes lo hubiera hecho, hoy no, hoy tenía algo que decir y después podía seguir con lo suyo.

—¡No me importas, no me importa lo que haces con tu vida, no me importa si eres miserable! ¡No me importa, Knox! —estallé.

—No te importa, pero, aun así, aquí estás —dijo.

—Estoy aquí porque tu madre me está acosando con sus invitaciones a comer, cenar, tomar café. Ayer me llevó galletas, galletas, Knox, porque según ella, no estoy comiendo bien. Haz que pare.

Estaba tranquilo, su expresión no había cambiado desde que me vio entrar en su oficina y lo de su madre tampoco provocó un cambio en él. ¿Siempre fue tan indiferente?

—Hablaré con ella —dijo finalmente, bajando la cabeza hacia sus documentos, o sea, dando por terminada nuestra conversación.

—¿Hablarás con ella como hiciste las últimas veces? En ese caso, no, gracias, ya sé que no puedes controlar a tu madre, pero tal vez tienes más suerte con tu prometida.

¡Aja!

Obtuve una reacción, Knox levantó la cabeza y me miró, mientras sus ojos me miraban con intensidad escuché el sonido de algo romperse. Bajé la mirada y vi la pluma rota, la tinta manchando los blancos documentos y las manos de Knox.

Lo intenté, aunque no mucho, intenté no reírme, pero fallé y solté una pequeña risa que en pocos segundos se convirtió en una de esas risas a carcajadas que te dejaban con lágrimas en los ojos y dolor de tripa.

Y mientras yo me estaba partiendo de risa Knox limpió la tinta o por lo menos lo intentó. Al final se tuvo que poner de pie, rodear el escritorio para ir a su cuarto de baño y lavar sus manos.

No me giré para verlo caminar, lo supuse y no le presté demasiada atención, estaba tan ocupada riendo, pero lo sentí a mi espalda y ya era tarde. Dejé de reír cuando sentí su calor, cuando sus dedos tocaron mi nuca, cuando se deslizaron por mi espalda.

Su caricia quemaba y cerré los ojos, al mismo tiempo disfrutando de sus dedos y deseando que parase. Presionó su cuerpo contra el mío, pegando su boca a mi oído.

—No tengo una prometida —susurró.

Abrí los ojos, recordando dónde estaba, con quién estaba y a qué había venido.

—En este caso, dile a la mujer a la que le pediste matrimonio que me dejé en paz —dije.

El calor de su cuerpo, sus dedos, su boca, todo desapareció y cuando escuché el ruido de una puerta abrirse y cerrarse pude respirar aliviada. Había venido a dejar las cosas claras, a pedir paz y tranquilidad, ¿y qué hacía yo? Lo dejaba tocarme. Lo dejaba jugar con mi mente, con mi corazón.

No, estaba jugando yo misma porque fui yo la que se quedó ahí quieta mientras él me acariciaba.

Me di la vuelta cuando escuché la puerta abrirse, pero no

era la del cuarto de baño y no era Knox el hombre que entró en la oficina. Cuando era pequeña tenía pesadillas y me despertaba asustada, con un miedo extraño en el cuerpo y que no conseguía olvidar hasta que no llegaban mis padres o mis hermanos.

Era un miedo irracional, que sentía en los huesos, que erizaba mi pelo, que me tenía buscando un armario donde esconderme.

Eran solo pesadillas o terrores nocturnos como los llamaba mi madre, y, de hecho, no debería recordarlas, pero lo hacía y fue imposible olvidar lo que se sentía. Bueno, pues volví a sentir lo mismo cuando el hombre que entró en la oficina y caminó hacia mí, me miró.

Sus ojos me estudiaron desde la coronilla hasta la punta de los dedos. Sentí asco cuando su mirada se paró demasiado sobre mis pechos cubiertos solo con ese trozo de tela que me arrepentía de haberme puesto.

No me sentí tan asqueada y asustada ni siquiera cuando Heath me besó a la fuerza y tenía la mano preparada para presionar el botón de pánico que mi madrina había añadido a mi reloj. ¿Y qué si luego tenía que contarles a mis guardaespaldas que un hombre me había mirado de manera extraña y que no estaba en verdadero peligro?

Para esto los pagaban, para cuidarme. Estaba a punto de llamarlos cuando Knox salió del cuarto de baño y por un breve segundo suspiré aliviada. Fue breve porque en cuanto vio al hombre sus ojos se oscurecieron.

—Hijo —dijo el hombre.

—No te esperaba hoy —contestó Knox caminando hacia mí.

El hombre no me quitaba la mirada de encima y decidí que era el momento de marcharme de ahí.

—No, pero me alegro de haber venido. Así me puedes presentar a esta bella mujer —dijo el hombre.

Era mayor, no muy alto, no muy guapo. El cabello lo tenía gris, aunque no parecía tener más de sesenta años. Había algo espeluznante en la manera de mirar, de hablar. Necesitaba irme de ahí y lo necesitaba ya.

—Es mi prometida así que deja de mirarla de esa manera —declaró Knox.

Abrí la boca, las palabras de protesta listas para ser pronunciadas, pero Knox se paró enfrente de mí. No pude descifrar su expresión, pero buena no era. Mientras intentaba entender qué estaba pasando él se quitó la americana y me vistió, hasta me abrochó los botones.

Era demasiado larga y grande, demasiado suave y sin contar con el hecho de que olía a él. No la quería sobre mí. Tampoco quería sus dedos sobre mi barbilla, esos dedos que inclinaron mi cabeza y me obligaron a mirarlo.

Sus ojos gritaban: ¡Mía!

—Oh, vaya, que buena sorpresa, hijo —dijo el hombre.

Mis ojos reflejaron el asombro por las palabras del hombre. No se parecía en nada a Knox, pero en nada. Ni físicamente y por las breves palabras que había pronunciado hasta ahora podía decir que tampoco compartían el mismo carácter. Era imposible.

Knox era bueno. Su padre no.

Knox era luz. Su padre era oscuridad.

¿Cómo lo sabía? No lo sé, lo único que sabía era que no quería estar cerca de él. Casi me eché a reír recordando que pensaba que tener a Margot como suegra sería una pesadilla. No, tener a este hombre en mi vida sería un infierno.

Menos mal que mi relación con Knox había terminado.

—¿No nos vas a presentar? —continuó el padre de Knox.

—Otro día —le respondió Knox.

Su padre se echó a reír, pero Knox me agarró la mano y

se encaminó hacia la puerta. La abrió y se paró en el medio del pasillo. La puerta de la oficina estaba abierta y pude ver por encima de su hombro que su padre nos estaba mirando fijamente.

—Mírame, Avy —ordenó Knox, y aunque no quería, lo hice—. Tienes que irte a casa ahora y también tienes que recordar la cara y el nombre de ese hombre. Meritt Knox. Debes mantenerte alejada de él, dile a tus guardaespaldas que no te dejen sola con él. En ninguna circunstancia, asiente si entiendes.

No asentí y Knox maldijo.

—Es peligroso, ¿entiendes eso? Vete a casa.

—Iré a casa, ese era mi plan de todos modos, pero necesitas recordar algo. No me importas tú, tu madre, tu prometida o tu peligroso padre. No me importa tu vida, así que gracias por tu preocupación, pero no hay necesidad. Mantén a tu familia lejos de mí, es lo único que pido —dije.

Pensaba que lo había dejado claro, pero me estaba equivocando. Knox pasó de mirarme como si le gustaría romperme el cuello a poner la mano en mi nuca y apretar, no fuerte, solo lo suficiente para inclinar mi cabeza.

Supe que iba a besarme una fracción de segundo antes de sentir su boca sobre la mía. Podría haberlo empujado, pero en cuanto sentí sus labios, la fuerza del beso, su sabor... fue imposible rechazarlo.

Era débil, tan débil que cedí. Lo dejé besarme. Le respondí al beso, aunque no con tanta dureza y ferocidad.

—Vete a casa y ten cuidado —susurró.

Mis piernas estaban temblando, mi piel hormigueaba, mi centro pulsaba, mis labios dolían. Asentí y Knox se dio la vuelta, entró en su oficina y cerró la puerta. Hubiera seguido en ese estado de fascinación, pero vi a su padre antes de cerrar la puerta y eso me despertó.

Ese hombre era el diablo, bueno, no el diablo, pero había escuchado a escondidas muchas conversaciones que no debía y sabia suficiente sobre la maldad. Ese hombre era uno de los que Ava y Vladimir se encargaban de detener.

No era mi problema así que me di la vuelta, esperé el ascensor y cuando llegó subí decidida a olvidar lo que había pasado en la oficina de Knox.

∞ ∞ ∞

Blake

Cerré la puerta de la oficina y caminé hasta mi escritorio, ignorando al hombre que se había sentado en una silla y estaba siguiendo cada movimiento que hacía. Oficialmente, biológicamente era mi padre.

Meritt Knox era un hijo de puta, un cabrón que nunca debería haber estado en la misma habitación con Avy. Ella era tan inocente y ver como la miraba puso mi pelo de punta. Por desgracia, sabía de lo que era capaz mi padre y mi deber era proteger a Avy.

—¿Por qué estás aquí? —pregunté. No lo miré, me mantuve ocupado limpiando mi escritorio de los papeles manchados de tinta.

—Quería ver a mi hijo, ¿no te parece razón suficiente?

Meritt vivía en Washington y nunca venía a verme, ni siquiera cuando era un niño y quería, necesitaba ver a mi padre. Cuando venía era porque necesitaba algo y yo ya había tomado la decisión de no ceder a sus chantajes.

Pensaba que nunca más volvería a verlo, pero por lo visto el hombre que había contratado para encargarse de mi padre no era muy bueno en su trabajo.

—Dime qué es lo que quieres, tengo trabajo —dije.

—El negocio con Diaz-Kincaid. ¿Por qué has renunciado en el último momento? —preguntó.

—Cómo, con quién y por qué hago negocios no es tu asunto.

—Esta empresa lleva mi nombre, esta mierda de ciudad lo lleva, igual que tú y mírame bien, chico, quiero mi nombre conectado a la de la mayor empresa del mundo así que te sugiero que hagas lo que haga falta para firmar ese acuerdo.

Este hombre era mi padre. Esta persona que venía, que exigía y esperaba que obedeciera sin rechistar. Era normal, llevaba toda mi vida adulta obedeciendo para proteger a mi madre y tenía que hacerlo una vez más, por lo menos tenía que fingir.

—Veré lo que puedo hacer —murmuré.

—Genial —exclamó Merrit. Se puso de pie, pero no se encaminó hacia la puerta, se quedó mirándome con una mirada en sus ojos, una que conocía bien y me preparé para lo que venía —. El sábado celebro mi cumpleaños, una fiesta solo con los amigos íntimos. Ven y trae a tu prometida.

—Tenemos otros planes —dije.

—Ven y tráela —insistió.

—¡No! —gruñí.

No era una fiesta, era un infierno y no iba a llevar a Avy a ese sitio. Nunca. Daría mi vida solo para mantenerla alejada de esas fiestas.

—Vale, entonces invitaré a tu madre —dijo.

—Invítala y puedes decirle adiós al negocio con los Diaz-Kincaid —declaré.

—¿Crees que eres más listo que yo, hijo? —preguntó.

No lo creía, lo sabía, pero por ahora no tenía sentido decírselo, seguir con la conversación tampoco.

—Quieres el acuerdo y lo tendrás, pero mi madre y mi prometida no se tocan. Y está es mi última oferta.

—Vale —dijo y esta vez se dio la vuelta, pero antes de salir murmuró algo—. Por ahora.

Quería a Avy. Quería a mi madre. Quería controlarme.

¡Maldita sea, Vladimir!

Me había prometido resolver el problema, pero por lo visto era un hombre que no mantenía sus promesas. Cogí mi móvil y marqué su número. No contestó y maldije. Necesitaba un nuevo plan. También necesitaba llamar a Pablo Diaz y decirle que había cambiado de opinión, los espías de mi padre le darían el informe en el momento en que colgara la llamada.

Llevaba muchos años en esta situación, demasiados y no sabía cómo salir sin ayuda, sin hacerle daño a mi madre porque era ella la que iba a sufrir si me negaba a seguir los órdenes de mi padre.

Y ahora Avy, pero por lo menos ella tenía protección, aunque conociendo a mi padre ni cien hombres podían impedirle conseguir lo que deseaba.

Llamé una vez más a Vladimir. Otra vez no contestó.

El resto del día me mantuve ocupado, trabajando como un loco para olvidar a mi padre. Para olvidar a la mujer que había echado de mi vida y que volvió en el peor de los momentos, pero eso no era lo peor.

Lo peor era que la amaba, que le había hecho daño y que de ninguna manera podía pedirle perdón. No podía y no se lo permitía. Reaccioné como un idiota, sin pensar, y en lugar de tomarme un momento para analizar la situación cogí una botella y empecé a beber.

¿Cómo podía pedirle perdón por besar a Leah, por pedirle matrimonio?

Era imposible e impensable.

No podía echarle la culpa al alcohol, solo a mis inseguridades, mis malditas traumas. Leah siempre hablaba sobre los protagonistas de las películas románticas, le encantaban los hombres malos, pero malos gracias a los traumas infantiles. Siempre decía que yo era perfecto para ser el protagonista.

Perfecto para enamorar a una pobre mujer.

Perfecto para hacerla sufrir.

Antes de irme de la oficina llamé de nuevo a Vladimir, fue en vano, pero por lo menos había hablado con Pablo y quedamos en reunirnos para continuar con las negociaciones.

El plan era de fusionar las empresas. Para mí era la oportunidad de empezar de nuevo, para la empresa era la mejor manera de ganar más dinero. No había sido fácil negociar ya que necesitaba que mi madre siguiera en la empresa.

Si yo me iba de la ciudad mi madre necesitaría algo con que llenar su tiempo, además de que Meritt dejaría de ser un problema. Ni él era tan loco como para hacer algo contra los Diaz-Kincaid.

Yo sí.

Yo le hice dañó a la hija de James Kincaid e Isabella Taylor.

Ni siquiera esperaba a que Pablo contestará a mi llamada, pero lo hizo y fue el de siempre. Amable, directo, justo.

Lo que iba a pasar a continuación era un misterio. Ni siquiera yo mismo sabía que era lo que quería.

Capítulo 15

Blake

Llamé a la puerta sabiendo que era una mala idea, pero no pude resistirme. Iba de camino a mi apartamento y de repente odié el hecho de que iba a encontrarme con el silencio, con ese vacío que había dejado Avy cuando se fue de mi vida.

Cuando la eché.

No quería ir a casa solo así que le pedí al conductor que cambiara de rumbo pensando que para este momento tendría una buena excusa para aparecer en su puerta. No la tenía.

Escuché ruidos al otro lado de la puerta y fruncí el ceño. Avy nunca abría la puerta tan rápido. Esta mañana la vi muy cansada y pensaba que iba a dormir por lo menos doce horas que era lo que necesitaba.

La puerta se abrió y en un instante tenía a Avy en mis brazos. Temblando. Llorando. No me había dado tiempo a ver si estaba herida, solo vi su cabello despeinado y su bata blanca y corta atada a medias.

—Avy, ¿qué ha pasado? —pregunté, pero ella se agarró con fuerza a mi cuello, presionó su cuerpo contra el mío como si quisiera meterse dentro y no me contestó.

La cogí en brazos y entré en su apartamento, cerrando la puerta con el pie. Caminé hasta el sofá donde me senté e intenté despegar a Avy de mí. Necesitaba ver su rostro, saber lo que había pasado, averiguar dónde estaba el peligro.

—Avy, nena, déjame ver tus ojos —le pedí.

Sentí su cabeza moverse en mi pecho, negando. Ahogué la maldición sabiendo que no iba a conseguir nada si me impacientaba.

—Entonces, dime que ha pasado.

—Pesadilla —susurró.

Su voz sonaba ronca como nunca la había escuchado y fue imposible no notar el miedo. ¿Qué diablos de pesadilla había tenido para asustarla tanto?

Ahora que ya sabía que nadie le había hecho daño, que no había ni un peligro inminente la sostuve en mis brazos, acariciando su pelo y hablándole en voz baja. Tardó mucho tiempo en tranquilizarse y se quedó tan quieta que pensé que se había quedado dormida.

Entonces levantó la cabeza de mi pecho y me miró. Sus ojos estaban rojos de tanto llorar y todavía podía ver los rastros del miedo que había sufrido.

—Avy. —Quería preguntarle qué fue lo que la asustó tanto, pero ella puso los dedos sobre mis labios.

—Hazme el amor, Blake —dijo.

Ni siquiera si me hubiera dicho que el mismo diablo le había aparecido no me hubiera sorprendido tanto. No había nada que deseara más que hacerle el amor, pero no era justo. No podía hacerle eso a ella.

Yo no era el hombre para Avy Kincaid.

—Avy —murmuré.

—Hazme el amor, Blake —repitió.

Sus labios besaron el lugar donde antes estuvieron sus dedos. Sus manos deslizándose atrás en mi nuca y presionando con fuerza. Su beso fue suave, tanto que si no hubiera tenido los ojos abiertos diría que estaba soñando.

Mis dedos presionaron su cintura.

—Avy, es una mala idea —le advertí.

—Te necesito, Blake —dijo Avy, la manera en la que pronunció mi nombre hizo que mi miembro se endureciera—. Hazme el amor y borra el recuerdo de esa pesadilla. Te necesito.

Mala idea o no, era incapaz de rechazarla. Me necesitaba, había algo que podía hacer por ella y maldita sea, lo haría y no me importaba si mañana me iba a arrepentir, si iba a culparme por no ser más fuerte.

Hasta ese momento había ignorado que bien se sentía tenerla en mis brazos, como amaba sentir sus senos apretados contra mi pecho. Y el sabor de sus labios, el dulzor, la suavidad... ¡Jesús! Como la había echado de menos.

Llevaba días, largos días sin ella en mis brazos, largas noches en las que me acostaba en mi cama, en esas sabanas que olían a ella.

Mandé todas las preocupaciones al infierno y abrí la boca sobra la de ella, en un instante su lengua se deslizó dentro. Después de unos breves momentos le arrebaté el control del beso y después de ponerme de pie la llevé a su dormitorio.

La tumbé en su cama y antes de unirme a ella le quité la bata. Se la deslicé de los hombros y no pude resistirme a besar su piel. Eso llevó a más besos, a más caricias y cuando por fin la cubrí con mi cuerpo su respiración estaba entrecortada y sus ojos nublados con pasión.

¡Joder! Amaba ese morado nublado. Amaba todo de ella. Amaba a Avy y eso fue lo único en lo que pensé mientras la hacía mía. Una vez. Dos veces. La tercera vez encontré las manchas de tinta que habían dejado mis dedos sobre su espalda. La cuarta vez Avy se quedó dormida medio minuto después de tumbarme a su lado.

Había jodido nuestra relación y acababa de hacerlo una vez más. Había reaccionado mal y quise herirla y tal vez haya alguna posibilidad de conseguir su perdón. Tal vez la había, pero después de lo que hice esta noche ya no existe esa posibilidad.

Podría decir que la primera vez que la tomé no me di cuenta, de que era demasiado tarde, pero no era un adolescente, era un hombre y podía controlarme. Pero no, yo seguí adelante y no había manera en este mundo de herir a Avy una vez más, no podía mentir.

La sostuve en mis brazos toda la noche, de vez en cuando mis ojos se cerraban, pero despertaba minutos después. La culpa no me dejaba dormir y tampoco el saber que era la última vez que sostenía a la mujer que amaba.

—¿Por qué no estás durmiendo? —murmuró Avy, presionando su cuerpo contra el mío.

Estaba tumbado de espaldas y ella de lado, su pierna entre las mías, su brazo sobre mi abdomen y la cabeza en mi pecho. No me había dado cuenta de que se había despertado, estaba pensando en la mejor manera de decirle la verdad.

—¿Por qué no lo estás tú? Estás agotada, deberías dormir —dije.

—Tengo hambre —dijo Avy, levantó la cabeza de mi pecho y me miró, luego sus dedos acariciaron mi frente—. Si te sigues preocupando tanto vas a acabar con unas arrugas tan grandes como el Gran Cañón.

—Y si tú sigues trabajando tanto vas a acabar siendo una paciente en ese hospital —le dije.

—Me gusta trabajar, ¿recuerdas?

—Sí, Avy, y es una de las cosas que más me gustan de ti, pero a veces trabajas tanto que llegas a casa agotada. Hasta olvidas comer, como ahora que son las tres de la madrugada y estás hambrienta, podía apostar que llevas más de veinte horas sin comer.

En un instante Avy estaba de pie al lado de la cama y vistiéndose con su bata.

—Diría que ya no es tu problema cuánto trabajo o si como o no, pero prefiero discutir con el estómago lleno, así que puedes acompañarme a la cocina o puedes quedarte a descansar y recuperar tus fuerzas para la discusión —dijo ella y tranquilamente se dio la vuelta y se marchó del dormitorio.

Ella estaba muy tranquila, pero, al fin y al cabo, Avy siempre era tranquila. Prefería evitar las discusiones, pero ahora quería discutir y solo Dios sabía que iba a pasar una vez que escuchara lo que tenía que decirle.

¡Al diablo!

¿Qué iba a hacer? Tirarme un plato a la cabeza. Gritarme. Golpearme. Insultarme.

Me puse los pantalones y fui a buscarla. Todas las luces del apartamento estaban encendidas y fruncí el ceño mientras caminaba hacia donde estaba ella. Avy siempre decía que solo porque te permitías algo no significaba que debías malgastarlo.

Apagaba luces cuando no las necesitaba. Pedía solo lo que sabía que podía comer. Tomaba duchas cortas y muy pocas veces la vi llenar una bañera y tomar un baño.

Debió de ser una pesadilla aterradora.

—¿Quieres comer algo? —preguntó.

Miré lo lechuga, el queso y los tomates que había colocado sobre la mesa, y decidí que podía comer.

—Si lo preparo yo sí —dije, yo no sabía mucho de cocinar, pero era más de lo que sabía ella.

Avy que había estado mirando el interior del frigorífico cerró la puerta con más fuerza de la necesaria.

—Vale, tú cocinas así yo puedo hablar.

—Pensaba que necesitabas llenar tu estomago para poder discutir —le recordé.

—He dicho hablar, o sea, que yo voy a hablar y tú vas a

escuchar —espetó.

La miré. Estaba preparando café y sus ojos estaban tan luminosos, brillantes, tan bonitos que me pregunté cómo pude vivir sin verlos las últimas semanas, cómo iba a vivir sin verlos el resto de mi vida.

—Prepara el desayuno, puedes mirarme fijamente después —dijo ella.

—Te quiero, Avy. Sin importar lo que hice, lo que dije, lo que haré y lo que diré, recuerda eso, recuerda que te quiero como nunca he querido a alguien en mi vida. Nunca amaré a otra mujer como te amo a ti.

Avy cerró los ojos, pero conseguí ver lo que mis palabras habían provocado en ella. Tristeza. Avancé hacia ella, pero me escuchó y levantó la mano.

—No, quédate ahí —me pidió.

La miré, vi como intentaba calmarse y cuando lo consiguió cogió una taza de café y se sentó en una silla.

—Escuché varias versiones, mi favorita es que es normal para los hombres comportarse como idiotas cuando se enamoran. Luego está la de que tienes que ser el alfa, el hombre que protege a su mujer y no te gustó que yo no necesitara tu protección. Y la traición, te sentiste tan traicionado cuando averiguaste quien era mi familia que decidiste besar a otra mujer enfrente de mí, ah, y pedirle matrimonio. Entonces, si me amas tanto, Knox, ¿cómo es que me rompiste el corazón?

Ya no era Blake, había vuelto a Knox y lo odiaba. Sin embargo, lo entendía. Necesitaba distanciarse de mí.

—Todas las versiones son correctas —admití, empezando a preparar el desayuno—. Fui un idiota porque no sabía qué hacer con todo lo que sentía por ti. Estaba pensando en ti todo el tiempo, te habías convertido en mi mundo entero y me asusté. Ya no tenía control sobre mi vida, el poco control que tenía lo veía desaparecer por tu culpa.

—Knox, no tiene sentido lo que estás diciendo. ¿De qué control estás hablando? Tú fuiste él que tomó todas las decisiones, tú decidiste empezar de nuevo en algún lugar lejos de tu madre.

—Tú ves a un hombre rico, inteligente, dueño de su vida, pero es mentira. Mi vida no me pertenece, intento recuperarla, pero no es tan fácil —dije.

—¿Puedes hablar un poco más claro? No entiendo nada.

Coloqué los platos con huevos en la mesa, las tostadas casi quemadas y después de coger una taza de café me senté al otro lado de la mesa. Empujé un plato hacia Avy.

—Come —dije.

Dijo que no quería discutir con el estómago vacío, necesitaba energía, pero no estaba seguro si era el mejor momento para contarle sobre mi padre. Aunque sin eso no había historia. Podía intentarlo, pero estaba seguro de que no iba a creerme.

Esperé hasta que terminó la comida de su plato, la mía seguía sin tocar.

—¿Y? —preguntó ella.

Había llegado el momento de la verdad y Avy merecía saberlo sin importar si hoy iba a ser la última vez que estuviera con ella.

—Mi padre no es un buen hombre —empecé.

—Tu madre me contó que la dejó por otra —dijo Avy.

—Eso es lo mejor que hizo, lo único bueno que hizo en su maldita vida —gruñí—. Se marchó de nuestras vidas cuando yo era un bebé o eso era lo que todos creían. Verás, le dio a mi madre la mitad de su dinero para que firmara el divorcio y mi abuelo se encargó de manejar ese dinero hasta que me gradué. Me entregó las riendas de la empresa el día después de graduarme y el mismo día recibí la visita de mi padre. Era su dinero, su nombre, su ciudad y quería una nueva ala de pediatría en el hospital. Me dijo que yo debía financiarla y cuando me negué me mostró un video. Desde ese momento cada vez que necesita algo me llama. Una nueva ala, una inversión en una empresa del extranjero, un préstamo, un acuerdo con Diaz-Kincaid. No importa cómo de difícil es, yo tengo que hacer lo imposible para cumplir con lo que mi padre desea.

Avy escuchaba en silencio, sus manos sosteniendo la taza de café con tanta fuerza que sus nudillos se habían puesto de un blanco tiza.

—¿De qué es el video? —murmuró.

—De mi madre, no el video, los videos —aclaré—. Mi madre lo amaba, o quien sabe, tal vez lo sigue amando, y después del divorcio cuando la invitó a su casa de Hawái fue esperando reconciliarse. La drogó y le hizo muchas otras cosas mientras la grababa. Él y sus amigos. Pasó lo mismo cada año, cada vez que a mi padre o a uno de sus amigos le apetecía. Mi madre iba porque nunca recordaba lo que pasaba en esas fiestas, a veces ni siquiera recordaba que había salido de la ciudad, él tenía dinero y conexiones. A veces eran las amigas de mi madre que mentían, que decían que iban a una fiesta y terminaban en casa de mi padre.

—Pero ¿por qué? —preguntó Avy.

—Porque es un hijo de puta, porque puede. La primera vez que me lo dijo no lo creí, parecía una película, pero entonces vi los videos. Vi solo segundos y daría años de mi vida para olvidar esos breves momentos, para que mi madre no hubiera pasado por eso. El único consuelo es que ella no recuerda nada y que mientras yo sigo obedeciendo ella estará a salvo.

—Lo sentí, ¿sabes? Esta mañana en tu oficina al conocer a tu padre supe que no era un buen hombre, pero no me imaginé que podría ser tan malo.

—No es malo, Avy, es diabólico.

—Blake —murmuró ella, alargando la mano sobre la mesa y cogiendo la mía—. ¿Cómo pensabas proteger a tu madre si te ibas lejos?

—Había conseguido lo que mi padre quería, el acuerdo con Diaz-Kincaid y eso debía tenerlo contento algún tiempo, además contraté a alguien para recuperar esos videos.

—Vladimir —afirmó Avy.

—Sí, él, ¿cómo es que lo sabes? —pregunté.

—Es lo que él hace, resuelva problemas que parecen imposibles de resolver.

Su explicación no me convenció.

—Avy —gruñí.

—Es mi primo —dijo ella poniendo los ojos en blanco—. Bueno no, la madre de su esposa está casada con mi tío, o sea, la esposa de Vladimir es mi prima, su madre la tuvo antes de conocer a mi tío y pues Vladimir es mi primo. Y tú no has entendido nada —terminó ella.

Sacudí la cabeza y ella se echó a reír. ¡Infiernos! Había olvidado como de guapa era cuando se reía y por un momento la miré, luego recordé las palabras de mi abogado cuando me recomendó a Vladimir.

Si necesitas a que una persona desaparezca él es tu hombre.

¿En qué diablos estaba metido el primo de Avy?

Cuando Vladimir se presentó en mi oficina me pareció un hombre duro, un hombre peligroso, pero fue justo conmigo. Me prometió que iba a conseguir los videos y cualquier copia que mi padre pudiera tener, promesa que todavía no había cumplido, pero ese era otro asunto.

—Es familia, eso es lo que entendí —dije.

Avy hizo una mueca comprendiendo que lo que yo pensaba de la familia no era lo mismo que pensaba ella. Para mí era deber, responsabilidad, obligación.

—Ya —murmuró ella, soltando mi mano y cogiendo de nuevo su taza de café. Bebió un poco, evitando mi mirada y podía ver como los pensamientos nublaban sus ojos. No estaba segura de nada y podía decir lo mismo de mí.

¿Qué diablos estábamos haciendo aquí?

—¿Por qué viniste anoche, Knox? —preguntó.

—Porque no podía mantenerme alejado de ti. Porque eres lo único en lo que pienso, mañana y noche. Porque cada vez que cierro los ojos veo el dolor de tu expresión, recuerdo que yo soy el culpable de ese dolor. Porque quiero borrarlo, pero sé que no tengo derecho a pedir perdón. Sé que mereces algo mejor que yo.

—Bien, porque nunca podré perdonarte. La besaste, Knox. Le pediste matrimonio. ¿Por qué infiernos hiciste algo así? —La voz de Avy había pasado de tranquila a furiosa y al final terminó gritando, algo que me gustaba tanto como verla reír.

Recordé esa mañana antes de la gala cuando estaba cerrando todos los acuerdos, cuando preparaba todo para marcharme, para dejar a mi madre a su suerte porque había elegido a Avy en lugar de a ella.

—Porque fui un cobarde. No fui capaz de decirte que no podía abandonar a mi madre y tampoco podía pedirte que te quedarás, así que encontré una manera de que me dejaras.

—Muy maduro de tu parte, Knox, muy malditamente maduro —exclamó Avy poniéndose de pie. Caminó hasta el frigorífico, lo abrió, miró por dos segundos y luego lo cerró—. Le prometí a mi hermano que tú estás muerto para mí. Me prometí a mí misma lo mismo. Me prometí que nunca más volvería a entregarle el corazón a un hombre para que me lo rompiera y mucho menos entregártelo de nuevo a ti. Tú no puedes y no quieres pedir mi perdón. Dices que me amas. Yo sé que siento lo mismo. Así que, dime, Knox, ¿dónde nos deja eso?

Lo había jodido, pero bien jodido.

Avy me estaba mirando, sus ojos expresando una fortaleza que nunca había visto antes. Era fuerte, sí, pero también era frágil, también me necesitaba tanto como yo la necesitaba a ella.

—Necesito tiempo —dije.

La mirada de asombro de su rostro fue seguida por risa, una risa que no era del todo real, sonaba más a histeria.

—Tú has perdido la cabeza, en serio, Knox, totalmente. ¿Sabes si hay antecedentes de problemas mentales en tu familia? —preguntó ella.

Me acerqué a ella, pero me detuve cuando retrocedió.

—Necesito tiempo para poner mi vida en orden, no puedo vivir sabiendo que para ser feliz dejé a mi madre a merced del imbécil de mi padre. Dame tiempo, Avy, y prometo que pasaré el resto de mi vida disculpándome contigo, haciéndote la mujer más feliz del mundo. No debería pedirte nada, ni siquiera debería pensar en que hay otra oportunidad para nosotros, pero te amo y tú me amas. Lo he jodido y lo sé, pero mi vida estaba vacía antes de conocerte y será un infierno sin ti, sin tu risa, sin tus ojos, sin tu luz. Sí, necesito tiempo, Avy.

Capítulo 16

Avy

Tiempo.

Me estaba pidiendo tiempo.

Perdón.

Quería mi perdón.

Confianza.

Pensaba que podría volver a confiar en él.

Amor.

Decía que me amaba.

Familia.

Me estaba ofreciendo lo que siempre había deseado.

De alguna manera sabía que no iba a ser capaz de olvidarlo, de mantener la promesa que le hice a mi hermano. No sabía si la culpa era de mi familia que no había dejado de presionarme o de la suya que empezaba a creer que Margot era igual de cabezota que mi madre. También podía echarle la culpa a mi corazón traicionero o a la pesadilla que me asustó como el infierno y me hizo lanzarme a los brazos de él.

Pero ¿qué sentido tenía culpar a alguien?

Knox hizo su elección, eligió romperme el corazón y ahora quería mi perdón. Yo hice la mía igual como estaba pensando en hacer ahora, si lo perdonaba era mi decisión y de nadie más, si Knox volvía a romperme el corazón, a traicionarme era culpa mía y de nadie más. Mía.

Sabía muy bien que sin el perdón ni una de las parejas felices que conocía había llegado hasta aquí. No tenía que ir demasiado lejos, solo tenía que pensar en mis propios padres y darme cuenta de que si mi madre no hubiera perdonado a mi padre su matrimonio no existiría.

Lo iba a hacer, iba a perdonar a Knox y que pase lo que tenga que pasar.

—Di algo —dijo Knox—. Mándame al infierno, grita, pero di algo.

—Lo intentaremos de nuevo porque me amas, porque te amo. No sé cómo voy a perdonarte porque esa imagen tuya con Leah está grabada en mi mente, posiblemente voy a usarla cada vez que tengamos una discusión. Lo que sé es que esto es, Knox, la segunda y la última oportunidad que tendrás.

—Avy. —Dio un paso hacia mí, pero me alejé.

—No, me has pedido tiempo así que lo tienes. Vete, arregla tu vida porque yo también necesito tiempo para hacerme a la idea de que acababa de romper un montón de promesas.

—Te veré esta noche —dijo.

—¿Vas a tardar doce horas en arreglar tus asuntos? —pregunté asombrada.

—No, pero si no pude mantenerme alejado de ti cuando estabas enfadada conmigo no habrá manera de hacerlo cuando sé que ya no lo estás. Lo haré bien esta vez, lo juro, Avy.

¿Cómo no creerlo cuando me estaba mirando con esos ojos verde bosque?

¿Cómo decirle a mi corazón que no podíamos fiarnos de él cuando estaba latiendo como un loco?

—Vale —acepté.

Sonreí sabiendo que esa noche tenía que trabajar, hecho que él desconocía. Me gustaría ver su cara al llegar a mi apartamento, ver como se sentaba a esperarme.

—Ok, esta sonrisa tuya debería asustarme, ¿verdad? —preguntó Knox.

Me acerqué a él, me puse de puntillas y rodeando su cuello con los brazos presioné mis labios contra los de él.

—Soy muy vengativa, Knox, deberías preguntar a mis hermanos. De hecho, deberías llamarlos y pedirles consejos porque los vas a necesitar —le advertí.

—No me importa, aceptaré cualquier castigo —dijo.

Incliné la cabeza, alejando mi rostro de su boca que se iba deslizando de mis labios hacia abajo.

—No, eso no, ¿dónde está la diversión en eso? —pregunté.

—Avy, lo que te hice no fue divertido y la penitencia tampoco tiene que ser divertida. Iremos paso a paso, encontraremos nuestro camino y construiremos una vida llena de risas y felicidad, pero no dudes que recordaré en cada momento que te hice sufrir. Debería amarte y protegerte y fallé, yo mismo fui el que...

—Lo sé, ¿vale? Lo recuerdo muy bien y le verdad es que prefiero no mencionarlo de nuevo, ¿de acuerdo? Tengo que ir a trabajar y tú también, bésame y vete —dije.

Noté el brillo de su mirada antes de bajar la cabeza y cubrir mi boca. Me besó y no dejó de besarme mientras me cogía en brazos para sentarme sobre la encimera. Me besó mientras se colocaba entre mis piernas. Me besó mientras me tomaba no duro y rápido sino suave y despacio.

Me besó una vez más cuando me llevó al dormitorio y me tumbó en la cama, me cubrió con las mantas y me dijo que se iba a duchar. Lo miré caminar hasta el cuarto de baño y antes de que volviera me quedé dormida.

Desperté horas después sin saber qué hora era, sin saber si él seguía ahí. Knox ya no estaba, pero me había dejado una nota.

Te veo esta noche, encanto.

¿Encanto?

Nunca me había llamado encanto y no estaba segura si me gustaba. Sonaba raro y sin importar cuantas veces lo repetía seguía sin gustarme.

¿Por qué encanto?

Era mediodía y después de ducharme y recoger un poco el apartamento llamé a mi madre. No le comenté nada sobre Knox, tal vez porque me sentía avergonzada por haberle perdonado tan rápido.

A las seis de la tarde me vestí para ir a trabajar, entraba a las siete, pero quería hablar con Aiden antes. Sabía que era mala idea de hacerlo antes de trabajar, después pasaría toda la noche enfadada porque la conversación con mi hermano no iba a terminar bien.

Lo encontré en su oficina y no tardó ni medio segundo en darse cuenta de lo que había ocurrido. Se levantó de su silla, rodeó el escritorio y caminó hasta que quedamos frente a frente.

—Puedo vivir con él no estando muerto, Avy, pero si vuelve a hacerte daño una vez más, solo una más, te juro que lo mataré con mis propias manos —declaró Aiden.

—Aiden, lo amo —murmuré.

—Lo sé, hermanita, pero muchas veces el amor es ciego. La única razón por la que estoy cediendo en esto es porque todos parecen creer que es un buen hombre. Se feliz con él, no te preocupes por mí, pero recuerda que yo estaré pendiente. Si vuelve a joderlo otra vez será la última vez sin importar cuanto lo amas. No voy a dejar a ningún hombre tratarte mal.

Asentí mientras rezaba para que Knox no hiciera alguna estupidez, porque Aiden tenía razón. Yo lo amaba y cuando amas es fácil perdonar, pero para los demás no, ellos no lo ven todo con ojos de enamorada.

—Bien entonces, ¿cenamos juntos? —preguntó Aiden después de darme un beso en la mejilla, era lo que siempre hacía cuando poníamos punto final a las conversaciones importantes.

—Tengo que trabajar —respondí, pero ven a buscarme antes de que te vayas por si tengo cinco minutos para comer algo.

—Los médicos y sus comidas, en serio, Avy, pensarías que después de estudiar medicina y saber todo lo que pasa cuando no te alimentas bien te tomarías tu tiempo para comer —dijo mi hermano.

—¿Por qué suenas como papá? —espeté.

—Porque soy su hijo —dijo.

Nos echamos a reír y cinco minutos después salía de su oficina feliz de que todo estaba bien. Aiden no iba a matar a Knox, por lo menos no en un futuro próximo. Knox se iba a encargar de sus problemas. Margot ya no era un problema y tenía la impresión de que iba a ser una suegra maravillosa.

Así que iba caminando por los pasillos del hospital sonriendo como una tonta, ignorando las miradas que me echaban mis compañeros. Estaba feliz y no me importaba nada.

No había llegado a los vestuarios, ni siquiera estaba cerca cuando me encontré con el director. Bueno, ya no era el director. Aiden me dijo que lo había despedido esta mañana. Disminuí mi sonrisa porque el despido de alguien no era un evento feliz.

—Kenneth —saludé.

—Señorita Taylor, necesito un momento si no es mucho pedir —dijo.

Ahora era la señorita Taylor, su manera de recordarme que lo había mentido. No tenía un momento, pero quería saber que era lo que quería de mí. Asentí y caminamos hacia una de las salas de descanso del personal.

Acepté la taza de café que me ofrecía y tomé un sorbo mientras él se llenaba otra taza. Tenía que hablar con Aiden y cambiar las cafeteras del hospital, el café aquí era horrible. No sabía cómo es que no lo había pensado antes, todo el personal del hospital sobrevivía a base de café.

¿Cansado? Un café.

¿Tienes que darle una noticia mala a un paciente? Un café.

¿Cinco minutos de cotilleos con los compañeros? Un café.

—¿De qué quería hablarme? —pregunté a Kenneth.

—Estaba pensando que podría hablar con su hermano, interferir para cancelar el despido. Este hospital es mi vida y soy, fui, el mejor director desde que abrieron las puertas hace cuarenta años.

—Si no me equivoco fue despedido por negarse a aclarar unos asuntos. Solo tiene que ir a la oficina de Aiden, decirle lo que quiere saber y estoy segura de que si lo que oculta no es nada importante él reconsiderará el despido —dije.

Era mentira.

La confianza una vez perdida no la volvías a ganar. Ese era el lema de mi hermano, en su vida personal y profesional.

Sin embargo, Kenneth no lo sabía y yo quería averiguar qué diablos estaba ocurriendo en este hospital.

De repente mi visión se nubló y parpadeé para aclararla. No lo conseguí, estaba viendo doble, no, triple. Kenneth con sus tres cabezas, con sus tres sonrisas siniestras. Entendí que me había echado algo en el café, pero cuando quise mirar hacia la taza fue imposible moverme.

Tampoco pude alcanzar el botón de pánico de mi reloj. No pude hacer nada solo mirar y escuchar.

—Mi hospital, es mi hospital y nadie me lo va a quitar —decía Kenneth y fue lo último que escuché.

Mis ojos se cerraron, la droga que había ingerido con el café apagando mi cerebro, mi cuerpo. Hizo bien porque esos pocos segundos que tardó en hacer efecto fueron un infierno. Sin poder moverme. Sin poder hablar. Sin poder gritar.

Estaba indefensa.

$$\infty\infty\infty$$

Me dolía la cabeza. Odiaba cuando me despertaba con dolor de cabeza y eso pasaba siempre cuando volvía del trabajo demasiado cansada para comer algo. Aiden tenía razón, debería saber mejor y cuidarme más.

Me quedé en la cama con los ojos cerrados porque no sabía si era de noche o de día, pero sabía que si era de día la luz iba a aumentar mi dolor de cabeza. Así que me quedé ahí intentando recordar a qué hora había salido del trabajo.

Estuve a punto de abrirlos cuando escuché una puerta abrirse y sabiendo que solo podía ser Knox y que probablemente estaba furioso conmigo decidí seguir con los ojos cerrados. Fingir que estaba dormida era una de las primeras cosas que aprendí para burlar a mis hermanos, podían gritarme, hacerme cosquillas, nada podía despertarme.

Nunca fui más feliz que en ese momento de haber tenido dos hermanos a los que le encantaba gastarme bromas ya que no fue la voz de Knox la que escuché en mi habitación.

—¿No es guapa? —preguntó Merrit, su voz llegando de algún lugar muy cercano a mí—. Deberías ver sus ojos, son del violeta más precioso que haya visto en mi vida.

—¡Es la hija de James Kincaid! —La voz de otro hombre exclamó—. ¿Sabes lo que nos hará si se entera de que hemos secuestrado a su hija?

—No es lo único que le haremos a su preciosa hija, pero

Kincaid no se enterara de nada. ¿Qué crees que soy? ¿Idiota? No, sé muy bien que es lo que estoy haciendo y esta belleza será nuestro as en la manga. El imbécil de mi hijo se va a casar con ella y como ya sabes es capaz de hacer lo que sea para proteger a su madre, imagina lo que hará para protegerla a ella. Tendremos la fortuna y el poder los Kincaid, ¿a qué es la mejor noticia que has recibido en mucho tiempo? —dijo Merrit.

—No lo sé, Merrit, me parece demasiado fácil.

—¿Fácil? Fácil será echarle la culpa de todo a ese idiota de Kenneth Feather. Piensa que va a recuperar su puesto de director, pero va a pasar el resto de su vida en la cárcel por el secuestro de la hija de Kincaid.

—Pero ¿cómo puedes pensar en dejar libre a Kenneth con todo lo que sabe? Ese va a contar todo lo que sabe en el instante en que la policía llamara a su puerta.

—Vale, lo matamos. Esos son detalles, lo decidiré más tarde, después de haber disfrutado de esta belleza. ¿Te apuntas? Los otros dijeron que iban a tardar —dijo Merrit.

—Claro que sí, pero ya sabes que me gusta cuando gritan. Déjala que despierte —propuso el otro hombre.

Secuestro.

Matar.

Disfrutar.

Las palabras resonaron en mi cabeza mucho tiempo después de haber escuchado los pasos de los hombres alejándose, saliendo de la habitación y cerrando la puerta.

Me habían secuestrado, vale, no tenía por qué entrar en pánico. Tenía el reloj, la ayuda estaría aquí en un abrir y cerrar los ojos. Mis esperanzas se evaporaron en cuanto abrí un poco un ojo y vi mi muñeca desnuda.

Me habían quitado el reloj.

¿Por qué diablos no acepté ese chip de seguimiento que mi

madre quiso poner debajo de mi piel?

La ayuda no llegará, no pasa nada, yo puedo rescatarme sola.

Me animé sola, aunque no funcionó muy bien. Mi corazón latía desbocado en mi pecho y mi cabeza se llenó de los recuerdos de esa pesadilla que tuve el otro día. Ahora me preguntaba si de verdad fue una pesadilla porque por lo que estaba ocurriendo podía decir que fue una premoción.

¡Ayala!

Ella sabrá que estoy en peligro. Durante tres minutos la llamé en mi mente. No sabía muy bien cómo funcionaba su don, pero esperaba que de alguna manera eso funcionara.

Como nadie interrumpió en la habitación para rescatarme y tampoco escuché las sirenas de policía seguí adelante con el plan de rescate.

Con los ojos entrecerrados estudié la habitación. Era un dormitorio lujoso, pero escaso amueblado. Estaba la cama, una cómoda y un sillón. Cortinas gruesas cubrían las ventanas y no sabía si era de noche o de día.

Conté tres puertas, una debía ser la salida, una el vestidor y la otra el cuarto de baño. También conté dos cámaras de vigilancia y por eso debía pensar bien en lo que quería hacer porque si alguien estaba mirando sabría el momento en que hiciera mi primer movimiento.

La puerta que llevaba fuera del dormitorio era mala idea, alguien podría hacer guardia ahí y mi escape se acabaría antes de siguiera haber empezado. La ventana podría tener rejas o estar en la quinta planta y no habría manera de saltar, escalar paredes tampoco se me daba bien.

El cuarto de baño era una posibilidad, pero primero tenía que ganar algo de tiempo. Era fuerte, me gustaba correr y un par de veces a la semana iba al gimnasio así que mover la cómoda no debía ser muy difícil.

En dos segundos estaba de pie y corriendo hacia la cómoda, tardé menos de diez en empujarla hasta delante de la puerta y bloquear la entrada. Luego, igual de rápido eché un vistazo por la ventana.

No, no había escapatoria por ahí, no estaba en el quinto piso, pero estaba suficientemente alto como para romperme algo si me atrevía a saltar, pero la dejé abierta para hacerlos pensar que me había escapado por ahí. Quedaba el cuarto de baño y es ahí donde corrí, donde eché el cerrojo y me apoyé contra la puerta respirando con dificultad.

No por el esfuerzo que tampoco había sido para tanto, por el miedo.

El cuarto tenía una ventana, pero como ya había descartado esa opción miré hacia arriba, hacia el techo. Ava tenía una obsesión con la seguridad y me había enseñado, a mí y al resto de mis primos, como escapar. Según ella había una salida incluso cuando parecía que no la había.

Odiaba los espacios estrechos, pero por más que lo pensaba parecía que la conducta del aire acondicionado era la única opción. Tal vez no conseguía escapar de la casa, pero por lo menos podía esconderme, estaría a salvo de ese hombre.

De esos hombres.

—No, Avy, no pienses en eso —murmuré para mí misma.

Sin embargo, no era tan fácil olvidar que el padre de Knox me había secuestrado y que planeaba hacerme otras cosas peores.

Subir a la encimera del lavabo no fue difícil, pero quitar la rejilla del conducto de aire acondicionado me costó unos buenos minutos. Me rompí dos uñas y me arañé los nudillos y como no quería dejar manchas de sangre que podía delatarme tuve que detenerme para limpiarme.

Quité los tornillos de abajo y de los laterales y los guardé en el bolsillo, los de arriba solo los aflojé lo suficiente para poder mover la rejilla. El conducto era igual como había creído, estrecho. Pude colarme ahí arriba y colocar la rejilla en su lugar.

Fui avanzando poco a poco cuidando mucho mis movimientos y mi respiración. No pesaba mucho, pero tampoco estaba segura de que no iba a caerme a través del techo. No tenía ni idea hacia dónde iba, solo quería alejarme de la habitación en la que había despertado.

Lo ideal sería encontrar un teléfono y poder llamar para pedir ayuda, luego ocultarme hasta que la ayuda llegará. Sería ideal, pero poco probable. Además, avanzaba despacio, paraba cada vez que escuchaba un ruido o una voz.

Esa casa era enorme, llevaba mucho tiempo gateando, tanto que el dolor de las rodillas se había convertido en algo que ya no podía ignorar y estaba segura de que si mirase iba a ver que sangre, mucha sangre.

O tal vez era solo mi imaginación, mi miedo, mi desesperación, pero, maldita sea, llevaba mucho tiempo buscando una salida y no había encontrado nada. Me había detenido cada vez que encontraba alguna rejilla, miraba dentro de las habitaciones, pero ni una parecía suficientemente segura como para arriesgarme a bajar y usar el teléfono.

Me pregunté si seguiría arrastrándome en esos conductos hasta el fin de mi vida, si algún día iban a encontrar mis huesos ahí. Era el calor o tal vez el dolor de cabeza que me hacía dudar de que alguien fuera a venir a rescatarme.

Mi familia siempre estuvo a mi lado. Sabía sin duda alguna que iban a estar a mi lado. Ava era mi madrina, por Dios. Ava, la mujer que impartía justicia con los ojos cerrados. Vladimir, el hombre que ni siquiera parpadeaba cuando hablaba de torturar hasta la muerte a los criminales.

Eran los mejores y si alguien pudiera rescatarme eran ellos.

Knox también podría, él era tan fuerte y tenía esa mirada

dura, pero por desgracia él era uno solo y por lo que había escuchado su padre tenía amigos. Y esa comadreja de Kenneth iba a pagar muy caro lo que hizo.

Drogarme, recordé un poco, aunque no todo. Recordé el sabor malo del café y esa sonrisa loca de Kenneth. Si me libraba de esta mis padres, toda mi familia, iba a regañarme por aceptar ese café.

Pero ¿cómo podía imaginarme yo que iba a pasarme algo así? Además, mis guardaespaldas solían quedarse fuera en el coche, de vez en cuando daban una vuelta por el hospital, pero de todos modos me sentía segura sabiendo que ellos estaban cerca.

Algo me decía que pronto iban a buscarse otro trabajo ya que Ava iba a despedirlos en un abrir y cerrar de ojos. Primero fue Heath con su beso y ahora Kenneth con el secuestro.

Pensaba que nada podía pasarme y por lo visto estaba equivocada.

Tuve que pararme porque ya no podía avanzar, ya no había luz. La oscuridad me rodeaba y eso unido a la estrechez del conducto me estaba agobiando. Intentaba no pensar en que eso se parecía a un ataúd.

De repente escuché gritos, voces de hombre hablando en voz alta, voces enfadadas. A dos metros de donde me encontraba había una rejilla de donde llegaban las voces y también algo de luz.

Quería saber lo que estaba pasando, pero el miedo a ser descubierta me mantuvo en mi lugar. De vez en cuando escuchaba mi nombre y el de mi padre. Me hubiera gustado saber cuánto tiempo llevaba secuestrada.

Alguien debió de notar que no había ido a trabajar. Había quedado con Aiden para cenar y si no aparecía mi hermano me buscaría. O Knox, él iba a venir esa noche a mi apartamento.

Tenía que quedarme ahí escondida y alguien vendrá a rescatarme. Sería bueno si viniera antes de que estos de aquí se diesen cuenta de que había usado el conducto de aire acondicionado para escaparme.

Alguien vendrá.

Capítulo 17

Blake

Sabía antes de llamar que Avy no estaba en casa. Había llegado a saberme de memoria su horario, además de que su sonrisa de esta mañana ya me había advertido de que iba a hacer algo.

Me fui de su apartamento y de camino al hospital paré en su restaurante favorito para coger esa pasta que a ella le gustaba. No sé si era la pasta o el tiramisú, pero le había pedido de las dos.

Algún momento para cenar iba a encontrar y no pensaba marcharme del hospital sin verla comer algo. Pregunté en la recepción y me dijeron que Avy todavía no había llegado, que hace dos horas tenía que haber entrado a trabajar.

La llamé, pero no obtuve respuesta, de hecho, su teléfono móvil estaba apagado. No creía en la mala suerte o en presentimientos, pero en ese momento supe que algo le había pasado a Avy.

Tiré la bolsa de la comida al primer cubo de basura y me apresuré hacia la salida. Ni había dado dos pasos cuando vi acercarse a mi madre y al hermano de Avy. A él no lo conocía, pero a mi madre sí y su expresión estaba confirmando mis peores temores.

—¿Has visto a Avy? —preguntó mi madre.

—No desde esta mañana, ¿qué está pasando?

Aiden maldijo y el rostro de mi madre se oscureció con una preocupación que nunca había visto.

—Ha desaparecido —dijo el hermano de Avy.

Maldije y cinco segundos después empezó la búsqueda de Avy, una búsqueda, que, sin importar que cada rincón del hospital fuera verificado por unos hombres vestidos de negro y armados hasta los dientes, nos dejó como al principio.

Sin rastro de Avy.

Recordé que hace unos años habíamos modernizado el sistema de vigilancia del hospital y acompañado de Aiden fui a la sala de seguridad.

—Hay un fallo —dijo el hombre que presuntamente era el encargado de la seguridad. No me gustaba nada su mirada, era como si pensara que era intocable—. El sistema se reinició...

Lo que sea que iba a decir se convirtió en un grito cuando lo cogí por las solapas de su americana y lo empujé con fuerza contra la pared.

—El único fallo aquí es el de tus órganos en cuanto te de la paliza de tu vida —gruñí, presionando mi antebrazo contra su cuello—. Este sistema costó millones de dólares, es el mejor del mercado así que no me vengas con mentiras.

Aflojé un poco la presión para que pudiera hablar.

—Yo no...

—Tú sí, tú me dirás que pasó con Avy Kincaid o pasarás los próximos meses en la unidad de cuidados intensivos.

El hombre sacudió la cabeza, el movimiento fue casi imperceptible, pero lo vi y presioné un poco más.

—¿Vas a matarlo? —preguntó Aiden y por muy extraño, su voz parecía un poco divertida.

—¿Tienes una idea mejor?

—De hecho, sí, pero no me importa disfrutar del

espectáculo. O sí, mis hombres estarán un poco enfadados si les quitas toda la diversión así que, si no es mucho pedir, tal vez lo puedes soltar.

—Suéltalo, Blake. —La voz fría que llegó de la entrada a la sala hubiera sido capaz de helar mi sangre si la furia no estuviera corriendo con fuerza por mis venas.

Vladimir, porque él era el hombre que había llegado, posó la mano sobre mi hombro.

—Hay una manera mejor, más rápida y eficaz de obtener respuestas —dijo, el brillo de esperanza que había aparecido en los ojos del jefe de seguridad se evaporó en un instante.

Lo solté y se hubiera caído al suelo, pero Vladimir lo cogió y luego lo empujó hacia una silla.

—Isabella y James están arriba, deberían ir con ellos — sugirió Vladimir.

—Vámonos, Blake —dijo Aiden encaminándose hacia la puerta—. No quieres ser testigo de lo que va a pasar aquí.

—¡Diablos, sí quiero! —gruñí —. Este hombre sabe que le ocurrió a Avy, es posible que sepa dónde está. Me quedo — declaré.

—Es una mala idea, pero no seré yo el que tendrá pesadillas el resto de su vida —dijo Aiden y antes de cerrar la puerta le echó un vistazo a Vladimir—. Intenta no hacer mucho ruido, esto es un hospital.

Estaba pensando en si había tomado la decisión correcta mientras Vladimir se acercaba al hombre. Le quitó la corbata, la hizo bola y la metió en la boca del hombre. Después fui testigo de cómo le rompía los dedos de las manos.

Al principio no estaba seguro de que lo que estaba viendo era real, pero los gritos camuflados del hombre me aseguraron de que sí, de hecho, Vladimir le estaba rompiendo los dedos. Cuando sacó una pistola del bolsillo, le colocó un silenciador y decidí que había visto suficiente.

Quería encontrar a Avy y vivir el resto de mi vida a su lado, no encerrado en una celda por complicidad a tortura y por la mirada de Vladimir hasta podría decir por homicidio.

—Creo que voy a ver si puedo ayudar a Aiden —dije.

Vladimir se detuvo.

—Terminaré en dos minutos.

Asentí y salí de ahí como alma que lleva el diablo. Quería estar lo más lejos posible de esa sala y decir que no tenía idea de lo que había ocurrido dentro. Encontré a Aiden en su oficina que era demasiado pequeña para todas las personas que estaban dentro.

Estaba el otro hermano de Avy, Asher. Sus padres, aunque no los conocía fue fácil reconocerlos. Avy había heredado los ojos de su madre y la altura, el porte de su padre. Aiden nos presentó y tuve la impresión de que hubiera recibido más que un breve saludo si nos hubiéramos conocido en otras circunstancias.

También estaba Pablo Diaz que, si lo conocía y una mujer que me presentaron como Eva, pero no me interesó demasiado recordar el parentesco.

Y entonces pasó.

La puerta se abrió y entró una mujer. Morena, alta, más o menos de la edad de mi madre y James se volvió loco cuando la vio.

—¡Tu trabajo es proteger a mis hijos, Ava! —le gritó.

—Es lo que debería hacer, pero alguien me pidió no meter mis narices en la vida de su preciosa hija, que necesita libertad. Me pregunto quién fue, ¿quién fue James? —le respondió la mujer.

—Nadie tiene la culpa aquí —dijo Isabella, poniéndose de pie y empujando a su marido hacia atrás.

Pablo se movió y cogiendo la mano de Ava la alejó de James.

—Vamos a centrarnos en encontrar a Avy —dijo Aiden.

—¿Qué tenemos hasta ahora? —preguntó James.

—Nada —dijo Ava—. El programa que nos permitía monitorear los movimientos de Avy se está actualizando, tenemos que hacer las cosas a la manera antigua.

—O sea, rompiendo huesos —farfulló Pablo.

—Falta una hora para recuperar el control del programa, Avy es fuerte. Sabe cuidarse sola —murmuró Isabella.

Rezaba que así fuera.

Avy no llevaba mucho tiempo desaparecida, solo unas cuatro horas, la policía no haría nada antes de las veinticuatro horas. En cambio, por lo que me dijo Aiden, ya habían comprobado el hospital, su apartamento y todo lo que hay entre un lugar y el otro.

Pero si tenían algo claro era que la última vez que vieron a Avy fue en el hospital cuando iba de camino a los vestuarios. Nadie había visto nada. ¡Nadie! Eso era imposible.

Además, en el ala de pediatría, que era donde la habían visto por última vez, siempre había un médico, una enfermera, pacientes o familiares en los pasillos y eso sin mencionar el sistema de vigilancia.

Poco a poco una idea se formó en mi mente. Una idea terrorífica, pero que no quería aceptar.

—Tengo algo —dijo Vladimir entrando como una tormenta en la sala. Se acercó al escritorio de Aiden y conectó un USB al portátil—. Han borrado todas las grabaciones desde las siete hasta hace media hora, pero tal vez podemos encontrar algo antes.

James murmuró algo sobre la mala suerte de que el programa que era capaz de encontrar una persona en treinta segundos no fuera disponible justo en el momento en que secuestraban a su hija.

Las imágenes mostraban a un montón de personas en la entrada del hospital, en los pasillos. Demasiadas personas y daba la casualidad de que ninguno había visto nada.

—Kenneth —dije cuando el ex director del hospital apareció en la pantalla.

—No me gusta ese hombre —declaró Pablo.

—A mí tampoco —añadió Aiden.

Lo vimos caminando por los pasillos como si fuese el dueño del hospital, con esa sonrisa suya que le hacía verse como un paciente que se había escapado del ala de psiquiatría. No lo tenía claro, pero luego lo vi detenerse a hablar con dos hombres a los que conocía.

—¡Maldito hijo de puta! —gruñí.

Me di la vuelta, encaminándome hacia la puerta, un único pensamiento en mi cabeza. Llegar a Avy antes de que fuera demasiado tarde.

—Blake, ¿qué? —preguntó James y pretendía ignorarlo, pero me fue imposible ya que la mujer que se llamaba Ava se había colocado delante de la puerta impidiendo mi paso.

Me di la vuelta.

—Mi padre tiene a Avy —dije mirando a Vladimir.

—No, no es tan estúpido —dijo este.

—¿El padre? —preguntó Isabella.

—No tengo tiempo para esto, cada minuto que pasa es un minuto en el que Avy sufre —dije.

Ava se hizo a un lado y eché a correr en cuanto salí de la oficina. Escuché los pasos a mis espaldas, pero las ignoré. Si alguien quería acompañarme no tenía un problema con eso, todo mientras se quedaban fuera de mi camino.

Mi padre iba a pagar. Si se atrevió a tocarla con un solo dedo, padre mío o no, iba a pagar.

Esta mañana mi chofer había llamado para avisar que estaba enfermo y me había molestado, pero hoy lo agradecía porque me dio la oportunidad de coger el Porsche y no había coche más rápido que este.

Mi padre era un hombre de costumbres, nunca cambiaba su rutina y por eso sabía que lo iba a encontrar en la casa que había pertenecido a sus padres, mis abuelos. Por lo que me habían contado de ellos habían sido buenas personas y si hubieran sabido en qué clase de persona se convertiría su hijo tal vez lo hubieran encerrado en un sótano para el resto de su vida.

Aunque, la pregunta era por qué no lo había encerrado yo hace mucho tiempo. Fui un cobarde, pensé en proteger a mi madre, pero no pensé en las demás personas que sufrían a manos de mi padre. Nunca pensé y ahora Avy estaba en sus manos, pagando por mi cobardía.

Las puertas de la entrada estaban abiertas, pero había dos hombres armados delante y tuve suerte que uno de ellos me conocía. Conduje hasta la puerta y el motor ni siquiera se había parado bien cuando ya estaba fuera del coche y caminando hacia la entrada.

Suerte o no, la puerta se abrió justo en ese momento. Mi padre estaba ahí y se sorprendió verme. El puñetazo que le di le borró la sorpresa y lo tiró al suelo.

Gritó de dolor.

Me agaché y cogiéndolo por la americana lo puse de pie.

—¿Dónde está Avy? —pregunté.

Mi padre no me respondió, estaba demasiado ocupado intentando detener la hemorragia de su nariz. Se lo había roto, pero no me importaba. Al final del día su nariz no sería lo único roto.

—¿Dónde está? —repetí.

—¡Suéltalo! —gritó un hombre.

Me estaba cansando de recibir órdenes y estaba considerando seriamente usar a mi padre como escudo ante las armas de los hombres que me estaban rodeando. Eran cinco hombres, cuatro pistolas y una metralleta.

Mi padre era un cabrón de mierda y merecía morir acribillado a balazos. Yo no, pero si eso significaba que Avy estuviese a salvo estaba dispuesto a morir.

Tomé la decisión, pero no hacía falta. Los hombres de mi padre no dispararon, en cambio, cada uno cayó al suelo después de recibir una bala entre los ojos. Todo pasó muy rápido y tardé unos instantes en comprender que había pasado.

Giré la cabeza y vi Ava y Vladimir entrando en la casa. Luego entraron otros hombres que echaron a correr por todas las partes de la casa.

—Blake, ¿te importaría ir a buscar a Avy? Necesito un momento con tu padre —dijo Avy.

—¡Infiernos, no, Ava! Es mío —dijo Vladimir.

—No, fue tuyo cuando Blake te pidió que te encargaras de él. No lo hiciste y ahora es mío —espetó Ava.

—¿Por qué no os peleáis sobre quién va a torturar a mi padre después de encontrar a Avy? —pregunté.

Mi padre balbuceó algo, pero lo ignoré. Lo empujé y cayó de rodillas.

—¿Sabes quién soy yo? —preguntó mirando a Ava y a Vladimir—. Estáis muertos —dijo.

—Nunca entenderé porque siempre dicen eso —murmuró Ava.

Me alejé hacia las escaleras, tenía que buscar a Avy. Todas las puertas de las habitaciones estaban abiertas y los hombres que habían llegado con Ava y Vladimir iban de una a otra.

Uno de ellos me vio y sacudió la cabeza.

Avy no estaba aquí.

—Estuvo en la habitación del fondo, encontramos una cómoda bloqueando la puerta y la ventana abierta —dijo el hombre.

Entré en la habitación y me pareció notar el perfume de Avy. Sin embargo, no había otro rastro de ella hasta que uno de los hombres salió del cuarto de baño y llamó al que parecía el jefe.

—¿Qué? —pregunté.

—La rejilla del aire acondicionado —contestó.

Entré en el cuarto y miré la rejilla, pero no le vi nada raro. Luego noté que faltaban la mitad de los tornillos. Los próximos diez minutos fueron un infierno. Tuvieron que llamar a Ava que era la única que podía caber en el conducto.

—Avy está bien.

Cuando escuché esas tres palabras viniendo de uno de los hombres pensé que eran mentira. No creía hasta que ayudaron a Ava bajar del conducto, hasta que vi el rostro del Avy. Empujé a los hombres y la ayudé a bajar del conducto.

No dije nada.

Avy no dijo nada.

La abracé.

Avy enterró la cabeza en mi cuello.

Cerré los ojos y di gracias a Dios.

Avy lloró.

—Chicos, ¿podéis seguir con los abrazos en el coche? —preguntó Ava—. Tenemos que limpiar esto.

—¿Quiero saber qué quieres decir con limpiar? —

pregunté.

—No, te lo puedes imaginar y hasta puedes convencerme de mostrarte un video, pero creo que es mejor si te quedas con la imaginación —dijo ella.

—Es lo que yo pensaba —murmuré.

Cogí a Avy en brazos y ella se acurrucó en mi pecho. No quería saber, pero sabía lo que quería que le hicieran a mi padre. Torturarlo. Hacerlo pagar por todo lo que hizo.

—Vamos a casa —dije y sentí la cabeza de Avy moverse sobre mi pecho.

La llevé en brazos fuera de la sala, fuera de la casa y esperaba que Vladimir la quemara. No sabía si mi padre seguía vivo y tampoco me interesaba, solo quería llevar a Avy a casa con sus padres.

Subimos a un coche y un hombre nos condujo a casa, Avy sin separarse de mí ni por un segundo. Había dejado de llorar, pero no decía nada y eso me estaba preocupando.

—Sabía que alguien vendría —susurró ella—. Querían...

Su voz que ya era baja se convirtió en un susurro casi imperceptible, pero no hacía falta escucharlo. Ya sabía lo que mi padre pretendía hacerle.

—Lo siento, Avy, joder, no sabes cuanto lo siento —dije.

Avy levantó la cabeza de mi hombro y deslizó la mano hasta mi mejilla.

—No es tu culpa, Blake. Kenneth es culpable por secuestrarme. Tu padre lo es, incluso yo por no prestar atención y dejarme secuestrar.

—¿Dejarte secuestrar, Avy? —pregunté incrédulo.

—Kenneth me ofreció un café y debería haber sabido mejor, no era un buen hombre. Ava me enseñó mejor —dijo Avy.

—No es tu culpa, me da igual si Ava te enseñó a defenderte,

nadie tiene derecho a ponerte una mano encima.

Avy me miró y quería decir algo, pero el coche se detuvo y algo atrapó su mirada. Me giré y vi que estábamos en casa de mi madre, los padres de Avy esperando en la entrada. Abrí la puerta, bajé y después ayudé bajar a Avy.

Ella echó a correr hacia sus padres.

—Lo siento.

Mi madre que había estado al lado de Isabella y James se acercó, sorprendiéndome con sus palabras.

—Madre...

—Quería algo mejor para ti, algo mejor de lo que yo tuve y pensaba que Leah era la mujer para ti. Estaba equivocada. Avy es perfecta y aunque no lo fuera, tú la amas y eso debe ser suficiente para mí —dijo mi madre.

—La amo, madre —declaré.

—Bien, ahora podemos seguir con nuestras vidas y quién sabe, tal vez pronto sea abuela.

Mi madre estaba bromeando, pero recordé que había una pequeña posibilidad y miré con el ceño fruncido a Avy. Su padre iba a matarme eso si seguía con vida después de decirle a Avy la verdad.

El momento de conversar con Avy no llegó.

Primero su madre quiso asegurarse de que estaba bien, de que nadie le había hecho daño. La droga que usaron para dormirla era fuerte, pero no tenía ni un efecto secundario ni a corto ni a largo plazo.

Luego Avy quiso ducharse.

Y entre una cosa y otra a las seis de la mañana nadie había dormido. Mi madre y la madre de Isabella estaban en la cocina preparando el desayuno y no sabía que era lo que me sorprendía más, que la doctora Isabella Taylor cocinara o que mi madre estaba ahí ensuciando sus manos.

Toda la familia de Avy estaba ahí, sus tíos, sus primos, sus hermanos. Asher también había llegado en algún momento. El abuelo estaba en el séptimo cielo y no sabía cómo había conseguido burlar a la enfermera, pero él tampoco había dormido.

Ava me contó que en la casa de mi padre había ocurrido un accidente doméstico, algo en la cocina que hizo explotar la casa. Los bomberos tardaron horas en extinguir el fuego y para entonces ni uno de los invitados de mi padre, él tampoco, había sobrevivido.

Los empleados sí, por lo visto mi padre les había dado la noche libre. Me alegraba saber que los inocentes se habían librado, pero los culpables no.

Y no sentía nada. Ni tristeza. Ni remordimiento.

Mi padre había recibido lo que merecía.

∞ ∞ ∞

Avy

Cerré los ojos, pero los volví a abrir enseguida. Cada vez que intentaba cerrarlos volvía a ver ese conducto, a sentirme agobiada. Podía pedirle algo para dormir a mi madre, pero ya me estaba vigilando como un halcón y lo único que quería era que decidiera quedarse en la ciudad para cuidarme.

Estaba cansada, las horas habían pasado y ni cuenta me había dado.

Me había quedado dormida en ese maldito conducto y me desperté cuando Ava llegó a rescatarme. Bueno, llegó Ava, Vladimir, Blake y la mitad de los hombres de Ava. Después llegamos a casa de Margot, que por lo visto se llevaba muy bien con mi madre, y es ahí donde pasamos un tiempo, el tiempo necesario para que mi familia viera que estaba bien.

A mí me habían obligado a ir a descansar que según mi madre lo necesitaba. Ella había tardado media hora en limpiar las heridas de mis rodillas, no era nada grave, solo rasguños, pero ella las trató como si fueran una cirugía a corazón abierto.

Fingía dormir cuando venían a comprobar si lo hacía y dormí solo cuando Blake se tumbó en la cama y me abrazó. El problema es que se quedó solo unas horas, no las suficientes como para recuperar mis fuerzas.

El sol se había ido hace poco y debía levantarme para prepararme para la cena, pero no tenía ni ganas ni fuerzas.

Dije que estaba bien, pero era mentira. Una cosa es saber que el mundo es cruel, que ahí fuera hay personas sin escrúpulos, que hay hombres que no dudarían en herir a una mujer, y otra cosa es vivirlo.

Tuve suerte. No me pasó nada, pero ¿y si no la hubiera tenido?

La puerta del dormitorio se abrió de repente y no me dio tiempo a fingir que estaba dormida. Le sonreí a Blake viendo cómo se estaba acercando a la cama. Estaba recién duchado y vestido casual, vaqueros y camisa.

—No has dormido nada —dijo, se sentó en la cama y colocó un mechón de mi cabello detrás de mi oreja—. Y si quieres mentir deberías pensarlo mejor, incluso echar un vistazo en el espejo. Esas ojeras dicen justo lo contrario.

—No puedo cerrar los ojos sin recordar —confesé, sus ojos se oscurecieron, sus dedos que acariciaban mi cuello pararon—. Y antes de que me digas que debería hablar con mi madre piensa que nunca se irá. Nunca. Imagínate a mi madre y a la tuya en la misma ciudad. Por lo que vi esta mañana durante el desayuno estoy segura de que en dos días estarán planeando nuestra boda.

—¿Dos días? No sería mala idea teniendo en cuenta el hecho de que podrías estar embarazada —dijo Blake.

La palabra sonó de una manera extraña cuando la pronunció y continuó siendo rara las veces que la repetí en mi cabeza.

¿Embarazada?

Quería niños, de eso no había duda y Blake también los quería, pero ¿ahora? Miré a Blake con el ceño fruncido.

—No estoy embarazada —dije.

No me gustó la manera en la que evitó mi mirada.

—No usé protección la última vez que estuvimos juntos —confesó Blake.

Yo no tomaba anticonceptivos porque tenía alergia a uno de los componentes y aunque podría haber buscado otra opción no lo quise. Con la cantidad de enfermedades de transmisión sexual que había no estaba loca como para tener relaciones sin protección.

Pero Knox, había vuelto a llamarlo Knox y no Blake como hacía desde que volvimos juntos, me acababa de decir que me engañó. Ese día estaba asustada por esa horrible pesadilla.

Me senté en la cama, apartando su mano de mí.

—Avy —dijo.

—Necesito tiempo para pensar.

Se puso de pie y se dirigió hacia la puerta. No había dado ni tres pasos cuando me di cuenta de que no sabía por qué lo hizo.

—¿Por qué, Knox?

Cuando se dio la vuelta se le veía triste, pero en una fracción de segundo borró esa expresión de su rostro.

—Porque te amo y sabía, sé qué la vida no sería buena conmigo, que algún día iba a alejarte de mí. Quería un hijo tuyo, nuestro, un pequeño o una pequeña para amarla tanto como te amo a ti. Estaba equivocado y no hay excusa que valga para lo que hice.

Había dicho que no volvería a perdonarle otro error.

Había dicho que no volvería a confiar en él, ¿pero era un error lo que él hizo?

—¿Sabes cómo de jodido es eso, Knox?

—¿Crees que no lo sé? ¿Crees que no me odio por lo que hice, por lo que has tenido que vivir por culpa mía y la de mi padre? Estarías mejor sin mí, pero soy incapaz de dejarte. Lo intenté y fracasé, así que te imploro, Avy, ódiame, abandóname. Vete, se feliz porque yo no puedo hacerlo. No puedo.

Epílogo

Estaba cansada, tan cansada que al salir del quirófano no me molestó encontrarme en la puerta a John, ¿o era Jim? Los dos eran tan parecidos que me costaba distinguirlos. Al principio dije que no, que no necesitaba tener a un guardaespaldas siguiendo cada paso que daba, no en el hospital.

¿Me escucharon?

No, claro que no. Insistieron una y otra vez. Y sí, Kenneth me había secuestrado en el hospital. Y sí, los empleados hicieron como si nada y lo dejaron seguir con el secuestro, ni uno acudió en mi ayuda.

Esos mismos empleados fueron despedidos y el noventa por ciento del personal de pediatría estaba en la cárcel. Lo que había ocurrido en el hospital era increíble, era tan difícil de creer que si no hubiera escuchado la confesión de Kenneth nunca lo hubiera creído.

Kenneth era el que decidía quién vivía y siempre elegía los pacientes, los niños cuyos padres se permitían pagar millones de dólares para salvar las vidas de sus hijos. No les importaba si salvando la vida de su hijo condenaba a muerte a otro niño.

El ala de pediatría era una organización criminal y todos estaban involucrados desde los médicos hasta las enfermeras. Ingresaban a un niño que necesitaba un trasplante de corazón u otro órgano y si sus padres pagaban Kenneth buscaba un donante compatible entre los otros niños que estaban ingresados, a veces incluso entre los que acudían a urgencias por algo tan banal como un resfriado.

Mataban niños, les daban un diagnóstico terrible a las familias o le inyectaban algo, hacían lo que fuera para convencer a los padres de que sus hijos iban a morir y luego les preguntaban, más bien les sugerían, si querían donar sus órganos.

Todos los padres aceptan, no querían que la muerte de sus hijos fuese en vano.

Kenneth los había engañado, había matado a esos niños, tantos niños que me costaba pensar en ellos.

Ava no entendía como no había averiguado esto cuando comprobaron el hospital y la única explicación era que todos estaban implicados, ni uno quería perder el dinero que les llegaba con cada trasplante y nadie habló.

Y Ava se sentía horrible, eso no era bueno, era tan malo que ni uno de los culpables se libró de una visita suya.

Era terrible lo que había pasado y los culpables estaban pagando legalmente después de haber recibido el castigo de Ava, pero nada iba a devolverles la vida a esos pequeños.

Habían pasado siete días desde que me secuestraron y nada había vuelto a la normalidad. Aiden trabajaba como un loco intentando reparar el daño causado por Kenneth, yo ayudé con la contratación del nuevo personal y hasta mi madre pasó dos días en un quirófano salvando vidas.

Y se marcharon, mis padres, Ava, Vladimir, Asher. Todos se marcharon en cuanto se dieron cuenta de que estaba bien, de que no iba a cometer una locura o de que no iba a tener una crisis de ansiedad.

Knox también se había marchado.

Vete, se feliz porque yo no puedo hacerlo. No puedo.

Sus últimas palabras se quedaron grabadas en mi mente.

Me dijo que me amaba tanto que por eso quiso dejarme embarazada y luego se marchó. Lo dejé ir porque la idea del embarazo me tomó por sorpresa, pensaba que iba a volver en un par de horas o días.

No volvió y mi paciencia se había agotado.

Sabía dónde estaba ya que había llamado a Ava para preguntar.

—Ya era la hora de que hicieras algo —dijo ella.

Y ese era el plan, hacer algo. Lo que no sabía Ava era que no estaba planeado ir y suplicar a que volviese. No, no. Me había abandonado cuando más lo necesitaba y eso era algo que no se podía perdonar fácilmente.

A pesar de que estaba muy cansada no me dormí en el coche mientras que John me llevaba a la cabaña de Knox. Solo él podía marcharse a una cabaña en el medio del bosque y el hecho de ver la oscuridad al otro lado de la ventanilla del coche me recordaba esas horas que pasé en ese maldito conducto y eso no estaba mejorando mi humor.

Cuando llegué a la cabaña estaba que me llevaban los demonios.

—Espérame aquí —le dije a John.

Caminé hasta la puerta de la cabaña, que, de hecho, era una cabaña de madera de una sola planta. Un par de ventanas, un porche con un balancín y desde algún lugar llegaba el ruido de un rio. Era un sitio precioso, para algunos, para mí era como los primeros momentos de una película de terror.

Había levantado la mano para llamar cuando la puerta se abrió y ahí estaba Knox. Despeinado, descalzo, vestido con vaqueros azules y camiseta blanca. Ahogué el primer impulso, ese de tirarme en sus brazos y besarlo.

—¿Me amas? —pregunté.

—Avy —gruñó Knox.

—¿Me amas? —repetí, esta vez mi voz subiendo un tono o cinco.

—Sí.

—¿Querías dejarme embarazada?

Knox no respondió, la expresión de su rostro lo hizo, su mirada que bajó hasta mi vientre lo hizo.

—¿Me dejaste sola después de que tu padre me secuestrara? —pregunté.

—No estabas sola, Avy, tu familia estaba ahí —dijo.

—¿Tú estabas conmigo? No.

—Avy...

—No —le interrumpí bruscamente—. El secuestro no fue tu culpa, pero lo demás sí. Fuiste tú el que insistió, el que dijo que siempre obtenía lo que deseaba y dejaste muy claro que me deseabas a mí. Fuiste tú él que me prometió una vida feliz. Fuiste tú el que decidió que un embarazo sería una buena idea. Fuiste tú el que insistió hasta que me enamoré perdidamente. Ahora tienes que arreglarlo y lo harás el sábado a las cinco en la iglesia. Esmoquin, alianzas, sonrisa feliz. No olvides esas tres cosas.

Me di la vuelta sin esperar una respuesta, me bastaba con su reacción. Parecía que le iba a dar un ataque de corazón.

—¡Avy! —gritó Knox.

Lo escuché a mis espaldas y me alcanzó cuando estaba a punto de subir al coche. Me di la vuelta hasta quedar frente a frente con la puerta del coche actuando como escudo entre nosotros.

—¿Alianzas? —preguntó.

—Nos vamos a casar, Knox, hazte a la idea hasta el sábado y ahórrate las excusas. ¿Qué no eres bueno para mí? ¿Qué no sabes lo que es una familia feliz? ¿Qué vas a meter la pata una y otra vez? ¿Qué me haces daño cuando actúas pensando que me estás salvando de una vida infeliz? Sí, escuché tus excusas y no me importa. Nos vamos a casar, seremos felices el resto de nuestras vidas y si piensas en no aparecer el sábado deberías pensarlo mejor. Mi familia estuvo de tu lado la primera vez, pero ahora no. Como me dejas plantada al altar Ava me va a traer tu corazón en una bandeja.

Me permití un momento para disfrutar de su estupefacción y luego me puse de puntillas, puse la mano en su nuca y bajé su cabeza para besarlo. Había dicho lo que quería decir, había empezado el beso, pero fue Knox quién siguió. Su beso, salvaje, duro y posesivo, me debilitó, me nubló la razón, me dejó con las piernas temblando y el corazón latiendo tan fuerte que pensaba que se me iba a salir del pecho.

Después me ayudó a subir al coche y mientras John me llevaba lejos Knox se quedó enfrente de su cabaña. Las dudas no tardaron ni medio minuto en asaltarme.

¿Y sí no venía?

¿Y si la idea de casarse conmigo lo hacía marcharse lejos?

¿Y si tuviese que haberle dicho toda la verdad?

∞ ∞ ∞

—¿Rosa, Avy? —preguntó Knox.

Era jueves por la noche y acababa de abrir la puerta de mi apartamento cuando escuché la voz de Knox. La cerré, dejé caer el bolso al suelo y me encaminé hacia el sofá donde Knox estaba sentado, mirando los papeles que cubrían la mesa de café y casi todas las superficies del salón.

Después de liberar un sillón me senté y me quité los zapatos.

—A mi madre le gusta y a la tuya no sé, pero está de acuerdo en que el rosa es un buen color para una boda —dije.

—No lo es.

—Entonces, coge el teléfono y llama a mi madre —dije, reclinándome en el sillón y cerrando los ojos. Llevaba días sin dormir bien—. Yo quiero casarme, pero no organizar una boda así que de eso se encargan nuestras madres, si prefieres involucrarte eres bienvenido.

—Rosa es un buen color —declaró Knox y no pude evitar echarme a reír. Abrí los ojos justo a tiempo para verlo arrodillarse enfrente de mí.

—¿Blake?

—Esmoquin, alianzas y sonrisa feliz. Olvidaste algo, Avy —dijo él.

Ese algo era una cajita negra que Knox sacó de su bolsillo. Ese algo era un anillo de compromiso de oro blanco y con un diamante que, estaba segura de que, brillaba menos que mi mirada.

Blake Phillip Knox quería casarse conmigo.

—Ava Skylar Taylor Kincaid ¿me harás el honor de ser mi esposa? ¿Me permites amarte el resto de mi vida?

—Sí, mil veces sí —susurré.

∞∞∞

La habitación olía a lilas, estaba llena de jarrones con flores blancas y violetas. Me gustaba la manera en la que se veía y normalmente amaba el olor, pero hoy no. Hoy tenía el estómago revuelto, bueno, tampoco era una sorpresa, pero pensaba que por lo menos hoy iba a estar bien.

Hoy me casaba con el hombre que amaba.

—Aquí, toma esto —dijo mi madre, entregándome una pastilla y un vaso de agua.

—Mamá, no...

—Avy, soy tu madre, no hay manera en el mundo de que puedas guardar un secreto de mí. Toma esto y luego ve a disfrutar del día de tu boda —dijo ella.

Tenía sentido que mi madre supiese lo que yo pensaba que era el secreto mejor guardado del mundo. Tomé la pastilla y diez minutos después caminaba hacia el altar del brazo de mi padre, mi estomago igual de revuelto, pero esta vez era por los nervios.

Blake, era Blake ahora porque viéndolo, esperándome en el altar, guapísimo con su esmoquin negro, mirándome con intensidad, con amor, no podía estar enfadada con él. Sonreía y nunca lo había visto tan feliz.

—Cuida a mi hija —le dijo mi padre al entregarme.

Tenía lágrimas en los ojos cuando mi padre besó mi mejilla, cuando Blake tomó mi mano y juntos nos dimos la vuelta hacia el cura. Nos casamos y nuestro primer beso fue más dulce que nunca.

—Te amo, Avy. Te amaré hasta mi último día en este mundo —dijo Blake y sabía sin lugar a duda que era una promesa que iba a cumplir.

∞∞∞

Tropecé con el vestido de novia mientras corría hacia el cuarto de baño, luego con uno de los zapatos de Blake y casi, casi llego demasiado tarde. Ni siquiera me dio tiempo a cerrar la puerta antes de agacharme sobre el inodoro y vomitar.

Me quedé ahí hasta que vacié mi estómago, mirando los dos anillos que adornaban mi dedo. Desde ayer era Avy Knox, la mujer de Blake, y era el momento de decirle que también era la madre de su hijo o hija.

Estaba tan concentrada buscando la manera de darle la

noticia a Blake que no lo escuché entrar en el cuarto de baño, lo supe cuando sentí la toalla mojada sobre mi nuca.

—¿El champan? —preguntó él.

—No, tú —espeté.

—¿Yo?

—Tú. Tú me dejaste embarazada así que es tu culpa que yo esté vomitando el primer día de mi vida como mujer casada. Debería estar en la playa disfrutando del sol y de un mojito, pero no...

Tuve que dejar de hablar cuando Blake se sentó en el suelo a mi lado y me cogió el rostro en las manos.

—¿Estás embarazada? —preguntó.

Pensaba que ayer al altar Blake estaba feliz, estaba equivocada. Ahora Blake estaba feliz.

Asentí sabiendo que nuestra vida juntos acababa de empezar, que sin importar si iba a durar un año, una vida entera o una eternidad iba a merecer la pena.

Lo amaba.

Me amaba.

Íbamos a ser padres.

Era suficiente.

Era mucho más que suficiente.

Fin

Si quieren saber cuándo publicaré mi próximo libro me

pueden seguir en las redes sociales o incluso pueden unirse a mi grupo de Facebook, Los libros de Eva Alexander.

Instagram: https://www.instagram.com/evaalexanderauthor/?hl=es

Facebook: https://www.facebook.com/EvaAlexanderl/?eid=ARAyON4nRcjtinXg5Fzh-nXBlneS3p4KhNIELcBcq8TWpc1GN994XyshvieL6rxBre8W3sWW3hbFrJJm

Grupo: https://www.facebook.com/groups/516967059017790/

Lista libros

Serie Encontrar la felicidad

1.Felices para siempre

2.Mia

3.Sueño de felicidad

4.Ayala

5.El cuento de Evie

6.Simplemente Eva

Serie El Pacto

1.El hombre perfecto

2.El hombre inesperado

3.El hombre soñado

4.El hombre ideal

5.El hombre insuperable

Sin serie

1.Cumplir un sueño

Serie Novias

1.Perdida

2. Desesperada

3. Liberada

4. Protegida

5. Ilusionada

Serie La isla

1. Espérame

2. Sígueme

Serie ¿Felicidad? No, gracias

1. Avy

Próximamente

2. Aiden

3. Asher

9 798829 357443